踊り場からの眺め

短歌時評集
2011—2021

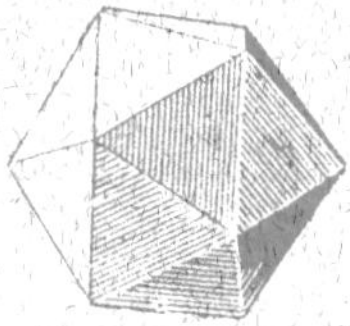

松村正直
Matsumura Masanao

六花書林

踊り場からの眺め　＊　目次

Ⅲ　「毎日新聞」短歌月評（２０１４・４―２０１８・３）

Ⅳ　時評・評論（２０１７・１―２０１８・９）

V　「朝日新聞」短歌時評（2019・4―2021・3）

踊り場からの眺め

短歌時評集２０１１―２０２１

装幀　真田幸治

Ⅰ　時評・評論（2011・4―2014・1）

言葉のパズル

最近、短歌の一部分を（　　）などにして、その穴埋めをさせる問題をよく目にする。以前、穂村弘の『短歌という爆弾』で使われていたのが印象に残っているが、この頃は「NHK歌壇」の「上達のワンポイント」で加藤治郎や東直子が使ったり、栗木京子が入門書『短歌をつくろう』で用いたりしている。私自身、本誌の「短歌検定」でそういう問題を出すことがあり、これが短歌を学ぶ一つの方法であることに異論はない。

その一方で、こうした流行に対して何か違和感を覚えることも確かなのだ。いくつかの言葉を並べて「どれにしようかな」的に言葉を選ぶこと、しかもそれをおおっぴらに認めてしまうことに対して、後ろめたさを感じるのである。

これは、先月号の歌壇時評「検索という騙し絵」（今井恵子）で取り上げられていた検索の問題とも関係してくるだろう。「短歌往来」の昨年（二〇一〇年）十一月号の特集「あなたは電子書籍派？印刷書籍派？」の中でも、多くの歌人が電子書籍の利点として、検索ができることを挙げていた。

「文芸人を悩ます書庫・書棚のスペースと検索の問題は解決します」（坂井修一）、「文字を検索できること」（石川美南）、「電子書籍化することで検索が容易になる点は見逃せない」（屋良健一郎）、「検索機能なんかも付けて欲しい」（俵万智）、「一番のメリットは、検索の容易さにある」（永田淳）、「検索機能もついているでしょうから」（藤原龍一郎）といったものである。

非常によくわかる話だと思う。短歌に関する文章を書いていると、引用歌を探すのに苦労することが多い。それは、「あの歌はどの歌集に入っていたっけ」という場合もあるし、「〇〇という言葉を使った歌はないだろうか」という場合もある。後者については、一昨年『角川現代短歌集成』というシリーズが出て、とても便利になったが、それでも依然として、家中の本を引っ繰り返して、一ページ一ページ探し回る状況は続いている。もし、いろいろな歌集の検索が一度にできるようになれば、こうした手間は全く不要なものとなるわけだ。

でも、その便利さは本当に良い面ばかりなのだろうか。そこに何か危うさを感じてしまうのはなぜなのか。穴埋めの問題や検索に対する危惧について考えていくと、結局、短歌が言葉のパズルであって良いのかという根本的な問題に行き着くように思うのである。短歌の五・七・五・七・七を、ばらばらで交換可能な言葉の組み合わせとして考えること。それは短歌が本来持っていた一回きりの絶対的な力を弱めてしまうのではないだろうか。

武田百合子の『ことばの食卓』の中に「枇杷」と題する話がある。作者が枇杷を食べている所に夫の武田泰淳がやって来て、珍しく枇杷を所望する。指や手に汁をだらだら垂らしながら枇杷を食べたのち、彼が言ったのが「こういう味のものが、丁度いま食べたかったんだ。それが何だかわからなくて、うろうろと落ちつかなかった。枇杷だったんだなあ」という台詞である。

この台詞が非常に印象的なのは、幸福そうな食べっぷりのためばかりではない。私たちは普通、食べたいものがあって、それを食べるのだと思っているが、その逆に、何かを食べているうちに、それが自分の食べたいものだったことに気づく、ということがあるのだと教えてくれるからだろう。ここには、検索ではたどり着くことのできない一回きりの出会いというものがある。短歌もまた、このようなものであって欲しいと思うのだ。

こうした話はこれまでに何度も言われてきたことであるし、今さらという気がするかもしれない。でも、短歌が言葉のパズルと化してしまうことへの危惧は、最近とみに強まっているような気がする。それは電子書籍化の話だけに限らず、近年出版されたいくつかの歌集に、既に当てはまる傾向であるように、私は感じている。

（「短歌」２０１１・４）

大震災を前にして

三月十一日に起きた東北地方太平洋沖地震やその後の津波、火災などによる被害を目の当たりにして、落ち着かない日々を過ごしている。これまでに経験したことのない規模の災害が起きてしまった。

こうした大震災を前にして、短歌は無力だという声を耳にする。こんな時に短歌をしていていいのだろうか、申し訳ないといった話も聞く。そうした気持ちもよくわかる。そして、その無力を噛み締めることは大切なことなのだと思う。

一九二三年の関東大震災では死者・行方不明者が十万五千人にのぼった。被災した歌人も多く、震災を詠んだ数多くの歌が残されている。

時計台残りて高し十二時まへ二分にてとまるその大き針　窪田空穂

わが家の焼跡はまだ灰《はひ》あつしいづこよりかきこゆ蟋蟀のこゑ　岡　麓

母と妻を大樟の根に憩はせつ吾はひたすら唾《つば》を呑み居る　植松寿樹

ゆりかへすなゐを怖るる庭の上に握飯食《むすびた》うべて一夜あかせり　平福百穂

おろおろと夜あけを待てる避難場《ひなんば》にときどき遠し火災のひびき　早川幾忠

をさなくてはかなくなりぬ妹《いもうと》の仏壇《ぶつだん》におく人形《にんぎやう》あはれ　高田浪吉

いずれも震災の現場に立って詠まれた歌であるだけに臨場感がある。地震発生の十一時五十八分で止まった時計、自宅の焼跡に鳴く蟋蟀、母と妻を連れての慌ただしい避難、余震の不安の中で食べるお握り、避難所まで聞こえる火災の響き、亡くなった幼い妹に供えられた人形など、様々な具体を通じて当時の状況が描かれている。

こうした歌にこめられた作者の思いは、時代を超えて私たちの胸に直接届いてくる。これは言葉の持つ力であろう。

大震災を前にして短歌が無力であるというのは、それが何の意味も持たないということとは違う。言葉の持つ力というものを、私たちはもっと信じていいのではないか。

世の中を見回してみると、一方では不謹慎をおそれるあまりの過剰な言葉の自粛があり、一方では偽善的で安っぽい言葉の氾濫がある。テレビにはＡＣジャパンのＣＭばかりが流れ、新聞には企業の画一的なお見舞いが載り、ネットには安易な励ましの言葉や善意を騙ったチェーンメールが流される。

そうした空疎な言葉以外の言葉は、はたしてどこにあるのだろうか。

メールでは母はわたしを「あなた」と呼ぶ小さき漁村に眠る老眼鏡　梶原さい子『あふむけ』

ためらはずふくらみ断てばあふれたり海鞘《ほや》の臓より八月の海

白鳥の飛来地をいくつ隠したる東北のやはらかき肉体は　大口玲子『ひたかみ』

一夜かけて港町覆ひゆく雪のまぶた閉ぢればまぶたに積もる

三陸にてギバサとぞよぶ赤藻屑《あかもく》をとろとろ啜《すす》り眠たし春は　柏崎驍二『百たびの雪』

山に樹を植ゑて守れる入海は秋の日差しに照りつつ黒し

東北地方に住む歌人たちの作品である。三陸の海の幸や奥行きのある自然、そしてそこに住む人々のことが詠まれている。長い時間をかけて培われてきた人々の暮らしの姿である。こうした歌を読み直してみて、その何でもない日常が持っていた豊かさと掛け替えのなさを、今、改めて感じている。

何もテレビのニュースを見て震災のことを詠うだけが言葉の力ではないだろう。にわか作りの粗製濫造の歌に力が宿るはずもない。短歌にまで空疎な言葉を持ち込むのはやめにしたいと強く思う。むしろ、大きな被害へ静かに思いを馳せること、そこに暮らす人々へ黙って心を寄せること。それが大事なことだろう。そこからしか、新たな言葉の力は生まれるはずもないのだから。

（「短歌」11・5）

漢字の問題

昨年（二〇一〇年）、常用漢字表が二十九年ぶりに改められ「改訂常用漢字表」が告示された。これは、歴史的に見れば、漢字制限を目的に作られた「当用漢字表」（一九四六年）、法令や公文書、新聞・放送等における漢字使用の目安を定めた「常用漢字表」（一九八一年）に続く大きな変化である。ワープロなどの情報機器の進展を反映した内容であり、これにより一般的に使える漢字の数は、従来の一九四五字から二一三六字へと増えることになった。「歌壇」二月号で今野寿美が、早速この新しい常用漢字を題材にした歌を作っている。

曖昧な定義によりて「曖」「昧」をやっと加へた常用漢字表
二十九年ぶりの改訂一覧の常用漢字に柿灯りたり　　今野寿美

漢字政策や国語政策は、歌人にとって無縁なものではない。常用漢字表は公的な漢字使用の目安であり、個人の使用を制限するものではないとは言え、社会的に見ればその影響は大きい。また、ローマ字論者であった土岐善麿が一九四九年から六一年まで国語審議会の会長を務めたことからもわかるように、歌人たちもこの問題に深く関わってきたのである。戦後、二転三転した漢字政策の抱える問題は、今も根深く残されている。最近、目にしたものの中から二つ例を挙げよう。

「未来」三月号に山田富士郎は「「螢」を「蛍」と書くのはどうもなじめない。「蛍」は略字と私などは聞いて育ったのだが、最近あちこちで見かける。どういうことか誰か教えてほしい」と記している。

この「蛍」という新字体は、実は一九八一年の常用漢字表で初めて採用されたものである。それまでは当用漢字表に入っていない表外字であり、当然「螢」という古い字体のままであった。つまり「蛍」という字体は比較的歴史が浅く、山田が教わった頃にはまだ「螢」が正しかったということになる。

また、坪内稔典は昨年十二月出版の『子規の言葉』のあとがきで、子規の作品や手紙の引用に際して「漢字を現在の通用字体にした」と述べ、「今までは『病牀六尺』と書かれてきた作品名も、思い切って『病床六尺』と表記した。岩波文庫なども『病牀六尺』なので、私の処置には違和感を持つ人があるかもしれない」と記している。

「通用字体」と書かれているので、これで間違いはないのだが、「牀」と常用漢字の「床」とは、いわゆる旧字―新字の関係ではない。新字の字体を定めた当用漢字字体表を見ても、「床」

の所に「牀」は併記されていない。細かいことを言えば、この二つの字は本字と俗字という関係になる。このあたりがややこしい点であろう。現在出ている岩波文庫版においても、題名は『病牀六尺』であるが、本文の方は「病床六尺、これが我世界である」となっており、二つの字体が混在している。

　漢字制限や字体の整理、簡略化などの動きは、何も敗戦をきっかけに急に始まったものではない。明治以降の歴史の中で何度も繰り返し試みられてきたものである。子規もまた漢字廃止論の出ていた時代にあって、何度も漢字についての意見を述べている。それは『墨汁一滴』にある「菫謹勤などの終りの横画は三本なり。二本に書くは非なり。活字にもこの頃二本の者を拵《こしら》へたり」といった文章を読めばよくわかるだろう。

　旧かな・新かなの問題は短歌の場においてしばしば論じられる。その一方で、漢字の問題はほとんど取り上げられることがない。しかし、こうした漢字をめぐる問題についても、私たちは考えていく必要があるのではないだろうか。

　二月に出た島内景二『塚本邦雄』は、一番はじめに「漢字は、文化の女神が着る衣裳」と題して、塚本邦雄の旧字（正字）使用について言及している。塚本短歌の精神を考える上でも大切な指摘だと思った。

（「短歌」11・6）

表現と作者像

今年（二〇一二年）は石川啄木の没後一〇〇年ということで、様々な企画や特集が組まれている。今も多くの人に愛され続ける啄木の歌の秘密は、一体どこにあるのだろうか。

「短歌研究」六月号の特集「100年前の啄木を検証する」の中で、三枝昻之が「啄木再考――ありのままに読むことの大切さ」と題する文章を書いている。その中で三枝は、

みぞれ降る
石狩の野の汽車に読みし
ツルゲエネフの物語かな

という一首を取り上げ、ツルゲーネフが出てくる理由について、「実体験かどうかは脇に置いて、この歌の場面には誰がベストか」「つまり歌にベストの人物名を選んだ。表現に即して素直に読むとそうなり、それで十分ではないか」と述べている。

従来、実体験そのままの素朴な詠み手のように見られがちだった啄木の歌を、表現に即して読むことで、言葉選びの周到さや修辞の的確さを浮かび上がらせようという狙いが、ここにはある。『啄木　ふるさとの空遠みかも』という詳細な評伝を描いた三枝だからこそ、作者像に偏って読まれがちな啄木の歌を、もう一度、歌そのものに立ち返って読む大切さを説くのだろう。三枝は続けて、

啄木はこのときツルゲーネフのなにを読んでいたかという研究もあるが、歌の問題としてはそこに踏み込まないことが大切だろう。

と述べている。

これに対して、小池光は今年刊行された『うたの人物記』の中で同じ歌を取り上げて、この「ツルゲエネフの物語」が明治四十一年に出た二葉亭四迷訳の翻訳小説集『片恋』の再版であると断定し、次のように書いている。

石狩の野を行く汽車で啄木がツルゲーネフを読んで一年後、二葉亭四迷はベンガル湾の船上で客死した。啄木にとって同じ東京朝日新聞の先輩社員でもあった。そして死後直ちに編まれる二葉亭全集の校正の仕事がまわってきた。（…）歌は明治四十三年五月七日の東京朝日新聞に発表。ツルゲーネフを通して、会わずに終わった二葉亭四迷へのさまざまな思いが籠

もっている筈。

この鮮やかで説得力のある推理は、同書で一番スリリングな箇所と言ってもいい。作者像に迫るこうした読みの持つ面白さも、やはり捨て去ることはできない。そのあたりのバランスをどう取るべきか。

「短歌人」四月号の特集「いま読む石川啄木」の中で、生沼義朗もこの点に触れている。生沼は「啄木の実人生から読解のコードを借りてくることはやむを得ない」としつつ「必要以上に組みこんで読むのは、研究や鑑賞の美名のもとにテキストを切り裂く行為なのではないか」とも述べ、読解のバランスの難しさを指摘する。

表現に即して見た場合、啄木のこの歌が「ツルゲエネフの『片恋』」であったなら、その本を読んでいない人には共感しにくい歌になってしまっただろう。それが「ツルゲエネフの物語」となることで、読者それぞれがイメージを膨らませて読むことが可能な歌となったのである。

以前、指名手配書の似顔絵がモンタージュ写真より効果を発揮するという話を聞いたことがある。モンタージュ写真が実物との違いを目立たせてしまうのに対して、似顔絵は似ている部分に目が行くのだそうだ。啄木の歌もそれに近い。実体験を表現する際のそうした手際に、啄木の歌が共感を誘う秘密が隠されているのかもしれない。

啄木の短歌を「表現」に即して読む楽しみと「作者像」について知る楽しみは、どちらか一つを選ばなくてはいけないものではない。一粒で二度美味しいお菓子のように、それぞれの楽しみを味わえばいい。さらに言えば、啄木の「作者像」についての知識や理解を深めることによって初めて、「あえて」作者像には踏み込まずに「表現」に即して一首を読むことも可能になるのではないだろうか。

（「短歌」12・7）

葛藤とデモ

二〇〇七年に京都で行われたシンポジウム「いま、社会詠は」では、複雑化する社会をどう詠うかが大きなテーマとなった。単純に善悪の二元論で片付けられなくなっている問題を、どのような方法で詠うことが可能なのか、小高賢、大辻隆弘、吉川宏志の三名の間で議論が交わされたのである。

シンポジウム開催のきっかけとなった論争の中で、小高賢は〈NO WARとさけぶ人々過ぎゆけりそれさえアメリカを模倣して〉という吉川の一首を批判的に取り上げて、次のように書いた。

（…）吉川さん、デモに行ったことありますか。自己の意志を表現する一つの権利です。デモが万能だなんて、まったく思いませんが、自分なら意志をどのように表現できるか、デモを見ていても思うはずではないでしょうか。

「青磁社週刊時評」特別編

この文章を読んだ当時、正直に言って、デモへの参加と短歌にどう関係があるのか疑問を覚えたし、昭和十九年生まれの小高との世代の差や時代の違いを強く感じたものだ。

あれから五年、今や原発の是非や再稼働決定をめぐって、各地で繰り返しデモが行われるという状況が生まれている。

大辻隆弘は「レ・パピエ・シアンⅡ」三月号に、

この一年、私は震災について、特に原発事故について、ほとんど歌を作ることがなかった。歌おうとすると、心のなかにどんよりした重い空気が広がる。

と書いた。そして〈許可車両のみの高速道路からわれが捨てゆく東北を見つ〉（大口玲子）、〈天皇が原発をやめよと言い給う日を思いおり思いて恥じぬ〉（吉川宏志）の二首について、

「出色の歌」と評価する一方で、

が、こと今回の原発事故に関していえば、私は、このような「葛藤」を描くことに、どこか抵抗を感じてしまう。「葛藤」を短歌的に表現することによって、どこか自己の立ち位置を糊塗し、自己弁護をしている自分を感じてしまうからだ。自己弁護に通じるような「葛藤」は描きたくない、と私は今回痛切に思った。

と記す。九・一一のテロの時には最も積極的に歌を詠み注目を集めた大辻が、今回は躊躇いを感じている。常々、歌人の日和見的態度を批判してきた大辻に、大きな変化が起きたと言っていいだろう。

一方で、吉川宏志は原発反対のデモに参加し、その体験を詠んだ作品を発表した。

春空はゆるくひろがりデモのまえ旗竿に旗を結わう人あり　「短歌」五月号
段ボール切りて〈廃炉〉と書きたりき寒風のなか羽撃《はたた》きやまず
数千のなかの一人とおもえども　鳥群《とりむれ》に過ぎぬとおもえども

内面の葛藤を詠むことの多かった従来の吉川の社会詠から、大きく一歩踏み込んだ印象を受ける。その基にあるのは「これから起きるかもしれない第二、第三の危機を回避できるのか、そして私たちの言葉には社会のシステムを変える力があるのか」（「短歌年鑑」平成24年版）という問題意識なのだろう。自らの立ち位置を明確にしたことで、一歩間違えればスローガン的になる危うさを秘めつつも、作品はこれまでとは違う種類の大きな力を獲得している。

大辻と吉川のどちらが正しいというのではない。二人とも熟慮を重ねた結果、今回このような違いとなって表れたということである。

原発の問題を考える時、賛成・反対どちらの立場にもそれなりの理由がある。しかし、今回の事故がそうしたどっちつかずの第三者的な言い方を許さないほど大きな影響を及ぼしたことも確かだろう。

そうした現実を踏まえて、あえて詠わないのか、あるいは一歩踏み込んで詠うのか。それは歌人ひとりひとりが自分自身で決断するしかない。


（「短歌」12・8）

短歌への嫌悪感

「『風流夢譚』は短歌について書かれた小説である」という印象的な一文から、論考は始まる。その意外な捉え方に、まずは立ち止まった。

『風流夢譚』は一九六〇年十二月号の「中央公論」に掲載された深沢七郎の小説であるが、右翼少年のテロを引き起こしたことで有名である。小説は「私」が十分ほどの間に見た夢の話として語られ、民衆が皇居を襲撃し、天皇・皇后や皇太子・皇太子妃を処刑するシーンが描かれている。これに憤慨した当時十七歳の少年が版元の中央公論社社長宅を襲い、家政婦や夫人を殺傷する事件を起こしたのだ。

今年五月に刊行された「KAWADE道の手帖　深沢七郎」の中で、作家の金井美恵子はこの『風流夢譚』と短歌（和歌）との関わりを述べ、そこから現代短歌批判へと筆を進めている。久しぶりに現れた他ジャンルからの短歌批判として、これは注目すべきものだと思う。

金井の論考「たとへば（君）、あるいは、告白、だから、というか、なので、『風流夢譚』で短歌を解毒する」は、タイトルからわかるように、永田和宏・河野裕子『たとへば君』や岡井隆『告白』、さらに新聞歌壇などを取り上げて、短歌や歌人全般を批判したものだ。その十八ページに及ぶ文章は挑発的で、揶揄と嘲笑に満ちているが、基本となっているのは短歌を「超大衆的な定型詩歌系巨大言語空間」（傍点金井）と捉える見方である。金井は次のように書く。

（…）『風流夢譚』は、和歌という、「歌会始」がどうやらその頂点を占めているらしい、たとえば日本一の富士の山を思い出させる言語空間の言葉が、あれこれ飾りたてられてはいるものの、「意味」としては空疎で、じゃあ自分も、と（簡単に作れそうなので）歌を詠もうとする者は盗作者（…）になる、という小説である。

永田・河野・岡井の著書を取り上げているのも、当然彼らが歌会始の詠進歌選者であることを踏まえているのだろう。金井はそこを頂点として新聞歌壇へ広がった「短歌空間のヒエラルキー」には「階級差はあるが言葉はみな同じ」と断じている。つまり、どの歌も大差ないというわけだ。

『風流夢譚』はテロ事件の後に絶版となり、今なお活字にはなっていない。ただし、電子書籍として出版されているので、わずかな金額（三百三十円）を払えばネット上で読むことは可能である。短編小説なので時間もかからない。

この小説には、天皇・皇后・皇太子・皇太子妃の辞世とされる歌が出てくる。そして、その「毛筆で、みみずの這った様なくずし字」を読んで、もっともらしい解釈を施す老紳士の姿が戯画的に描かれている。「はっきり言ってしまわないで、遠まわしに言うのが歌を作る者の心得だ」「つまり、なぞなぞみたいに作ればいいですね、和歌は」といったやり取りもあり、なるほど、短歌と無関係ではない。

それにしても、金井の短歌に対する執拗なまでの侮蔑と嫌悪感は、何に由来するのだろうか。

私はそのことに興味を覚える。批判の一つは短歌が「超大衆的」なものであること、もう一つは天皇や皇室と深い関わりを持っていることに向けられている。

この批判は、戦後に第二芸術論を唱えた詩人や評論家たちの眼差しとも重なるようだ。その根底にあるのは、短歌は文学や芸術ではないという考えである。また、ディッケンズ、バーネット、ロラン・バルトなどへの言及が鏤められている文章から感じられるのは、西洋文学への憧れと日本の伝統に対する軽視である。

私たち短歌を作る者は、短歌の世界だけにとどまっていてはいけない。短歌の魅力や仕組みを多くの人に広めていく必要がある。歌人同士で「短歌をやっていない人には歌は読めない」などと語り合って満足していてはダメなのだ。金井の論考は、何よりもそのことに気づかせてくれたのだと思う。

（「短歌」12・9）

今あらためて問い直されていること

東日本大震災をめぐって

被災地の復興や原発の放射能の問題も含めて、リアルタイムで続いている出来事であるが、短歌の世界でも、この一年で最も大きな問題であった。

「歌壇」昨年十一月号の特集「震災後の表現の行方―言葉はどこへ向うか」では、川野里子・穂村弘・吉川宏志の鼎談が率直な意見のやり取りを見せている。中でも川野が、震災を受けて短歌に新しい表現が生まれるべきだと問題提起しているのが印象に残った。また、福島県に住む高木佳子が「誰もが当事者として」と題した文章の中で、「もちろん良識的なのは佳いことではあるけれど、歌人・作家として、というのであれば、「縛り」からもっと表現を解き放たなければ、表現の新たな地平は見いだせないのではあるまいか」と述べている部分に力強さを感じる。

「短歌往来」一月号の松本健一（評論家）と私の対談「大震災と詩歌を語る」では、ドキュメントを超える短歌表現の問題が論じられた。震災後すぐに〈契りなきかたみに袖をしぼりつつ末の松山波越さじとは〉の一首を思い浮べたと言う松本は、「短歌の近代的な形式である自己表現を越えた発想や感受性が必要になってきてる」と述べている。短歌に寄せられるこうした期待に、今後私たちは応えていく必要があるだろう。

「短歌」三月号の特集「3・11以後、歌人は何を考えてきたか」は世代の異なる二つの座談会を掲載している。座談会を読んで感じたのは、今回の震災がさまざまなレベルでの分断を生み出しているという現実である。被災地に住む人とそれ以外の人、避難した人と被災地にとどまる人、原発賛成か反対かなど、そこには大きな溝が生まれている。私たちはそれを乗り越えていけるのか。「今回の震災詠はプロの歌人のものではなくて、大衆の歌人のものだろう」（佐藤通雅）、「今回の震災は短歌表現史の中で、画期にしなければいけない」（小高賢）、「今、原発か反原発かというすごい単純な二元論になってしまっている気がする」（石川美南）といった発言に特に注目した。

近代短歌の読み直し

二〇一二年は斎藤茂吉生誕一三〇年、石川啄木没後一〇〇年、与謝野晶子と北原白秋の没後七十年ということで、各地でイベントなどが相次いで行われた。

「短歌研究」四月号の特集「斎藤茂吉」では三枝昻之・吉川宏志・石川美南の鼎談「斎藤茂吉をめぐる冒険」が面白かった。茂吉の歌の読み方や評価について、世代の異なる三者がかなり突っ込んだ議論を繰り広げている。中でも吉川が茂吉の魅力として「音楽性」を挙げて、「こういう音楽的な声調の歌を、最近あんまり言わないのも問題かなという気がします」と言っているのは大事な指摘である。調べや声調の問題はなかなか論じにくいのだが、忘れてはならない点だろう。

「短歌」五月号の特集「斎藤茂吉―その大河の源流へ」では、篠弘が茂吉の写生論の中核をなす「実相観入」という概念について、『短歌初学門』に記された「単純化」や「凝心」をもとに説明しているのがわかりやすくて良かった。また、比較文学者で俳人の松井貴子は「生命の写生―東洋的平淡」の中で、子規と茂吉が南瓜や胡瓜といった同じ題材を描いた絵を比べて、東洋絵画と西洋絵画から学んだ違いを述べている。二人の短歌の写生の違いにも通じる示唆に富む内容であった。

「短歌研究」六月号の特集「石川啄木」では、山田航の評論「啄木が死なない理由―〈上京〉がつなぐ近代と現代」が面白い。近代以降続く「上京」の意味するものを解き明かし、さらに啄木の北海道放浪について「啄木にとって北海道は〈地元―東京〉の構造から逃れるための、いわば第三極を求めに行った地だったのだろう」と述べている。この指摘はかなり鋭い。

このように近代短歌の読み直しが盛んに行われたのは、単に今年が節目の年であったからだけではないだろう。震災を経た状況下にあって、現代短歌の先行きも見えにくい中で、いったん原点に戻ろうといった動きが生まれているのだと思う。

読みの問題

「短歌」で一月号から始まった連載「若手歌人による近代短歌研究」も時機を得た企画である。当初は二ページという分量であったが、七月号から四ページとなり内容も充実してきた。永井祐は九月号で土岐善麿の〈はじめより憂鬱なる時代に生きたりしかば然かも感ぜずといふ人のわれよりも若き〉という一首の中の助詞「も」に注目して、そこに時代の影響を読み取っている。「「も」を抜いた鑑賞はいかに適切だったとしても、作品の意を尽くしていないことになる」といった部分に永井の短歌観が窺えるのが面白い。

「歌壇」十月号の特集「歌の「読み」を考える」の中で、斉藤斎藤が「てにをはの読解が第一」と題して論じている内容も、この永井の文章と論点が重なる。斉藤は永井の歌も例に挙げつつ、「いまもむかしも、膠着語である日本語の肝は、てにをはである。(…) 助辞中心の短歌の読みを再構築することが必要ではないか」と記している。これは、口語短歌を読んでいく上で、今後大事になっていく観点だろう。

他ジャンルから見た短歌

「短歌研究」八月号の特集「戦争と短歌」の篠弘と梯久美子(ノンフィクション作家)の対談は、今年最も注目すべき内容であった。戦争に関する取材を通じて歌の持つ歴史性や記録性に注目した梯は「散文よりも歌のほうが歴史に残るんじゃないか」と述べるとともに、例えば

「加害者としての兵士」というテーマが、なぜ短歌では近年まで生まれなかったのか疑問を呈する。梯の短歌への深い理解を知ると、短歌は自分で作らない人には読めないといった考えが歌人の独善に過ぎないことがよくわかる。また、戦争と歌人に関する論を書き進めている篠の「自分ならどの程度に、どういうふうに処しただろうかといつも思いながら歌人のことを書いている」という姿勢も忘れてはならない。

「短歌研究」九月号の中村稔（詩人）と永田和宏の対談「詩のことば、短歌のことば」では口語の問題が大きく取り上げられている。ほぼすべて口語で書かれている現代詩の側から見て、「歌人のばあい、どこまで厳密に考えておやりになっているのか、かなり安易に口語を入れているのではないか」とする中村の指摘が印象的だった。また、従来の口語短歌についての議論では、「口語」が現代語の意味で使われたり会話体の意味で使われたりと定義が曖昧であったが、この対談では「書きことばの口語」と「話しことばの口語」に分けて論じているところが具体的で良かった。

短歌史の見直し

「短歌」で行われていた共同研究「前衛短歌とは何だったのか」は一月号が最終回。二年間二十四回に及んだ共同研究のまとめとして、座談会が行われている。これまで明確でなかった前衛短歌の終わりの時期について、篠弘が昭和四十一年に出たアンソロジー『現代短歌'66』を挙げるなど、実り多い内容であった。各自の個人的な体験を共通の短歌史としてまとめる難しさと、その大切さをあらためて感じさせられた。
「短歌研究」二月号と七月号はシンポジウム「今、読み直す戦後短歌」の内容を掲載している。女性歌人六名の討議の四回目と五回目であるが、既存の短歌史をただなぞるのではなく、いったん当時に立ち返って、あり得たはずの可能性をも考えるという視点が明確である。「前衛前夜」というシンポジウムの副題について花山多佳子が「前衛短歌との距離で評価がはかられるような戦後短歌史の捉え方があるけれども、そういう前提を置かないで読んでいくというか、もう少しリアルな形で見ていきたい」と述べているところに、そうした姿勢がよく表れている。

こうした短歌史の見直しは、今後、前衛短歌や近代短歌にとどまらず、近代短歌が否定した近世和歌にも広がっていくように思う。そうした意味で「短歌往来」に連載中の盛田帝子「近世和歌を歩く」の意義は大きい。細川幽斎、後水尾院、荷田春満、賀茂季鷹などの歌人を取り上げるだけでなく、添削、入門制度、参考書、歌会、御所伝授、扇合といった江戸時代の和歌に関する制度や文化について詳細に論じているのが面白い。今後、ますます国文学者と歌人との交流が深まっていく必要があるのではないだろうか。

昨年「短歌現代」が終刊した一方で、今年は「歌壇」五月号が創刊三〇〇号、「短歌研究」十月号が創刊八十周年をそれぞれ迎えた。短歌の世界で短歌総合誌の果たしている役割は大きい。総合誌にしかできない大掛かりな企画や骨太の特集を期待したいと思う。

（「短歌年鑑」13・12）

震災と短歌

東日本大震災は私たちに自然の持つおそろしい力を見せつけた。それと同時に、この列島がこれまでも繰り返し大きな震災に見舞われてきたことに、私たちはあらためて気付かされたのではないだろうか。

それは短歌史を見てもわかることで、震災の歌が数多く詠まれたのは、今回が初めてではない。一九二三年の関東大震災は死者・行方不明者十万五千人という大被害をもたらしたものだが、直接被災した歌人をはじめ、多くの人々が震災詠を残している。

人ごゑも絶えはてにけり家《いへ》焼《や》くる炎《ほのほ》のなかに日は沈みつつ
今日今日《けふけふ》とこころしまちてゐたれども母《はは》よ妹《いもうと》よつひに帰らぬ
をさなくてはかなくなりぬ妹《いもうと》の仏壇《ぶつだん》におく人形《にんぎやう》あはれ
高田浪吉

当時二十五歳の高田浪吉は、この震災で母と三人の妹を失った。歴史上の出来事として知るだけの関東大震災が、歌を通して生々しく甦ってくる。さらに、震災に直面した作者の思考や感情までが、そのままの形で歌の中に保存されていることを知るのである。歴史の記述や写真からは感じられない、言葉の持つ力がここにはある。

本は凶器　本本本本本本本本本本本　本の雪崩
あかねさす生の側にて光り立つ黄の水仙とこのわたくしは　　道浦母都子

一九九五年の阪神淡路大震災を詠んだ歌である。大量の本が崩れ落ちてくる様子や、生と死が隣り合わせのものであるという痛切な思いが詠まれている。この震災でも六千四百名もの方が亡くなった。私たちが震災をどう捉え、震災とどう向き合うかを考える際にも、こうして言葉は手助けとなるのだろう。

軽々と海鳥離れ行くが見ゆ津波がそこへたどりつきしとき
水面を雲は渡りてそこが町　瓦礫の間を雲はわたりて　　前田康子

昨年の東日本大震災を見て詠まれた歌である。一首目は、津波に呑まれそうになった瞬間、海鳥が軽やかに飛び立った場面を詠んでいる。その一瞬のハッとした驚きを伝えるとともに、海鳥のように空へ逃げることのできない人間の運命をも想像させる。

この歌を読んで思い出したのは、鴨長明の『方丈記』の記述である。元暦の大地震（一一八五年）に関するもので、そこには「家の内に居れば、たちまちひしげなんとす。走り出《い》づれば、地割れ裂く。羽なければ、空をも飛ぶべからず」と書かれている。「羽がないので空を飛ぶこともできない」という思いは、時を超えて両者に共通するものだろう。

人間の一生は百年足らずに過ぎない。私たちはそのスパンで物事を考えがちである。けれども、こと災害に関する限り「百年に一度」ではなく、もっと長い目で考える必要があることを、こうした例は教えてくれるのではないだろうか。

（日本現代詩歌文学館「未来からの声が聴こえる」12・3）

作品をリードする批評

短歌作品と批評の関係を考えるにあたって、まずは歌会を例に考えてみよう。提出された作品を読んで批評する。自分の歌を他人に読んでもらい、他人の歌を自分が読む。歌を「読む」のと「詠む」のは表裏一体の関係にある。歌会に参加すれば歌を読んで批評する力が身につき、それが実作にも反映されていく。だから、歌会に出た方が良いとよく言われるし、概ねその通りだろう。しかし、実際はそれほど単純ではない。

もし、歌の読みの浅い人が集まって歌会をしていると、十分に読み解けるはずの歌を読むことができずに、「わからない」という批評が連発されることになる。それを聞いた作者は、おそらく次の回からはもっと「わかりやすい」歌を提出するようになるだろう。けれども、それはたいていが説明的で、つまらない作品なのだ。つまり、作品と批評とは互いに深く結び付いており、相携えて良くなっていくこともあれば、反対に悪くなっていくこともある。ここに、批評の持つ役割と怖さがあると言っていい。

一例を挙げてみよう。

つぎつぎにひらく空間　音もなきよろこびの雪斜交《はすかい》にふる

最近の拙作である。京大短歌会へ出したとき、「つぎつぎにひらく空間」に対して、いろいろの解釈が出た。なかでも一人、作者が乗物で走っているような感じを受けたと発言する学生があった。なかなかするどい勘だと思った。発想の動機はそのとおり、車の前面にあとからあとから空間が照らし出されてくることであった。

高安国世『短歌への希求』

ここまでの話であれば、別にどうということはない。歌会での読みが作者の意図通りだったかどうかというだけの話に過ぎない。大切なのはこの後である。

ふつうの写生の方法でいくならば、「わが走る車の前を」というぐあいになる。それでは下の「よろこびの雪」うんぬんの表現を使うことはできない。「ひらく」ということばがなければ、「よろこび」は出てこない。

つまり、作者は通常の写生の方法では表現し切れない感覚を詠もうと思って、「つぎつぎにひらく空間」という思い切った表現を用いたのである。おそらく、その意図が伝わるかどうかには確信がなく、まだ模索状態だったのだろう。大事なのは、その試みをきちんと受け止めてくれる読者がいたということである。それが作者にとって大きな自信になったことは間違いない。この歌は表記を少し変えただけで歌集『朝から朝』に収められている。逆に言えば、もしその歌会で、誰も車に乗っている場面を思い浮かべることができなかったら、この歌は作者の中でもボツになっていたかもしれないのだ。

では、近年の歌に関する批評はどのようになっているのか。これも例を挙げて見てみたい。

夜がくる、わたしの螺旋、階段を誰かがのぼる、その、息遣ひ　石川美南『離れ島』

初出は「短歌往来」二〇一一年五月号。この歌について、別々の場で二人の書いた批評を読んでみよう。

夜が来て、我が家の螺旋階段を誰かが上ってくるその息遣いが聞こえる、と読んでは、身も蓋もないだろう。一句ごとに読点が打たれ、特に螺旋と階段の間の読点は効果抜群で、「わたしの螺旋」とは、身体的で、官能的なものを匂わせる。読点で一息ついて、段階的に誰かがのぼってくるのだ。「その、息遣ひ」という結句で、肉体感を作者ははっきりだしている。優しい言葉使いながら、かなりセクシャルな歌と読める。

沢口芙美「短歌往来」二〇一三年一月号

（…）読点が螺旋階段をのぼる人の呼吸をなぞっているようで、螺旋と階段の間のそれなぞは絶妙である。表の意味は階段をのぼることでしかないが、官能的な歌であるのはまちがいない。

山田富士郎「短歌」二〇一三年三月号

どちらの文章も、読点のもたらす効果、特に「螺旋階段」の間に打たれた読点に注目している。そして、それを踏まえて、この歌が官能的な歌であると結論付けている。論理的で説得力のある批評であり、なるほどと思う。二人揃って指摘しているということは、そのように歌が作られ、それがきちんと読み手に伝わっているということだろう。つまり、この歌は螺旋階段という比喩を用いて、性愛における身体感覚や息遣いを表した歌と読めるわけである。確かにそう読んだ時に、この歌は最大限の魅力を発揮する。

作者が用いた読点の効果を批評によって明らかにすることで、歌の読みが広がりを見せるのだ。このように、批評は恣意的なものや曖昧なものでなく、多くの人に納得のできる形で言語化されていることが肝腎だろう。

月を見つけて月いいよねと君が言う　ぼくはこっちだからじゃあまたね

永井祐『日本の中でたのしく暮らす』

初出は「風通し　その1」（二〇〇八年十一月）。喜多昭夫は「永井祐をとことん読んでみる（四）」の中で、この一首に用いられている二字空けについて分析を試みている。喜多は田中槐の「従来の韻律に回収されない方法」や黒瀬珂瀾の「月を見上げた一瞬性」を再現する方法といった解釈を紹介したのち、次のように述べる。

この歌の場合、「君」にむしろ好意を持っているような節さえ感じられる。それなのに、相手の言葉に取り合わないのであるから、相手の世界と自分の世界との間に、かなり深い切れ込みがあると見るのが自然というものである。そう考えると、二字分スペースは「断念」の比喩となっている。「ぼくはこっちだから」君と同じ道を歩くことはできないという意志を表明している。

「井泉」五十四号（二〇一三年十一月）

さらに喜多は、この字空けが「作者の意識を色濃く反映させる喩像をくっきり立ち上げている」として、それに「スペース的喩」と名付けて理論化を試みている。
この歌については、作者の永井自身もインタビューの中で言及しているので、次にそれを引いてみよう。字空けについて尋ねられた部分である。

永井　うーん、あとから調整するのもあるし、始めから空いてることもあるかなあ。えっと、そうですねえ、「月を見つけて月いいよねと君が言う　ぼくはこっちだからじゃあまたね」の歌は、何かはじめから二字空けの状態でフレーズがきましたね。

永井　そうですね、上と下を衝突させるタイプの歌って、多分あんまり作らないと思います。それで、二字空けっていうのは基本的に一字空けの考え方を延長したものっていうのかなあ。一字空けについての認識をどんどんどんどん深めていくとじゃあ二字だったらこのぐらいなんじゃないか、みたいなことを演算できる、そういう感じかな。

「早稲田短歌」四十二号（二〇一三年三月）

こうした発言を読むと、かなり意識的に字空けの効果について考えており、また一字空けではなく二字空けであることにも明確な意図があることがよくわかる。けれども、この作品に対する喜多の批評はまだ十分なものとは言えないだろう。永井の自解も「何かはじめから二字空けの状態でフレーズがきましたね」と、かなり感覚的であり、言わんとするところが十分には伝わらないもどかしさを感じる。もっとも、実作においてはそれで良いのであって、別に理屈で歌を作るわけではないし、作者が必ずしも自作について論理的に説明できるというものでもない。そこに作品と批評の違いがある。

作品が多く感覚的なものに依拠するのに対して、批評は論理や他者への説得力が必要となる。作者が意識していなかった部分や感覚的にしか摑めていなかった点を、批評が明らかにすることもあるだろう。いや、むしろその方が重要かもしれない。批評は作品を後追いし、それを理論付けるだけにとどまらず、作品の可能性を広げ、作品の深化を促すこともある。批評が作品をリードするとでも言ったら良いだろうか。

再び高安国世の話を例に挙げよう。高安は自らの表現主義的な作品に関する評論を数多く書いた本郷義武の死に際して、次のような追悼文を書いている。

（本郷は）昭和三十八年五月号には『問いを生きる』詩人」を書き、その後のいくつかの高安国世論の端緒をひらいた。（…）これらの高安国世論はいずれも私みずから解明できずにいる問題意識を見事に切り開いて見せ、当時私が自分でもその意味を十分認識し得ず、行く方について不安を感じていた方向を、広い視野から根拠づけ、私を力づけてくれるものであった。

「塔」一九七五年三月号

「私みずから解明できずにいる」「自分でもその意味を十分認識し得ず」といった部分に注目したい。作者がまだはっきりと言語化できずにいた部分を、批評によって明らかにして、さらなる作品の発展を導いたのである。

このように作品と批評とが互いに競い合って進んでいく状態が、短歌にとっては理想的なのだろう。しかし、現状を見ると、作品の方は発表の機会も多く、新人も次々と登場して活況を呈しているが、批評は不十分なままである。作品をリードするどころか、追い付いてさえいないのが現状だ。若手の歌に対しても、曖昧な世代論や状況論でお茶を濁すのではなく、良いところや疑問点を徹底的に分析し批評していくことが大切であり、それが新たな可能性を生み出すことにもつながっていくのではないだろうか。

（「井泉」14・1）

Ⅱ　時評・評論（2014・1―2016・12）

近代の巨人

昨年（二〇一三年）は佐佐木信綱（一八七二―一九六三）の没後五十年に当たるということで、「短歌往来」十一月号に特集が組まれている。その中で、国文学者の小川靖彦が「近代的な「短歌」を「和歌」の〈変革〉ではなく、時代に応じた〈発展〉と捉えるのが信綱の文学史観であった」と書いている点に注目した。同じく国文学者の盛田帝子も「信綱の中に、江戸の和歌は、生きたものとして根付いていたのである」と書いている。信綱が和歌と短歌の橋渡しにおいて重要な役割を果たしたことがよくわかる。

これまで明治期の信綱の活動は子規や鉄幹らと同じく和歌革新運動の一翼を担うものとされながら、しばしば折衷派のように言われ、位置付けや評価が曖昧であった。その信綱の再検討を通じて、新たな和歌・短歌史の流れが見えてくるかもしれない。昨年、私は京都で「近世から近代へ―うたの変遷」という勉強会を三回にわたって行ったが、そこでも信綱はキーパーソンとしてしばしば登場した。近代短歌的な枠組みが揺らぎ始めている現在、信綱について考えることは、単なる回顧にとどまらず今日的な意味を持つものだと思う。

盛田は同じ「短歌往来」で二十七回にわたって「近世和歌を歩く」という連載を続け、十二月号で完結した。江戸時代の人々の和歌との関わりを、添削、作歌入門書、入門制度、歌会、御所伝授など具体的な例を挙げて示し、さらに堂上和歌を中心とした歌壇が転換期を迎え変化していった様子を、賀茂季鷹、富小路貞直、田安宗武などを取り上げて論じたものである。江戸時代の和歌については入手しやすいテキストが限られ、知られていないことが多い。けれども、近世の和歌がどのようなものであったかを知らなければ、和歌革新や近代短歌の成立と言ったところで、その本当の意味はわからない。さらには、そこに信綱がどのように関わり、どのような役割を果たしたのか、まだまだ見えていない部分が大きいことを痛感する。

特集では評論の他に、「佐佐木信綱の五首」と題して六名が鑑賞を書いており、安田純生と今野寿美が同じ歌を取り上げている。

百舌が鳴く、又鳴く、二人歩くのが羨ましうて鳴くか、又鳴く　『新月』

安田は鑑賞の中で、任意の〈われ〉を設定できるという伝統的な和歌のあり方を信綱が受け継いでいることを述べ、この歌も「異性とともに歩いているらしい〈われ〉を、作者自身と解するよりも、物語中の登場人物と解した方がいいのかもしれない」と記す。一方の今野は「この一首では百舌が若い男女にひがんだり冷やかそうとしていたり。作者はそのひがまれた当人とみるのが自然で、いわばかなり個性的な恋歌」と読む。作中の二人を「作者自身」と取るか、

「登場人物」と取るかで意見が分かれている。これは一つには信綱を短歌史的にどのように位置付けるかという問題であり、もう一つには短歌の枠組みによって歌の読み方も変化するということを示している。それは、まさに現在にも通じる問題であろう。

また、信綱は短歌だけでなく、唱歌や軍歌、校歌の作詞も数多く行っている。私たち歌人はどうしても短歌にだけ目を向けがちであるが、こうした多様な活動の全体像を明らかにする必要があるだろう。三枝昻之は昨年刊行された『夏は来ぬ』の中で、信綱作詞の唱歌「夏は来ぬ」について次のように述べている。

作詞に当たって信綱が強く意識したのは和歌が育んだ季節感を生かすことだった。そのためにまず千三百年の短歌形式を採用した。「うのはなの／にほふかきねに／ほととぎす／はやもきなきて／しのびねもらす」とまさに五七五七七の短歌。(…)それにしても、卯の花の垣根にほととぎすが来るとなぜ夏なのか。実はこれ、古今集を踏まえている。

古今集の夏の部立がほととぎすの歌から始まるという季節感を踏まえて、この歌詞が作られているわけである。こんなところにも、信綱が古典(和歌)と近代(唱歌)をつないでいる例を見ることができる。

さらに、信綱が他の歌人たちに与えた影響や研究者としての側面も見逃すわけにはいかない。その一例を、「歌壇」の藤岡武雄の連載「斎藤茂吉・探険あれこれ」から引いてみよう。十一月号では上京した茂吉が開成中学校の三年生の頃から、短歌に関心を持ち始めた様子が描かれている。

さて、茂吉は、歌に関心をもって、詠歌作法の書である佐佐木信綱著『歌の栞』を買ってきて読んだのであるが、この書は、明治二十五年四月二日発行、本文一四九四頁にわたる大冊で、正価金壱円であった。（…）茂吉は丹念に読んで著者の指図通り歌書を買っている。（…）『歌の栞』を買って読んだその年から、次兄守谷富太郎宛の書簡に短歌を書きつけているのである。

ここに出てくる『歌の栞』とは、弱冠十九歳の信綱が東京大学文学部古典科の卒業論文を中心にまとめた本で、和歌の「沿革」「種類」「法則」、さらには「類題便覧」「名所便覧」「作法類語集」「作例名歌集」などを収めた百科全書のようなものであった。言わば、これさえ持っていれば、和歌のことは何でもわかるという一冊である。さらに、「雅語俗訳」あるいは「俗語雅訳」と言って、日常語である俗語と和歌で使う雅語を互いに辞書のように引く機能も持ち合わせており、実用書として幅広く使われたのであった。

茂吉はこの『歌の栞』を買って読み、さらにその勧めに従って『日本歌学全書』を買い、西行の『山家集』や実朝の『金槐集』に触れたのである。一八九〇（明治二十三）年から九一年にかけて刊行された『日本歌学全書』（全十二巻）は万葉集、古今集、新古今集から江戸時代の歌論まで幅広く集めた和歌の全集で、これも信綱が父の弘綱とともに編集したものであった。信綱の仕事が茂吉の作歌にいかに大きな影響を及ぼしたかがわかるだろう。
最後に、昨年六月に創刊された「佐佐木信綱研究」についても触れておきたい。「創刊0號」は問題提起号として、研究会のメンバーが各自の研究テーマの概要を書いているのだが、これが十分におもしろい。「佐佐木信綱と西行」(平田英夫)、「妻・雪子が記す信綱」(田中薫)、「佐佐木信綱と北海道、アイヌ」(屋良健一郎)、「「心の花」創刊以前の信綱評」(中西由起子)、「『思草』と数詞」(藤島秀憲)など、実に多彩である。創作研究、学問研究、人間研究を三本柱として多面的に信綱を捉えようとする意図が明確に伝わってくる内容だ。これまで他の歌人に比べて信綱の研究があまり進んでいなかった理由について、事務局長の高山邦男は、

佐佐木信綱はかなり長い人生に恵まれ、その文学活動は幼年と言える年齢から既に本格化してその生涯に及び、遺した作品、著作は膨大な数にのぼります。一方そのあまりに巨大すぎる業績に研究は全く追いついていないのが現状で未だに全集も刊行されていません。

と記している。まだ全貌が摑めていないのが正直なところなのだろう。だからこそ、この近代の巨人に関する研究には、新たな可能性が多く残されているとも言えるわけだ。ちなみに、『佐佐木信綱全集』は、一九四八年から五六年にかけて全十巻が刊行されている。しかし、これは当初、六興出版社から全十六巻で刊行予定であったのが中断したものである。その後、竹

柏会により『佐佐木信綱文集』『佐佐木信綱歌集』が全集の八巻・九巻として刊行されたが、内容的には全集とは言えない。「佐佐木信綱研究」は今後、年に二回、六月と十二月に発行されるとのことなので、その成果を楽しみに待ちたい。

「短歌研究」十二月号の「二〇一三年歌壇展望座談会」で、佐佐木幸綱はこの研究会に触れ、

こういう研究会をつづけていると、いろいろな大学の紀要などに近代短歌にかかわる論文を書いている人が見えてくるんだよね。今、歌壇と学界が離れすぎている。近代短歌は学界の助けを借りないと解明できないところがたくさんある。

と述べている。これは大切な指摘だろう。冒頭に引いた小川靖彦（青山学院大学教授）も盛田帝子（大手前大学准教授）も国文学者である。歌人と国文学者が連携することで、様々な視点や角度からの分析が可能となり、研究に新たな広がりが生まれるにちがいない。

かつては信綱をはじめ、釈迢空、窪田空穂、柴生田稔など、歌人と国文学者を兼ねた人が多く、そうした連携が頻繁に行われていた。しかし、その数は年々減少し、現在両者の関わりは非常に薄くなっている。それどころか、歌人からは「学者は資料を集めたり分析したりするのはすごいが、本当に歌が読めるのは歌人だけ」といった発言を聞くこともある。これなどは、何の根拠もないただの奢りに過ぎない。両者の良い点を出し合って研究を進めていくことが、今、強く求められている。

（「短歌」2014・1）

内向きな批評を脱して

「短歌年鑑」（平成26年版）の小高賢の特別論考「批評の不在」が良かった。小高はまず近年の社会や歌壇を覆っている「内向き」な姿勢の危うさを指摘する。そして、その一例として永井祐の作品に対する自身の戸惑いと若手を中心とした賛辞を述べ、

大きな裂け目がある。いうまでもなく、私の方が正しいなどと言っているつもりはない。この裂け目を埋めるべきなのだ。世代という枠組みに閉じこもるのでなく、永井祐が「同世代で最大の才能を持つ歌人であることを確信します」（山田航）という根拠を、より広く展開してほしいのである。

そこで必要になってくるのが批評である。そうは読めないという意見に、「こうすれば読める」と、説得する批評が必要になってくる。そして、それに歌壇は応えるべきなのである。異なったものが同じ平面に立つというのは、こういうことをいう。

と記している。非常に明快な指摘で、私も大いに共感する。永井祐の『日本の中でたのしく暮らす』が刊行されて一年半が過ぎたが、作品の読みや批評については、あまり深まっていないという印象が強い。世代を超えた歌人たちが、共通の場に立って、率直に意見を述べ合うことが必要なのではないか。「好き」や「すごい」といった感想ではなく、それを説得力を持って異なる価値観の人にまで伝える批評の力が求められているのだ。

また、小高自身も「私の方が正しいなどと言っているつもりはない」というような、ある種の物分かりのよさを示すのではなく、もっと徹底した批判を行ってもいいのではないか。かつて穂村弘の『シンジケート』が評判になった時に、石田比呂志がそれを痛烈に批判したのは有名な話だ。石田は穂村たちの短歌が世を覆うようになったら「私は、まっ先に東京は青山の茂吉墓前に駆けつけ、腹かっさばいて殉死するしかあるまい」(「現代短歌雁」二十一号)とまで記している。このように、ある意味、頑固なまでに自分の価値観を前面に押し出して、若手の歌にぶつかる歌人がいてもいい。そうした拒絶や無理解があってこそ、それに対する反発や、世代の異なる人へ伝えようとする批評の言葉が生まれてくる。物分かりの良い態度や迎えた読みからは、おそらく何も生まれない。

永井の作品については、そこに世代的な特徴を読み取る方向で語られることが多い。昨年の「短歌」三月号でも山田富士郎が「承認をめぐる物語」と題して、社会学者の古市憲寿の『絶望の国の幸福な若者たち』を引用して、永井作品を読み解いていた。山田は同書が「まるで永井祐の歌を説明するために書かれた本のようにさえ思える」と書き、永井の歌が現在の若者の感性と生活を見事に造形したと述べる。確かに、その通りだろう。けれども、それで本当に永井の歌がわかったと言えるのか。世代や時代が歌人の作品に影響を与えるのはむしろ当然のことであって、それを当て嵌めてみたところで、作品自体について何か新しくわかったということにはならない。あくまで読みの補助線に過ぎないだろう。世代論には、やはり限界がある。

なついた猫にやるものがない　垂直の日射しがまぶたに当たって熱い　永井　祐

『日本の中でたのしく暮らす』の巻頭歌であるが、私はこれをおもしろい歌だと思う。どこか公園のベンチなどに座っていたら、猫がそばに寄って来た。けれども、手元には何もやるものがない。昼の光がまぶたを上から照らしている。そんな場面を想像する。上句と下句は因果関係や時間的な順序ではなく、同時並行で起こっている。どちらが主でもどちらが従でもなく、同じ重さで存在している。このように永井の歌は、意識を一点に集中するのではなく、拡散していくところに特徴がある。同時に二つ以上のことに意識が向いているのだ。多くの短歌が、中心が一つの「円」であるのに対して、焦点を二つ持つ「楕円」のような感じとでも言ったら良いだろうか。私たちの生活では、何かをやりながら頭では別のことを考えていたり、前を見ながら背後の人の動きを意識していたりということが頻繁にある。そうした感覚をリアルに捉えているところに、私は新しさを感じる。

批評の不在に関しては、昨年の「歌壇」十二月号に斉藤斎藤が書いた年間時評「〈なかよし〉

について」も参考になる。斉藤は「人と関わるために短歌を作っている気がする」に始まる服部真里子の歌壇賞の受賞のことばに「びっくりした」ことを述べ、

人と関わるために短歌をつくる。「ために」とまでは言わないまでも、人との関わりにおいて短歌をつくるというスタンスは、さいきん短歌をはじめた若手歌人に、かなり共有されているように見える。そして、他の歌人との関係性を重視するスタンスが、彼らの作品のすくなくない部分を、あらかじめ規定しているのではないか。

と書く。これは若手歌人の作品についての話なのだが、一歩進めて考えると、批評においても同じことが言えるのではないだろうか。関係性を重視するスタンスは、必然的に批評の力を弱めてしまう。一例として、昨年十一月に刊行された同人誌「一角」を取り上げてみよう。編集発行人の土岐友浩はじめ七名の作品各二十首の他に、特集「五島諭の一角」として、五島の長歌と反歌、そして二名による作品論などが載っている。その中から、服部真里子が五島作品を論じた文章を引いてみよう。「「どの歌が好き？」と訊かれたら」という題である。

「五島さんの歌、好き？」と人に訊かれたら、「好き！」と即答するだろう。
そう答える人はきっと、私以外にもたくさんいる。というかそもそも、「一角」自体がそういう人たちの集まりなのだから今さらだ。同人の他にもたくさんの人が、五島諭の第一歌

集を心待ちにしているにちがいない。

私は、この冒頭部分を読んで、それこそびっくりしてしまった。五島諭の作品を論じるに当たって、五島作品が好きな人を、いや、好きな人だけを前提に話を始めているのである。世の中には、五島作品を知らない人もいるだろう。あるいは、知っていても嫌いな人もいるだろう。あるいは、好きでも嫌いでもなく、まだ読み方がうまくわからないという人もいるにちがいない。そうした人たちは、服部の意識に入っていないのだ。それでは本当の意味での批評や作品論とは言えないと思う。

先に引いた服部の歌壇賞の受賞のことばの続きには「いいと思える歌に出会ったら、その歌のどこがどういいのか、言葉を尽くして人に伝えたい。特に、その歌の作者に。自分なんてだめだとうつむいて歩いているかもしれないその人に、あなたはすばらしいと伝えたいのだ」とある。服部の作品論も、作者五島本人に宛てて書かれた文章だと考えると納得がいく。お互いによく知っている仲間同士で交わされる言葉。「あなたはすばらしい」と伝えるための言葉。けれども、本当に五島作品の魅力を伝えるべき相手は、五島作品を理解しない人、認めない人、嫌いな人ではないのだろうか。そんな疑問を持つ。

五島諭の第一歌集『緑の祠』は昨年十一月に新鋭短歌シリーズの一冊として刊行された。

果物屋になる人たちへ　遠い日のあけびをいつか売ってください

履歴書の学歴欄を埋めていく春の出来事ばかり重ねて
海に来れば海の向こうに恋人がいるようにみな海をみている

繊細な感覚を口語で詠んだこうした歌に、私は惹かれる。一首目は失われた時間や記憶を呼び戻そうとするような歌で、「遠い日の」「いつか」といった言葉が、再び取り戻せないことを暗示する。二首目は3月の「卒業」と4月の「入学」が並ぶ学歴欄。それを「春の出来事ばかり」と捉えたところに発見がある。三首目は、海の遠くを眺めて立つ人たちの姿が思い浮かぶ抒情性豊かな歌である。その一方で、

息で指あたためながらやがてくるポリバケツの一際青い夕暮れに憧れる
夕刻の質疑応答　熱風のただ中にパイロットを生み出して

といった歌はどうだろうか。一首目の下句の韻律は緩んでいるとしか思えないし、二首目はほとんど意味不明で読解の手掛かりも摑めない。
どんな歌集でもそうだが、良い歌もあれば、そうでない歌もある。良い歌を的確に褒めることも大事だし、良くない歌を批判するのも大事なことだ。そのためにも、私たちは内向きな姿勢を脱して、世代を超えて通じ合う言葉を模索する必要がある。その上で、誰に対しても開かれた批評を展開することが求められている。

（「短歌」14・2）

震災から三年を経て

二〇一一年三月十一日の東日本大震災から、間もなく三年が経とうとしている。原発事故の収束や被災地の復興までの道のりはまだまだ遠い。

昨年十二月七日の朝日新聞に、福島で映画館「フォーラム福島」の支配人をしている阿部泰宏氏の文章が顔写真入りで載っていた。もう十五年も前のことになるのだが、私は福島に住んでいたことがあり、その時にこの映画館で働いていた。久しぶりに見る懐かしい顔であった。阿部氏は原発事故に伴う許容年間被曝線量の問題について意見を述べていたのだが、その中に次のような箇所があって強く胸に響いた。

私は福島市にとどまり、妻と小6の娘は京都に自主避難中です。災害救助法に基づいて公営住宅に無償で入居できるのは、いまのところ4年。そのあと福島に戻すべきかどうかは決められずにいます。

私はこの時初めて、彼の妻子が今私の住む京都で避難生活を送っていることを知ったのだった。福島と京都、しかも「小6」と言えば、私の息子と同じ年齢である。自分がもし同じ立場だったらどうするか、どうすべきかを強く考えさせられる内容であった。

この問題に関連して、いくつか気になったことがある。例えば、「現代短歌」一月号に恩田英明が「未だ大震災の影響の下で―女性歌人」という文章を書いている。

歌の世界では、震災後、放射性物質への恐れから何人かの女性歌人が西へ西へと逃れるようにして居を移したことがいままで話題となってきました。それが良かったことなのかどうかは分かりません。子供のためにという止むに止まれぬ行動だったことでしょう。けれども、そのことからくる発想が作品に夾雑物ももたらしたように思えます。

ここで恩田の述べている「夾雑物」という言葉に引っ掛かるのだ。恩田は続けて、大口玲子の〈仙台に留まらざりし判断に迷ひはないかと言はるればなし〉に対して、「読んで字の如しの余白のない一首」「受け流している感だけが残る」と書き、さらに俵万智の〈子を連れて西へ西へと逃げてゆく愚かな母と言うならば言え〉に対しても、「言って退けた表現と、気概を内に潜ませた表現との違いは明らか」と批判的に記している。これらの歌が秀歌かどうかは議論の分れるところだろうが、本人たちがおそらく最も切実な思いを込めて詠んだ部分に対して、「夾雑物」という言い方はどうなのか。その批判は単に詠い方や「気概」の話にとどまるのだろうか。避難したこと自体への厳しい視線を、そこからは感じてしまう。極端な例を挙げれば、一昨年刊行された岩井謙一歌集『原子《アトム》の死』には〈放射能怖いと逃げし母と子は地球水没すればどこへ〉〈放射能エゴイズムを喚起して怖い東北捨てられてゆく〉といった、避難した人々を非難する内容の歌が含まれている。男性と女性の違いなのか、小さな子どもを抱えているかどうかの差なのか。原発や放射能に対する考え方が人それぞれなのはもちろんだが、自分の考えを基準に、他人の行動を批判する意図はどこにあるのだろう。

仙台に住む佐藤通雅は、「短歌年鑑」平成26年版の「作品点描」の中で大口玲子の歌を取り上げて、次のように書く。

本年度の大口玲子はいくつかの賞を得、発表の場も多かった。ではあるが、3・11以後を避難することの負い目に、誠実であるという類の評価には違和感がある。一時的避難はありうるにしても、仙台市民の九割以上が普通の暮らしをしている現在、なおも避難に固着するのは奇妙に映る。（…）負い目の歌はもう十分、まずは精神《こころ》を解きほぐして、本領の歌をこそ心置きなく詠うようになってほしい。

全体としては大口に対するエールなのだが、「違和感」「固着する」「奇妙に映る」「もう十分」といった言い方に、やはり引っ掛かりを覚える。九割以上が普通に暮らしているからと言って、全員がそうすべきだという論理はそれこそ奇妙であるし、不安を感じながら生活している人たちもいるに違いないのに、避難していないことを指して「普通の暮らし」と言っていいのかという疑問も残る。復興庁が一月二十八日に発表した「全国の避難者等の数」によれば、自県外に避難している人の数は、今なお福島県から四万八三六四人、宮城県から七〇九四人、岩手県から一四八六人という数にのぼっている。

大口は「現代歌人協会会報137」（二〇一三年十二月）の中で、次のように記している。

東日本大震災後、個人の事情や思いを塗りつぶすような言動があまりに多く、苛立ちを感じます。（…）私は仙台で被災し、息子と二人で宮崎へ移住しました。震災後、宮崎に避難・移住した家族は二百以上になりますが、それぞれの家族の事情、抱えている問題、将来への希望などは本当にさまざまで、どれ一つとして同じではありません。「被災者」や「避難者」という人がいるわけではなく、それぞれに名前のある個人が、現在進行している事態の中でそれぞれの現実を生きているということを想像すべきだと思います。

こうした想像力が私たちに問われていることは、言うまでもないだろう。苛立ちを感じているのは避難した人々だけではない。高木佳子の歌集『青雨記』に収められた〈逃げないんですかどうして?下唇を噛む（ふりをする）炎昼のあり〉〈それでも母親かといふ言の葉のあをき繁茂を見つめて吾は〉といった歌を読めば、避難せずに留まることを選んだ人に対しても、逆の意味で批判的な視線が向けられていることがわかる。

昨年刊行された佐藤通雅の歌集『昔話《むがすこ》』には、震災の体験を生々しく詠んだ歌が、数多く収められている。

死ぬ側に選ばれざりし身は立ちてボトルの水を喉に流し込む
掻き集め溶かしゆく雪その中にナンテンの葉の緑も混じる
給水も買ひ出しも体力おそらくは並びえぬ人あまたをらむに

震災直後の状況を詠んだこうした歌にまず圧倒される。一方で、県外へと避難した人々に対する視線には厳しいものがある。〈愉快ならぬ空想なれど富豪らは成田より異国へ逃れをるらん〉〈逃げろといはれ逃げ場なき人半分も居るならわれも此処にとどまる〉〈逃げるが勝ちとなりしこの国南より桜前線にじりよりくる〉といった歌は、それが偽りのない本心であるだけに、根深い問題として突き刺さってくる。

もっとも、佐藤の中でも、避難者に対する思いは絶えず揺れ続け、変化し続けているようだ。「路上」一二一号（二〇一一年十二月）では避難者の続出する状況を「放射能てんでんこ」と呼び、「結局、かわいいのはわが身とわが子だ。つい先日まで「東北は美しい」などと絶賛してみせた人も、いざとなれば〈イナカ〉などは捨て去る」と厳しく批判していた佐藤だが、翌一二二号（二〇一二年三月）では「脱出者をこころよく思わないのは、準脱出者に多い。その気持ちもわからないわけではない。が、脱出者も相当のリスクを負っている。いつか状態が落ち着いて、また戻ってくるかもしれない。そのときは「ごくろうさん」の一言で迎えたい。サウイヘルモノニワタシハナリタイと、目下修行中である」と記している。これらの文章を読むと、佐藤の心の奥深くにあるのは、自分の生まれ育った東北に対する強い愛だということがよくわかる。強い愛は時に他者を傷つけることもある。それを何とか抑えようと自らを戒めているのだ。

『昔話』の終わり近くには、こんな歌がある。

今週も西へ逃げしを非難する歌あり　選より静かに外す
逃げるひとは逃げないひとを、逃げないひとは逃げゆくひとを深く傷つける
生き残っただけでも死者を傷つける碑をまへにして額づくさへも

避難者を非難する気持ちを見つめ、それを何とか乗り越えようとする。お互いを傷つけ合うことからは何も生まれない。佐藤は感情を抑え、考えを整理し、やがて「生き残っただけでも死者を傷つける」という痛切な思いに至るのだ。これは、まさに震災という体験を経て生まれた佐藤自身の哲学と言っていいものである。

こうした心の変化に、私は胸を打たれる。それは小さなことのようでいて、実は大きな意味を持っているに違いない。一人一人の心の中で、何がどう変化していったのか。震災から三年が経つ今、それがあらためて問われているように思う。

（「短歌」14・3）

大黒座、沖仲仕、結社

先日「小さな町の小さな映画館」というドキュメンタリー映画を見た。人口一万四千人の北海道浦河町で四代、百年にわたって映画館を続けている大黒座の話である。この規模の町に映画館があるのは、今ではかなり珍しいことだろう。

上映しても客が一人も入らない回があったり、クリーニング店を兼業したりと経営は相当厳しいようだ。しかし、映画館が町にあるということが、人々の間につながりを生み、日々の暮らしに楽しみを与えていることがよくわかる。「映画を見ない人生よりも映画を見る人生の方が豊かです」という先代館主の言葉が胸に響く。

映画の中では、炭鉱町にあって既に閉館した「びばいシネマ」や崩れかけて蔦に覆われた「我路映劇」の姿も映された。事情は違うが、人口の減少や娯楽の多様化、ビデオ・ＤＶＤの普及などによって、映画館は減り続けている。近年、多くのスクリーンを抱えたシネコンが都市部に増えてはいるものの、全国的に見れば一九六〇年の七四五七館をピークにして、現在はその一割以下という数になっている。特に地方の一般館の状況はどこも厳しいようだ。それは、駅前の商店街がシャッター通りになっている光景と通じるものがある。

今回は短歌結社の問題について、考えてみたい。結社の会員の減少や高齢化が言われるようになって久しい。毎月のように廃刊や終刊となる結社誌があり、また困難を抱えつつ発行を続けている結社誌も多い。「現代短歌新聞」と「うた新聞」の一月号に、ともに結社の問題を論じた文章が載っているのも、偶然ではないだろう。

「現代短歌新聞」一月号には、二月に急逝した小高賢が「結社はどうなる？」という文章を書いている。小高は結社が自ら新人を押し出すことがなくなり、総合誌の新人賞に新人の発掘を委ねている状況を指摘した上で、

> つまり、自分たちの判断よりも、外からの認知を重要視していることなのだ。たとえ、歌壇が認めなくても、この作品を、この歌人を私たちは推すという価値観がなくなった。外部依存が想像以上に強くなっている。結社の自信のなさのあらわれなのだろう。
>
> これでは旗印は掲げられない。文学的理念や文学運動的側面はうすくなり、結社誌は単なる発表機関に堕してしまいかねない。いわば、サークル活動の延長のような結社になる。

と述べ、「「新詩社」清規以来の結社の寿命は尽きたのかもしれない」と結論づけている。小高は普段はあまり悲観的なことは書かない人であっただけに、この一言が重くのしかかる。

また、「うた新聞」一月号では、来嶋靖生が「「志」いまいずこ—結社誌創刊の夢」という評

論を書いている。

（…）短歌の結社はその存在感が百年前とは著しく違ってきた。かつては一定の文学的主張（志）を遂げようとする運動体であり、志をともにする有志の拠点であり、雑誌はその発表機関であった。が、現在はそれだけでなく、学習機関としての要素が強まり、総じて運動体としての機能は創刊当時よりは希薄になっているものが多いと思われる。

小高と来嶋に共通しているのは、結社の文学運動体としての機能の低下に対する危機感である。結社が短歌の大衆化に伴って変質、変容してきたのは間違いないことだろう。結社の運営や誌面作りにおいても、このことは今、大きな問題となっている。誰に向けて運営していけば良いのか、わからなくなっているのだ。

また、今では結社に入らずともネットを使って作品を発表したり、歌会をしたり、気の合った仲間同士で手軽に同人誌を作ることができる。結社に拠らずに短歌を続けていくことが十分可能であり、結社に入る必然性は年々薄らいでいる。多くの結社が特に若い人たちにとって、魅力の乏しい場になっていることは間違いない。

それでは、今、結社にできることは何か。結社が果たすべき役割は何かと考えれば、その一つは良い歌を残すということになるだろう。「短歌研究」の昨年十二月号の座談会で佐佐木幸綱は、「結社というのは、自分が勉強する場でもあるけれど、先輩歌人をきちっと読み込む場でもある。自分の歌もおれが死んじゃった後にたぶん誰かが読んでくれる、そういう集団なんだね」と発言している。

同世代の歌だけでなく、年齢の離れた人の歌、あるいは既に亡くなった人の歌を読む。それはまた自分の歌を誰かが読んでくれる可能性ともつながっている。そうした信頼関係が脈々と続いていくところに、結社の大きな価値がある。

田井安曇が主宰する結社誌「綱手」は、現在、奇数月は東京で、偶数月は兵庫で発行するという変則的な形を取っている。昨年末から、その偶数月に貫始郎の歌集『海港』(一九八三年刊)の歌が紹介されている。

海面《うなも》より低き職場の船艙に入鍬、棒心、親方の階級がある
みずからに開き直れば降る雪は繋留ブイに積りつつあり
撓いつつ吊り下ろさるる鉄板が船底のわが頭上より来る
鉱石に赤く浸みたる仕事着を踏み洗いおり水の澄むまで

「綱手」十二月号

この作者のことは全く知らない。歌壇的にもほとんど取り上げられることのない歌人だろう。歌を読むと沖仲仕《おきなかし》(=艀と貨物船との間で荷物の積み込みや積み下ろしをする労働者)として、北九州で働いていた人のようだ。現在のように港湾が整備され、大型のコンテナ船が主流になるまでは、港には多くの沖仲仕がいた。その仕事の様子が生々しく詠まれていて印象に残る。

「海面より低き」現場で、鉄板や鉱石、石炭、ラワン材などの積み込みをしていたようだ。「綱手」には同じく貫始郎の「ごんぞう物語」という連載もあり、そこには仕事の様子が詳しく図解されている。「ごんぞう」とは沖仲仕に対する蔑称であり、職業的な差別が色濃く残っていたこともわかる。

夜の霧の流るる海に吊る鋼が荷役灯の灯を受けつつ青し
開けられし艙蓋の下の燐鉱にひろき歩幅の足跡ありぬ
横たわりたちまち眠る仲仕らの偽名と思う名を知れるのみ
水かけて夜食食みおり船艙に満たす残りの肥料八千袋

「綱手」二月号

一首目、クレーンに吊り下げられた鋼の持つ美しさ。二首目の燐鉱に残る足跡は、それを積み込んだ人の姿を浮かび上がらせる。三首目、それぞれの事情によって偽名を使わざるを得ない仲仕たちへ寄せる作者の思い。四首目は疲労のため食事も喉を通らない状況にあって、「八千袋」という数詞が圧倒的だ。

そして、これが大事なことなのだが、こうした歌を後世に残していこうとする結社の意志がまざまざと感じられるのである。「綱手」という結社があるからこそ、私たちはこうした歌と出会うことができるのだ。

結社も新聞歌壇も、短歌総合誌も、近年それぞれ転機を迎えているのは間違いない。時代の変化に応じて新しいシステムに生まれ変われば良いという考えもあるだろう。現状のシステムを批判し、壊すのは、ある意味では簡単なことだ。けれども、これまで百年以上にわたって結社が果たしてきた役割というものも忘れてはならない。

短歌雑誌を初めて買ったころ、そこに多くの結社の広告が載っているのを見て驚いたことを覚えている。全国にこんなにたくさんの結社があること、そこで多くの人たちが短歌をしていることを知ってびっくりしたのだ。

全国に数百の結社があり、それぞれ数十から数百名の会員がいて、毎月十首の歌を作っているとする。それだけでひと月に数十万首の歌が生まれる。もちろん、そのほとんどは文学史には残ることのない、取るに足りない歌かもしれない。けれども、その存在を疎かに扱う気にはなれない。

映画館の大黒座は昨年末、ついにデジタル映写機の導入に踏み切ったそうだ。設備投資をしてこれからも映画館を続けて行こうという強い気持ちの表れなのだろう。新たにホームページも開設し、大黒座を支援する人々によるサポーターズクラブも発足した。

古いものを懐かしむのも、古いものがなくなっていくのを嘆くのも簡単なことだ。本当に必要のない、役に立たないものならば、なくなってしまっても仕方がない。けれども、もしそうでないならば、結社に今何ができるのかを前向きに考え、模索して、自信をもって行動していきたいと思う。

（「短歌」14・4）

物語の有無を超えて

佐村河内氏代作問題を受けて組まれた「短歌」四月号の緊急特別企画「感動はどこにあるのか―作品と作者と〈物語〉」は、多くのことを考えさせる内容であった。五名の執筆者がそれぞれの立場から、作者と作品の関係や作品の価値、物語の是非などについて論じている。

「作者の人生という付加価値なしで作品と向き合うことができるか」（三枝昻之）、「短歌の「大衆性」が、短歌の「芸術性」を徐々に駆逐していった歳月」（大辻隆弘）、「一般人と専門家の価値観が、大きく乖離しやすいのである」（吉川宏志）、「作品より「物語」が大きく取り上げられるときは、作品自体の修辞への検証が回避される結果を生んできた」（高木佳子）、「「偽りの物語を排して虚心坦懐に」―そんなことが本当に可能なのか」（染野太朗）といった指摘は、どれもその通りだと頷けるものだ。それでいて、互いに矛盾している部分もある。

短歌の大衆性や物語について考える時、かつて藤原龍一郎がしばしば「ギミック」という言葉を使って論じていたことが思い出される。ギミックとは「人目を引くためのからくり、工夫、仕掛け」のことであり、藤原はプロレスを例に挙げながら、「私は私の短歌表現をこの現在という時間の中でより鮮烈に屹立させるために、ラジオ・ディレクターなるギミックを意識的に活用している」（『短歌の引力』）と述べる。さらに「元全共闘の絶叫僧侶、歌の家の頼みの綱の長子、吉野の山人、百科全書エディター、ポスト・モダンのモラトリアム青年、さらに言えば乳房喪失の中城ふみ子もまた秀れて文学的なギミックとよんでみたい」と記している。最近の言葉で言えば「キャラが立つ」ということだろう。この「ギミックについて」という時評が書かれた一九九三年には、既に大衆性の獲得や物語の導入が歌人たちにとって大きな問題となっていたことがわかる。

中城ふみ子にしろ、岸上大作にしろ、最近で言えばホームレス歌人として新聞歌壇を賑わした公田耕一や若くして亡くなった笹井宏之も含めて、短歌作品が何らかの物語とともに享受されているのは間違いのないところである。「物語」の有無や「大衆性」と「芸術性」という問題は、ゼロか百かというものではない。そのバランスをどこに置いて読むかが肝腎なのだろう。

これに関連して、今回は二冊の歌集を取り上げてみたい。まずは、昨年十二月に刊行された川﨑あんな歌集『あんなろいど』（砂子屋書房）である。作者のプロフィールについては全く知らない。短歌年鑑などでも名前を見かけないし、歌集にも帯やあとがき、略歴などは一切ない。けれども、こうした匿名性についての話を強調し過ぎると、それもまた一つの物語になってしまうから、まずは作品そのものを見ていこう。

つま尖をのみ見てひととすれ違ふ階段なりし急な勾配の

まちがへて葉ずれの音を雨はふる音とおもひて濡るゝこころは
ひとしづく酢をしこぼしし湯のなかを菊のはなびらは喘ぐまぼろし
吹き抜けの天井近く梁をゐる天使の肩にふる埃かも

どの歌からも繊細でいながら、確かな感覚や心の動きが伝わってくる。一首目は「つま尖をのみ見て」が的確な表現で、急な階段の感じがよく出ている。二首目は葉ずれの音を雨の音と勘違いして聞いていたために心が濡れてしまったというのだろう。三首目は食用の菊の花を茹でているところ。「喘ぐ」という言葉が生々しく、実景と幻が二重写しになっているような印象を受ける。四首目は天使の彫刻があるのだろうか。本物の天使が止まっているように感じるところがおもしろい。

そして、「てにをは」へのこだわりも、この歌集の大きな特徴である。二首目の「雨はふる」の「は」、三首目の「はなびらは喘ぐ」の「は」、四首目の「梁をゐる」の「を」など、いずれも独特な使い方をしている。「雨が（の）ふる」「はなびらの（が）喘ぐ」「梁にゐる」であれば普通なのだが、それをあえてずらすことで、一瞬意味が宙吊りになり、たゆたうような魅力が生まれている。

せしうむのすとろんちうむのおびただしくふるなかをする湖畔のさんぽ
あまたなるあまぽおら咲くぽおらんど思へるのみに歩き疲れて

飛行機音ふいに聞こえて　くわびんなる菫のはなとその葉とふるふ

もう一つ、表記面での特徴として、ひらがなを多用している点が挙げられる。「セシウム」「ストロンチウム」を「せしうむ」「すとろんちうむ」とひらがなで書くことで、一見のどかな雰囲気が漂う。けれども、それは恐ろしさの裏返しだ。二首目は「あまた」から「あまぽおら」（アマポーラ＝雛罌粟）が音で導かれ、さらに「ぽおらんど」へとつながるおもしろさ。三首目は「くわびん」を「花瓶」と取るか「過敏」と取るかで、意味の二重性を楽しむことができる。

川﨑の歌集はこのように物語とは関係なく、一首一首を味わうように出来ている。けれども、作品の背後から浮かび上がって来る作者像は思いのほか鮮明だ。そこにはブレがない。作者の実生活や人生はわからなくても、作者の心の動きや感情の流れはよく見えてくる。短歌の私性を「作品の背後に一人の人の―そう、ただ一人だけの人の顔が見えるということ」とする岡井隆の定義に従えば、この歌集は匿名性を持ちつつも、まぎれもなく私性をまとった歌集だと言えるだろう。

もう一冊、今年の三月に出た岡部由紀子歌集『父の独楽』（不識書院）を見てみよう。

いま何をおもひてゐしか毛糸玉ころがりて止む夜の畳に
にごりたる米の磨ぎ汁一月のくらき土管のなか流れゐむ

トイレットペーパー手より転がり長々とわたしのなかの昭和すぎたり
なにごとも起きざりし日の残照に壁にかけたるギターかがやく

どの歌も日常の場面でありながら、不思議な時間の奥行きを感じさせる。毛糸玉を畳に落とした後に、自分がぼんやりしていたことに気が付く一首目。米を磨ぎながら、地中を流れてゆく磨ぎ汁の行方を想像している二首目。三首目は「長々と」が序詞的に働いて「昭和」という時代を導き出している。四首目は残照に照らし出されるのが「ギター」であることに、若き日の追憶が滲んでいるように感じる。

言はむとし言葉いでねば一たびの気だるき手もてわが頰を撫づ
とろろ汁好きでしたねえ霜の夜の膳に並べる一椀の汁

歌集の終わりの方には、このような介護の歌や挽歌が収められている。一首目は言葉を発することのできない状態にあって、それでも必死に頰を撫でてくれた相手に寄せる思いを、二首目は故人に語り掛けるようにして好物だった「とろろ汁」を供える場面を詠んでいる。これらの歌は、歌だけでも十分に鑑賞に堪えるものだろう。では、作品の背景を知った上で読むとどうなるか。

この歌集の作者岡部由紀子は、一昨年亡くなった岡部桂一郎の妻である。長年、結社に所属することなく黙々と歌を作り続けた桂一郎を、この人が陰で支えていたことを思うと、歌の味わいが一段と深くなるように感じる。それは、短歌の読み方として不純なことだろうか。〈ひとたびも名を呼ばざりき若き日は　夜半のホームに「由紀子」を探す〉という一首を読む時に、私は岡部桂一郎の歌集『竹叢』にある〈しずかなる夜と思うな午前二時「由紀子」と呼びし声のさびしさ〉を重ね合わせて読みたいのである。

二〇一一年に行われたインタビュー（「横浜歌人会会報」第一〇〇号）の中で、由紀子は「いいか悪いかわからないけれど、短歌ってすごいと思う。はっきりいって。その力なければ、ここまで生きて、彼と一緒になることもなかったし、生きてきたってこともないと思う」「桂一郎がほんとうにね、ほんとに由紀子の由の字もいわない憎たらしいやつなのよ。どのくらいね、別れようと思ったか…」と発言している。そうした思いを背景に置きつつ歌集を読むことも、一つの鑑賞の方法であろう。

私たちが短歌や歌集を読んで受け取る感動は一種類ではないし、評価の基準も一つではない。一首一首の歌の修辞や完成度に価値を見出す場合もあれば、歌集に付随する物語に心を動かされる場合もある。どちらが良くてどちらが悪いというものではない。それぞれの歌集にふさわしい読み方があるということなのだろう。物語の有無を超えて、まずは自分の目で読み、自分の心で味わうことが大切なのは言うまでもない。

（「短歌」14・5）

地域性、風土性

四月二十四日に岐阜県の郡上八幡で行われた「郡上市古今伝授の里短歌大会」に参加した。郡上八幡は重要伝統的建造物群保存地区にも指定されている古い町並みが残っており、町の至るところに水路がめぐっている。家の前を流れる水路に堰板という仕切りを差し込むと水が溜まる仕組みになっていて、そこで洗い物をする光景を見かけた。古い建物が残っているだけでなく、そこに住む人々の暮らしの美しさといったものが今も残っている。

大会には全国から二千首以上の応募が集まったのだが、印象的だったのは、地域性、風土性が豊かなことである。

立春の朝日を浴びて雪道を集乳車《しふにゆうしや》来ぬ牛飼ふ村に　　北海道　藤林正則

四軒の除雪を終えて夫は夜床に一本の倒木となる　　福島県　鈴木桂子

客残し一両列車の運転手鹿の撤去に降りてゆきたり　　福井県　杉崎康代

甘蔗《きび》の村にたった一軒の雑貨店《マチヤグワー》ついに閉店ポストまで消ゆ　　沖縄県　平良宗子

北海道から沖縄まで、それぞれの土地の気候や風土、暮らしぶりがよく見えてくる。一首目、雪の積もった大地の朝のきらきらした明るさが感じられる。「集乳車」という言葉もこの土地ならではだ。二首目も雪深い土地の歌。「四軒」とあるので、隣り近所に空家や高齢のために除雪のできない家があるのだろう。そんな地域の様子まで思わせる。三首目は「鹿の撤去」が印象的な一首。即物的な詠い方の中に、鹿がよく出没する土地の様子も表れている。四首目は「甘蔗《きび》」や「マチヤグワー」という方言に沖縄の風土がよく滲んでいる。過疎化の進む地域の実情も反映していて考えさせられる内容だ。

こうした歌に色濃く表れている地域性や風土性といったものは、短歌を読む時の一つの楽しみと言っていい。全国各地に短歌を作る人がいて、それぞれの地域の新聞に短歌欄があり、地元の結社やカルチャーセンターがある。そういった状況は当り前のようでいて、実はかなり貴重なことなのだと思う。

東京の郊外で生まれ育った私は、大学卒業後に初めて東京以外の町での生活を経験した。岡山、金沢、函館、福島、大分、そして現在住む京都と全国各地を転々としたのだが、そこで感じたのは、それぞれの土地によって気候風土や季節感が異なり、そこに住む人々の暮らしや性格も大きく違うということである。例えば金沢では、犀川、浅野川という市内を流れる二本の川が北向きに流れていることに驚いた。それまでの私にとって、川とは常に北から南へ流れるものだったのであり、その感覚が身体に深く染み付いていたのである。また、お花見と言えば三月下旬から四月上旬にかけて行うのが当り前だと思っていたのだが、函館ではゴールデンウィークにお花見をする。そうした季節感の違いも、そこで生活しないとわからないことだ。生まれ育った土地の気候風土や環境は、おそらくその人を形作るうえで大きな役割を果たしている。それは、短歌においても同じことが言えるのではないだろうか。

「現代短歌」五月号では山崎方代の生誕一〇〇年の特集が組まれている。山崎方代と言えばすぐに山梨県が思い浮かぶ。年譜によると方代は二十三歳で山梨県を離れているのだが、その作品にはいつも故郷の影が差している。時間的な長さだけを言えば横浜や鎌倉での生活の方が長いわけだが、方代と山梨県のつながりは死ぬまで続くものであった。

阿木津英は総論「左右口村の〈方代〉誕生」の中で、同じく山梨県出身で同年生まれの作家深沢七郎との共通点を挙げ、

　方代の書いたもののなかに「深沢七郎」の名は一度も現れないが、この二人の文学には、甲州の泥から生まれたような徹底した庶民性と無学文盲の誇りがある。その共通するのを見て驚くような思いがする。

と述べている。阿木津はさらに、方代が単に慰撫や救済を求めてふるさとに回帰していったのではなく、新たな詠い方を模索した結果、ふるさとを「再発見」したのだと分析している。

生れは甲州鶯宿峠《おうしゅくとうげ》に立っているなんじゃもんじゃの股からですよ　『右左口』

ふるさとの右左口郷《うばぐちむら》は骨壺の底にゆられてわがかえる村　『こおろぎ』

不二が笑っている石が笑っている笛吹川がつぶやいている　『迦葉』

「鶯宿峠」「右左口郷」「笛吹川」といった地名、固有名詞の持っている喚起力も見逃すことができない。方代がふるさとに寄せる思いは単純なものではなく、それゆえ一層魅力的に思われる。そこを舞台に歌を詠むことによって、方代は自分の歌を確立させていったのだ。

今年、第二十九回詩歌文学館賞と第四十八回迢空賞を受賞することに決まった玉井清弘歌集『屋嶋』も、風土性を色濃く感じさせる歌集であった。玉井は愛媛県に生まれ、現在は香川県に住んでいる。愛媛、香川を中心として、歌集には四国らしさが随所に表れている。

あの匂い何かと遍路に問われたり四国をつつむ摩訶《まか》なる匂い

屋嶋城《やしまのき》あたりに鳴きしほととぎすむこうの谷に声しぼり鳴く

猪罠《ししわな》をしかける愉しさ語りいるこの地の老いと予土線を行く

ほどほどのうどん好きとはなりにけり讃岐うどんの本場に住みて

四国と言えば八十八ヶ所巡礼が有名だ。一首目はその遍路をする人の歌である。ここに言う「匂い」は直接には線香などの匂いかもしれないが、現世とは別の世界の匂いのようにも感じられる。二首目の「屋嶋城」は日本書紀に名前の出てくる山城のこと。屋島と言えば源平の合戦の舞台として有名であるが、実はそれよりはるかに古い歴史があることを、この歌から知った。三首目の「予土線」は伊予（愛媛県）と土佐（高知県）を結ぶ鉄道。「猪罠」に山深い土地の生活感がよく出ている。四首目には、愛媛生まれでありながら今は香川に住む作者の微妙な心理が滲んでいるようだ。

昨年十二月に刊行された三井修歌集『海図』にも、生まれ育った能登や金沢の歌が通奏低音のように響いている。数の上では決して多くはないものの、やはり見過ごすことのできない内容を持っている。商社時代のアラビアの歌や都市の歌がよく知られている三井であるが、年齢を加えるに従って、むしろふるさと能登や金沢へ寄せる思いは強くなっているように感じる。

帰り道車窓より見る能登の海無数のうさぎがしきり跳びいる
加賀びとは日和見　官軍にはつかず賊軍でもなし　さればやさしも
山の上ふわりと雲が浮かびいる能登の七尾の晩秋の空
金沢の道路はなべて鍵曲りどこの庭にも雪吊り見せて

一首目には「海に白波が立つことを俗に「うさぎが跳ぶ」と言う」との詞書が付いている。風の強い日本海の様子が見えてくるし、それを「うさぎが跳ぶ」と表現する地元の人々の暮らしも感じられる。二首目、同じ石川県でも加賀と能登では随分と雰囲気や気質が違うのだろう。

百万石の大藩であった加賀藩のおっとりした雰囲気が伝わる。三首目はふるさとの自然に接する時の作者ののどかな気分が満ちている歌だ。四首目の「鍵曲り」はクランク状に曲った道のこと。城下町に敵が侵入してきた時に攻めにくくするための工夫である。こんなところからも、歴史が過去のものではなく現在形で人々の暮らしの中に受け継がれていることがわかる。

こうした風土性を感じさせる歌を詠む歌人は年々少なくなっている気がする。それは、政治経済ばかりでなく文化においても東京などへの一極集中が進んでいる状況とも関係しているのだろう。全国どこに行ってもチェーン店のコンビニや回転寿司、ドラッグストアが建ち並び、同じようなファッションや流行が広まっている。けれども、それは一面の真実に過ぎない。日本列島は南北に長く、均質化、画一化が進む中にあって、今なおその土地ならではの風景や文化、暮らしの姿が残っている。そして、それは短歌の中にも残されていると言って良いだろう。

地方に住んでいる方から、しばしば「私の住んでいるところは田舎で、短歌に詠むようなものが何もない」といった話を聞くことがある。でも、多分そうではないのだ。その土地に住む人にとっては何でもないような生活の細部や見慣れた景色といったものが、実はその土地以外の人にとっては新鮮で豊かなことが多いのである。短歌は何も目新しいものや特別なものを詠うだけの文芸ではない。まずは自分の暮らしや自分の住んでいる土地を丁寧に見つめ直すこと。そこから新たな発見が生まれるにちがいない。短歌が長く保ち続けてきた地域性や風土性は、「地方の時代」が叫ばれて久しい現在の状況に最もふさわしいものと言えるだろう。その価値を再認識して、今後も大事にしていきたいと思う。

（「短歌」14・6）

狂歌と近代短歌

「短歌往来」三月号の中で、二人の歌人が狂歌と近代短歌の関わりについて書いているのに注目した。

安田純生はアンケートの中で吉岡生夫著『狂歌逍遥　第2巻』に触れ、

狂歌（とりわけ近世上方の狂歌）は、従来、歌人たちに、あまり読まれて来なかったのではないか。あまり読まれずに、卑俗なものとして遠ざけられて来たようにも思える。しかし、近代短歌の成立を考えるとき、狂歌は無視できない（…）

と述べる。また、島内景二は連載「短歌の近代」において、

狂歌は、「和歌ではない」ことを逆手にとって、漢語や俗語などを、制限なしで使用できる特権を得た。（…）近代短歌は、漢語・俗語・洋語などをすべて使うと宣言することで、タ

ブー無し（何でもあり）の言語の自由を獲得した。その結果、狂歌に急接近してゆく。と記している。これまであまり論じられることのなかった狂歌と近代短歌との関わりが、今、静かに注目を集め始めていると言っていいだろう。

ほととぎす嵯峨へは一里京へ三里水の清滝夜の明けやすき　与謝野晶子

京都の地名や数詞を巧みに使った名歌であるが、この発想には実は先例がある。天明狂歌四天王の一人と言われる頭光《つむりのひかる》（一七五四―一七九六）の、

ほととぎす自由自在に聞く里は酒屋へ三里豆腐屋へ二里

から晶子の一首が影響を受けていることは、古くは佐竹籌彦『全釈みだれ髪研究』（一九五七年）が指摘している通りだ。また、

久方のアメリカ人のはじめにしベースボールは見れど飽かぬかも　正岡子規

は、本来「天（あめ、あま）」にかかる枕詞「久方の」を少しずらして「アメリカ」にかけて

いることで有名な歌であるが、こうした手法も子規のオリジナルではない。吉岡生夫の『王道をゆく　ジュニアと五句三十一音詩の世界』によれば、

久かたのあめの細工やちやるめらの笛のねたててよぶ子鳥かも　九如館鈍永
久かたのあまのじやくではあらねどもさしてよさしてよ秋の夜の月　半井卜養

など、狂歌にはよく見られる手法なのだ。

子規の蔵書を収めた法政大学の「正岡子規文庫」には六樹園（宿屋飯盛《やどやめしもり》）撰『狂歌歌集』をはじめ、『狂歌扶桑集』『狂歌吉原形四季細見』『狂歌集まさきのつな』『狂歌集江戸砂子』『狂歌作者分類』といった狂歌関係の本が数多く収められている。子規の教養の中に狂歌が入っていたことは間違いないだろう。

これまでの和歌・短歌史においては、明治の和歌革新の功績が大きく取り上げられ、歴史的な断絶が強調されてきた。けれども、和歌革新のすべてが独創だったわけではない。そこへ至る水脈を明らかにすることは今後の大きな課題と言っていいだろう。その際、和歌だけではなく、狂歌や謡曲、長唄、都々逸といった幅広いジャンルを視野に入れていく必要がある。


（「現代短歌新聞」15・4）

生きている『万葉集』

「NHK短歌」四月号の連載「手さぐり古典和歌」で吉川宏志が『万葉集』の、

東《ひむがし》の野に炎《かぎろひ》の立つ見えてかへり見すれば月かたぶきぬ　柿本人麻呂

を取り上げている。吉川は、二〇一三年刊行の岩波文庫の『万葉集』(一)で上句が「東《ひむがし》の野《の》らにけぶりの立つ見えて」と訓読されていることを指摘し、長く親しまれてきた訓みが変更されたことに対する衝撃を述べている。これは、外国の小説の新訳が出た時の違和感や新鮮さとも似ているかもしれない。

もともと、『万葉集』の時代には平仮名はまだ存在していなかったので、歌はすべて漢字で書かれている。この一首であれば「東野炎立所見而反見為者月西渡」であり、それをどう訓むかについては古来さまざまな説が出されてきた。

鎌倉時代の『玉葉和歌集』には〈あづま野のけぶりの立てる所見てかへり見すれば月かたぶ

きぬ〉（１１２４）という形で載っており、中世にはこの読みが一般的であった。それを江戸時代に賀茂真淵が『万葉考』において「ひむがしの野にかぎろひの立つ見えて」という新しい訓みを提示し、以降はそれが広まったのである。かなり大胆な変更であったと言っていいだろう。

この歌については結句「月西渡」に関しても「つきにしわたる」とする訓みもあって、なかなか一筋縄ではいかない。また、一九三八年刊行の斎藤茂吉著『万葉秀歌』を見ると、この歌の「野」に「ぬ」と振り仮名が付いている。これも、江戸時代に新たに出された訓みであり、当時定説となっていたものであった。この説は戦後になって否定され、現在では「野」はそのまま「の」と訓む。このように、時代によって新しい訓みが提出されては、また覆されたりする。そうした変遷も含めて学問の蓄積と言うべきなのだろう。

岩波文庫の解説で校注者の大谷雅夫は、先に引いた訓みについて「いまだ試訓とも言うべきものであり、なお検討すべきいくつもの問題が残されていよう」と記している。古典と言うと古臭いものといった印象があるが、実は常に変化し続けているわけだ。既に答の出たものなのではなく、まだわかっていない問題をたくさん抱えたものとして存在しているのである。

白石良夫著『古語の謎』によれば、「ひむがし」という言葉は平安時代以降の和歌ではほぼ使われていなかったらしい。それが近世に入ってしばしば歌に用いられるようになった背景には、この『万葉集』の人麻呂の歌に対する真淵の新しい訓みの影響があったのだ。そして、それは現在まで続いている。

東《ひんがし》にひろく傾くくもりぞら那須の高原《たかはら》にわれは来しかば　佐藤佐太郎『帰潮』
西の友ら疎くもなるかひむがしの昔なじみも多く残らず　川田順『東帰』
早発《はやだち》は流離に似たりひんがしに雲赤く燃え西ぞら暗き　高野公彦『淡青』

現代短歌でよく目にする「ひむがし（ひんがし）」という言葉一つにしても、こうした長い歴史を負っている。『万葉集』をはじめとした古典は遠い過去のものではない。今も私たちが歌を詠む際に直接関わってくるものなのである。

（「現代短歌新聞」15・5）

宣伝と時評

現代社会において広告・宣伝は非常に周到に私たちの周りに張り巡らされている。それは、一見したところ広告・宣伝と気が付かないこともある。新聞記事かと思って読んでいたら、実は商品の広告だったりする。もっとも新聞の場合は欄外に「広告」と表示されているのでわかりやすい。一方でインターネットの世界では、個人のブログに書かれている記事が、実は宣伝であるといったことが増えている。アフィリエイト（成功報酬型広告）と言って、企業と契約して商品の宣伝をし、売上に応じた金銭をもらう仕組みである。このように、記事と広告・宣伝の境はどんどん曖昧になってきていると言っていい。

これは短歌とも無縁な話ではない。例えば五月十八日の「朝日新聞」の短歌時評に松村由利子が「一首の中のドラマ」という文章を書いている。この中で松村は笹公人『念力ろまん』と千葉聡『海、悲歌、夏の雫など』から二首ずつを引き、「今春スタートした「現代歌人シリーズ」（書肆侃侃房）の一つだ」と紹介し、さらには、

「『詩歌の未来』のための饗宴《きょうえん》」と銘打たれた「現代歌人シリーズ」の多様性を物語る２冊でもある。

と記している。

時評の内容については触れないが、一つだけ指摘しておきたいことがある。現在このシリーズは三冊刊行されており、１番が千葉の歌集、３番が笹の歌集なのだが、２番は当の松村の歌

集『耳ふたひら』であるという事実だ。これでは、自分の参加したシリーズを宣伝するために、この時評を書いたと受け取られても仕方がないのではないか。

何も自分の参加しているシリーズを取り上げるなと言っているのではない。それが本当に良いと思うのであれば取り上げても構わない。けれども、その際には自分がそこに関係していることを明かす必要があると思う。そうした情報があれば、執筆者が本当に良いと思って書いているのか、それとも宣伝の要素が入っているのか、読者自身が判断することができる。特に、短歌誌と違って新聞の時評の読者は歌壇の事情に詳しくはない。松村がこのシリーズで歌集を出していることを知らない読者も多いだろう。だからこそ、その事実を伝えなければフェアとは言えない。

昔から自分の結社の歌人を時評で取り上げたりすることはよく見られたが、それは身びいきといった感覚であった。ところが現在進行しているのは、それが商業主義とつながっているという問題である。書肆侃侃房のフェイスブックには「5／18の朝日新聞「短歌時評」で、松村由利子さんが現代歌人シリーズ新刊『念力ろまん』と『海、悲歌、夏の雫など』について書いてくださいました」と、全国紙の時評で取り上げられた事実が早速宣伝に用いられている。

歌集が一般の読者にも広く売れることは、多くの歌人の願いである。けれども、そのために時評の客観性や中立性が失われることがあってはならないだろう。読者に対するフェアな姿勢を忘れてしまえば、やがては出版社から報酬をもらって、単なる宣伝のために時評に歌集を取り上げるといった事態になりかねないのだ。

（「現代短歌新聞」15・6）

口語短歌の課題

口語短歌の課題として以前から指摘されていることに結句の問題がある。例えば、「歌壇」一九九九年十二月号の対談「口語短歌の現在、未来」において、穂村弘は口語の「明らかに弱点と思えるポイント」として、

一つは結句の問題。最後のところ、文語で「けり・たり・かな」とか、詠嘆の入った終わり方をするのに比べて、「何とかです、何とかする、食べる、眠る」とかで終わると、日記を読んでるんじゃないぞという感じになって、定型的な韻律のカタルシスがないということはすごく大きかった。

と指摘している。口語短歌が浸透し完全口語の歌人も増えている現在、この問題はどうなっているのだろうか。

あらためてそのことを考えさせられたのは、東郷雄二の短歌鑑賞ブログ「橄欖追放」の第一

六四回（五月十八日）を読んだからである。東郷は竹内亮の歌集『タルト・タタンと炭酸水』について「結句が体言止めか倒置でなければ、すべてル形で終わっている」と指摘した上で、

線香を両手でソフトクリームのように握って砂利道を行く
海水の透明な水射すひかり大きな鳥が陸を離れる

という歌を引き、次のように述べている。

「ある」「いる」のような状態動詞のル形は現在の状態を表すが、動作動詞のル形は習慣的動作か、さもなくば意思未来を表す（ex.僕は明日東京に行く）。このためル形の終止は出来事感が薄い。何かが起きたという気がしないのである。口語短歌の多くが未決定の浮遊状態に見えるのはこのためかもしれない。

これは、かなり重要な指摘だと思う。口語短歌の結句の問題は、単にバラエティの乏しさといった単純な問題ではなかったのだ。言語学者である東郷は、動作動詞のル形（いわゆる現在形）の終止に「出来事感が薄い」という問題を提示する。

中学生の頃に英語の文法の授業で、「動詞の現在形は現在の出来事を表しているのではない。現在の出来事を表すなら現在進行形だ」と言われて驚いたことがある。それと似た感じだろう。

ル形は「今その出来事が起きている」という感じが薄いのである。口語を使う難しさはまさにこの点にあるのではないか。

さらに私の印象で付け加えるならば、特に口語の上一段活用と下一段活用の動詞にその傾向が強い。「落ちる」と「落つ」、「食べる」と「食ぶ」を比較した場合、その出来事感には明確な差があるように感じる。

これまで、こうした「浮遊状態」は作者の若さと結び付けて論じられることが多かった。しかし、それが言葉そのものに根差している以上、作者が若いかどうかといった問題ではなく、口語で歌を詠む限り避けられない問題と考えた方がいい。

もちろん、こうした課題に自覚的な歌人もいる。例えば、今年五月発行の「京大短歌」二十一号に掲載されている小林朗人の連作「炎」を見ると、結句部分は「炎か、きみは」「だろう心を」「泣いていた」「古くからの涙に」「砂場、あふれろ」「火ですよ」などとなっていて、単調さや浮遊状態を感じさせないように工夫されている。

（「現代短歌新聞」15・7）

どこまで踏み込むか

朝日新聞の投書欄（七月一日）に「イデオロギー強い句と批判」（行本章允、71歳）という一文が掲載されていた。

句会で「基地の空鳥は自由に沖縄忌」と詠んだところ、世話役に「イデオロギーの強い句はいかがなものか」と批判されました。（…）作品の良し悪しではなく、その人の考えそのものを批判するのは、憲法が保障する「思想信条の自由」「言論の自由」の侵害です。

内容はともかくとして、言葉の強さにまず驚いた。憲法を持ち出すほどのことだろうか。そう言えば、或る通信講座の添削の手引きにも「思想・信条・人格を尊重し、生き方・考え方そのものへは立ち入らない」とある。何を歌うかに踏み込んで批評することは、ある種のタブーになっているのかもしれない。

服部真里子の「What to say より How to say」（「梧葉」四十五号）は「What to say」

（何を言っているか）と「How to say」（どのように言っているか）を比較した上で、

What to say で歌の価値を判断してはならない、と今でも思う。燃えるように強く。（…）他者の言おうとすることに、価値判断を加えてはならない。価値判断が許されるとしたら、あくまでも短歌作品としてそれが優れているかどうかという、How to say の部分だけだ。

と言う。「燃えるように強く」「価値判断を加えてはならない」といった強い言い回しに、やはり戸惑いを覚える。

「何を」か「どのように」かという問題は、別に今に始まった話ではない。例えば六〇年安保闘争期の歌人である坂田博義と清原日出夫の間にも論争があった。もっとも、この二つは決して二者択一というわけではなく、清原自身が「「何を如何に歌うか」というときにだけ、実りある問になる」と述べたように、本来どちらも大切なものであろう。

では、服部の激しい拒絶は一体何に由来するのだろうか。大辻隆弘は「短歌」七月号の歌壇時評「読みのアナーキズム」の中で、服部の論に「「傷つけられたくないから他人を値踏みしない」」という若者特有の閉鎖的な自己愛」を読み取っている。だが、これは若者特有の問題ではない気がする。なぜなら、服部の文章を読んで私が真っ先に思い浮かべたのは、高柳蕗子の評論集『短歌の生命反応』（二〇〇二年）であったからだ。刊行当時、四十歳代後半であった高柳は、例えば魚の解剖は、その魚がおいしいかどうか知るためのものではない。良い魚か悪い魚かを見極めたいのでもない。目的は体の仕組みを知ることだ。（…）私たちは本当は互いにほとんど理解しがたく、よって「共感」などめったにできず、したり顔で「評価」できることなど、ほんのわずかでしかないはずだ。

といった短歌観を提示している。これは、何を歌うかには踏み込まないという服部と共通した考え方だろう。

しかし、「何を」と「どのように」は歌の中で密接に結び付いていて厳密に区分できるものではない。短歌を批評する以上、一線を超えて踏み込むことも踏み込まれることも覚悟しなくてはならないのではないか。

（「現代短歌新聞」15・8）

サハリンへの旅

七月三十日から八月四日まで、サハリンを訪れてきた。サハリンの北緯五十度より南側は、一九〇五年、日露戦争後のポーツマス条約で日本に割譲され、一九四五年、第二次世界大戦後にソ連に占領されるまで日本の領土であった。

戦前、サハリン（樺太）には約四十万人の日本人が暮らしており、「樺太短歌」「ポドゾル」などの短歌雑誌も発行されていた。

魚の腹指《および》に割きて数の子を取りゐる人ら血にまみれたる
うづたかき鰊の中に身をうづめひたむきに卵をば取りてゐるなり
打ちあぐる波に濡れつつ曳きてくる昆布は長し砂に並べぬ
砂の上を幼きも母に従ひて曳きずりて来る小さき昆布を
雪しろの冷き水に丸太流す流送人夫《りうそうにんぷ》なり濡れて働きぬ
上賃取《じやうちん》は堰堤《つつみ》を切りし水に乗り手足すばやく丸太を流す

一、二首目は新田寛『蝦夷山家』より。鰊漁の光景を臨場感溢れる表現で詠んだ歌である。

北海道で鰊が獲れなくなった後も樺太の鰊漁は好調であった。
三、四首目は山本寛太『北緯49度』より。樺太西海岸の町で教師をしていた作者が見かけた昆布漁の光景。小さな子も手伝って一緒に作業している。
五、六首目は山野井洋『わが亜寒帯』から。川に堰堤を築いて伐採した丸太を貯め、それを一気に流す様子である。「上賃取」は賃金の多い作業員のこと。
こうした樺太在住の歌人以外にも、観光、仕事、講演等で多くの歌人が樺太を訪れて歌を残している。

須臾《しゆゆ》にして鈴谷平原《すずやへいげん》を快走す雲も風も山も草も樺太　土岐善麿『六月』
汽車中の話樺太神社旧市街農場ロシア人墓地山火事　斎藤茂吉『石泉』
鷲ひとつ石のうらべに彫りにけりそなたにあらき虎杖《いたどり》の花　北原白秋『海阪』
人襲ふ藪蚊の中に相寄れり領界標の石一つ見つけて　松村英一『河社』

一首目、鈴谷平原は樺太を南北にのびる平野で、そこを樺太東線と呼ばれる鉄道が通っていた。二首目は汽車のなかで聞いた話を列挙したもの。樺太神社は樺太各地に建てられた神社の中で最も規模の大きなもので、中心地の豊原（ユジノサハリンスク）にあった。
三、四首目に詠まれているのは北緯五十度の国境線に据えられた標石である。国境標石は全部で四か所に設置され、南面には皇室の菊の紋章が、北面にはロシアの双頭の鷲の紋章が刻まれていた。

　今回の旅では、松村英一が訪れた標石の場所へも行ってみた。現在、標石は取り壊され、台座だけが苔に覆われて残っている。茂吉の歌に出てきた樺太神社も今はなく、戦車などを展示する広場へと姿を変えていた。

　樺太が日本の領土でなくなったこともあり、こうした歌が取り上げられる機会は今ではほとんどなくなっている。歴史問題とも関わるので扱いにくいのは確かだが、事実は事実としてきちんと残していくことが大切だろう。

　先日、日本政府は第二次世界大戦で亡くなった樺太の民間人の墓地の調査を行う方針を発表した。戦後七十年が過ぎても、まだ戦後の区切りは付いていないのである。

（「現代短歌新聞」15・9）

「われ」の二重構造

短歌を詠む作者「われ」に対して、短歌の中に出てくる「われ」を作中主体と呼ぶことがある。作者と作中主体の関係は、どのようなものだろうか。

いちはつの花咲きいでて我目には今年ばかりの春ゆかんとす　正岡子規『竹の里歌』

病む我をなぐさめがほに開きたる牡丹の花を見れば悲しも

母が弾くピアノの鍵をぬすみきて沼にうつされいしわれなりき　寺山修司『血と麦』

わが撃ちし鳥は拾わで帰るなりもはや飛ばざるものは妬まぬ

子規の歌に詠まれている「われ」、いちはつの花や牡丹の花を見ている「我」は作者の子規自身と読んで良いだろう。一方で、寺山の歌はどうだろうか。歌の中でピアノの鍵を盗んだり鉄砲で鳥を撃ったりしている「われ」は、寺山自身と言うよりも、小説の主人公や舞台の登場人物のように感じられる。

一般に、近代短歌においては「作者＝作中主体」であったものが、前衛短歌において「作者≠作中主体」となったと説明されることが多い。もっとも、そうした図式的な説明は、実際とはいくぶん異なるようだ。そもそも、言葉を用いて表現する段階で、作者と作中主体が完全に一致するなどということはあり得ない。その一方で、作者が詠んだ歌である以上、作者と作中主体が全く無関係ということもない。つまり、ゼロか百かといった問題の立て方がそもそも無理なのであり、「作者と作中主体の間には何らかの関係がある」と理解すれば良い。数学で言う関数のようなものだ。

きしめんは即ち平たきうどんにて食ひたるわれを横たはらしむ　小池光『日々の思い出』
雨の中をおみこし来たり四階《よんかい》の窓をひらけばわれは見てゐる　同　『草の庭』

どちらの歌も「われ」は作者でありながら、その「われ」を外側から見ている作者の視線を強く感じさせる。それぞれ、「食ひたるわれは横たはる」や「窓をひらきてわれは見てゐる」といった言い方と比べてみると、その違いがはっきりする。うどんを食べる「われ」とそれを外側から見ている「われ」。窓をひらく「われ」とそれを外側から見ている「われ」。歌を詠む「われ」と歌に詠まれている「われ」は重なりつつも、その間に一定の距離がある。こういう歌を読むと、「作者＝作中主体」か「作者≠作中主体」かといった二者択一の考え方が何の意味も持たないことがよくわかる。

では、私たちが短歌を詠む際に注意すべきことは何だろうか。それは、この作者と作中主体の間の距離を意識することである。ほとんど距離を感じさせない歌もあれば、相当に距離が離れている歌もあるのだが、いずれにせよ必ず距離は存在する。そしてその距離があるために、短歌に詠んだ言葉は、詠まれた途端に変質する。日記に書いた言葉と短歌に詠んだ言葉は、同じ言葉であっても違うのだ。短歌として発表すること自体が既に何らかの意味を持ってしまうのである。

例えば、何かとても悲しいことがあって、人知れず部屋で涙を流したとしよう。けれども、それを「人知れず部屋で涙を流した」と歌に詠むと、途端に作者の悲しんでいる姿がわざとらしく感じられてしまうのである。たとえ作者が「そのまま」を詠んだとしても、決して「そのまま」にはならない。短歌においては別のニュアンスをまとってしまうのだ。

つまり、三十一文字の短歌には、常に外側がある。「われは人知れず部屋で涙を流した」で歌は終わらない。必ず、『『われは人知れず部屋で涙を流した』とわれは述べる」という二重の構造を取るのである。こうした「われ」の二重構造を意識することなしに短歌を詠むことはできない。それは「作者」と「作中主体」といった言い方で単純に切り離せるようなものではなく、短歌という詩型の本質に深く根差したものである。二重の「われ」は、常に重なり合いながら、しかも互いに隔たっている。そこに、短歌の難しさと面白さがあるのだ。

（「短歌」15・9）

世代を超える議論の行方　回顧と展望

二〇一五年は世代を超えるいくつかの議論が印象に残った。

一つは「読み」をめぐる議論である。「短歌」四月号の特集「次世代を担う20代歌人の歌」に載った服部真里子の〈水仙と盗聴、わたしが傾くとわたしを巡るわずかなる水〉などの歌に対して、小池光が「もう少し作者と読者の間に共有するものがある歌であってほしい。作品が作者のものに止まっているかぎり、客観的に自立した作品の誕生は望めない」と述べたことから、総合誌や結社誌で多くの意見が交わされた。服部の立場は「作者と読者は、そもそも言葉を共有することができないのだ」（「歌壇」六月号）という主張によく表れている。

服部は「短歌年鑑」平成28年版に小池の歌集『思川の岸辺』の評を二ページにわたって書いているが、歌集の最大のテーマと思われる小池の妻の死については一言も言及していない。おそらくそうした観点から歌を読みたくないのだろう。先の歌をめぐる議論ともつながる服部の価値観・短歌観が明確に示された文章であったと思う。

もう一つ、「文語」に関する議論にも注目した。岡野弘彦が「今の短歌雑誌や新聞投稿歌の文体・用語・しらべの変化の著しさは、明治初期の新用語による変化や、その後の自由律短歌の流行期の変化の比ではない」（「短歌」九月号）と文語の衰退を憂えたのを皮切りに、川本千栄「キマイラ文語」（「現代短歌」九月号）、黒瀬珂瀾「「近代文語」は去った」（「現代短歌」十月号）、大辻隆弘「文語という思想」（「短歌」十一月号）など各自の立場を示す文章が書かれた。

短歌における文語はしばしば理想化された形で語られる。文語を大切にする気持ちはよくわかるのだが、それが実態とかけ離れては困る。「現代短歌」二〇一六年一月号で本田一弘が「完璧な文語を用いて古典に裏打ちされた重い文体のしっかりした歌を作って、我々の常識を覆すような新人の出現を私も期待している」と書いているが、そもそも「完璧な文語」というものがあるのかどうか。

今から七十年近く前の一九四七年に行われた講演「短歌の現在および将来について」の中で、土屋文明は「現在の短歌が使っておる文語というものは、これは厳格な意味においての文語ではない」という文法学者の批評に同意し、「新旧取りまぜで、悪くいえばぬえ的」と述べている。このように、私たちの使う文語はもともと人為的に生み出されてきたものだという点は自覚しておく必要があるだろう。一つの規範的な文語というものがあるのではなく、文語も時代によって変化していく。それは「現代短歌」で連載中の安田純生「短歌文法教室」を読めばよくわかる。明治大正期の文語文法と現在の文語文法の間でも、既にいくつもの違いが存在するのだ。

現在の短歌の状況を概観すると、「結社」「短歌総合誌」「文語」「自費出版」を基盤とした従来の枠組みに対して、若い世代を中心に「ネット」「同人誌」「口語」「商業出版」といった新たな枠組みが生まれつつある。書肆侃侃房による「新鋭短歌シリーズ」「現代歌人シリーズ」の刊行も、そうした傾向に拍車を掛けている。こうした過渡期ということもあって、歌人の発言や文章にも、自らの旗幟を鮮明にせず、形勢が明らかになるまで待とうとするような態度がしばしば見受けられる。けれども、そうした姿勢からは何も生まれない。伝統の中で守るべきものは何か、改めるべきものは何か、自分は何を大切にしていくのか。様々な価値観が並立する中で、互いの価値観をぶつけ合うことによって初めて今後の展望が開けてくるのだ。

（「現代短歌新聞」16・1）

どんな脚色も許されるけれど　虚飾と脚色の間

歌を始めて日の浅い方から「短歌は事実しか詠ってはいけないんですか」と聞かれることがある。そんな時は「歌として良ければ、別に事実でなくても構いませんよ」と答えることにしている。すると「虚構でも何でも好きに詠っていいんですね」と言われたりする。どうやら事実か虚構かの二分法で考えているらしい。でも、事実と虚構とはそんなに明確に分けられるものなのだろうか。

あるいは、歌会で高評価を得た歌について、作者自身が「これは事実ではなく、私が想像で作ったんです」と得意そうに言うことがある。おそらく事実そのままを詠むよりも頭で作る方が難しいと思っているのだろう。別に事実である必要はない。それは作者にしかわからないことであり、読者には確かめようのないことだ。けれども、「想像で作った」と言われると、正直なところあまりいい気はしない。そんな種明かしは興醒めで、黙っておけば良いのにと思う。

一昨年の短歌研究新人賞を受賞した石井僚一の作品「父親のような雨に打たれて」をめぐって、虚構の問題が議論になったのは記憶に新しい。

父危篤の報受けし宵缶ビール一本分の速度違反を
遺影にて初めて父と目があったような気がする　ここで初めて

このような父の死を詠んだ歌が一連の中心となっているが、その後、実際に亡くなったのは祖父であり父は生きていることを石井自らが明らかにした。これに対して選考委員の加藤治郎が「祖父の死を父の死に置き換える有効性はあるのか。ありのまま祖父の死として歌う以上の何かが得られたのか。虚構の動機が分からないのである」（「虚構の議論へ」）と疑問を呈し、石井は「祖父の葬式という場を借りて父の死をできる限り現実的に想像した」（「虚構の議論へ」に応えて）作品であったと答えたのだった。

この件なども、石井本人が舞台裏を明かさなければ、問題にならなかったかもしれない。読者は父が死んだことを「事実として」読んで、特に疑問は抱かないからだ。新人賞の応募作品という場で父の死という劇的な場面を作り出した姿勢には疑問が残るが、それは文学としての問題とは別であろう。

こうした問題は、何も今に始まったことではない。

頑強なる抵抗をせし敵陣に泥にまみれしリーダーがありぬ　『渡辺直己歌集』

渡辺直己の臨場感あふれる戦争詠には、実際は戦地へ赴く前の伝聞や想像で詠まれた歌が含まれていることが現在では明らかになっている。この歌も、初出では〈頑強なる抵抗をつづけし敵陣にリーダーがすてありたりと云ふ〉（「アララギ」一九三七年十二月号）と伝聞形で詠まれており、作者の実体験ではない。その後、改作によって実体験の歌のように脚色しているのだ。

こうした脚色に対しては、「応召した将兵が戦地で戦う歌を詠めば、彼の体験を歌ったものと読者が受け取るのは当然のことである。（…）渡辺はそこの問題に関してフェアーでなかった。結果的に読者を躓かせ、読者を騙したのであった。これはいけないことである」（奥村晃作『戦争の歌』）といった批判もある。心情としてはよくわかるが、歌としてどちらが良いかと言えば、明らかに改作後の方であろう。

「この味がいいね」と君が言ったから七月六日はサラダ記念日　俵万智『サラダ記念日』

この歌について俵は、「この一首を作る契機となるできごとは、現実には七月六日ではなかったし、素材はサラダでもなかった。ではなぜこの日付を選び、サラダにしたのかというと、理由はそれぞれたくさんあるのだが、一つにはS音の響きということを考えたから、である」（『短歌をよむ』）と明かしている。さらに、歌の原案が〈カレー味のからあげ君がおいしいと言った記念日六月七日〉であったことも記しているのだが、確かに脚色後の歌の方が爽やかな恋の気分が出ているし、リアリティも失われていない。

歌集のあとがきに「原作・脚色・主演・演出＝俵万智、の一人芝居――それがこの歌集かと思う」と書いた俵は、脚色についても十分に意識的だったのだろう。ただし、この歌の脚色も、俵自身が明らかにしなければ読者には永遠にわからなかったことである。

「近代短歌、特にアララギでは事実しか詠んではいけないとされていたが、前衛短歌によって虚構が導入され、現在では何でも詠むことが可能になった」といった論を唱える人を時々見かける。本当にそんな単純な図式で捉えて良いのだろうか。「ありのまま」「事実そのまま」を詠むというのは、あくまで方法論の話であって、それを単純に鵜呑みにしてはいけない。

初々しく立ち居するハル子さんに会ひましたよ佐保《さほ》の山べの未亡人寄宿舎

土屋文明『山下水』

戦後、土屋文明がアララギ会員の親類にあたる「ハル子さん」を奈良に訪ねた際に詠まれた歌である。戦争で夫を亡くした若い女性が自活して生きていこうとする前向きな明るさを感じさせる歌だ。

実は彼女の本名は「ハル子」ではなく「樋口治子」である。では、なぜこの歌では「治子」ではなく「ハル子」と詠まれているのだろうか。それにはおそらく「佐保の山」という場所が関係している。平城京の東に位置する佐保山を神格化した佐保姫は、古来、春をつかさどる女神とされてきた。そして「ハル＝春」という明るいイメージを導くために、文明は「治子」ではなく「ハル子」と詠んだのである。創作におけるこのような脚色は、近代短歌でもアララギでも普通に行われていたことなのだろう。

そもそも芸術というものは、すべて事実と虚構の微妙な境界の上に成り立っているものである。古くは近松門左衛門が「虚実皮膜」と言った通りで、事実と虚構の間に存在するものなのだ。その二つを明確に区別できると考えるのが間違いであり、新聞記事にしろ、写真にしろ、ノンフィクションにしろ、ドキュメンタリー映画にしろ、作り手の主観が当然のように入っている。客観的な事実などというものは存在しない。

さらに根本的なことを言えば、言葉によって事実をそのまま写し取れるはずもないのである。目の前にある机や自分の手ひとつだって、何万語を費やしたところで、そのままを伝えることなんてできない。虹の色を七色の言葉にするのがせいぜいであって、言葉にした段階で既に事実は変容してしまうのだ。

麻薬犬災害救助犬警察犬帰りに一杯やることもなし　　香川ヒサ『ヤマト・アライバル』

ひっそりと赤い車が〈言の葉〉を集めて回る春のゆふぐれ　　高野公彦『流木』

例えば、こうした歌は事実を詠んだ歌と言えるだろうか。一首目、犬が仕事帰りにお酒を飲むことはない。その意味においては確かに事実であろう。けれども、「帰りに一杯やることもなし」と言われれば必然的に一杯飲んでいるユーモラスな犬の姿が頭に思い浮かぶ。否定することによって逆にその姿が浮かび上がるように歌ができているのだ。二首目は郵便の車を詠んだ歌で、これも事実と相違するところはない。けれども郵便収集車を「赤い車」、手紙を「言の葉」とあえてぼかして詠むことで、歌に現実以上の広がりを生み出している。これも、一種の脚色と言っていいだろう。このように、修辞のレベルも含めれば、すべての歌に脚色があると言って差し支えないと思う。

それを承知の上で、最後に一言だけ付け加えるならば、「事実そのまま」を大事にする近代以来の伝統をあまり軽く考えない方が良いと思う。それは素朴な態度論ではなく、作者がコントロールできない余地を歌に残しておくという方法論なのだ。言葉だけの世界ではすべてを作者の思い通りにすることが可能である。けれども、作者の思い通りに作った歌というのは意外とつまらないものだ。作者の頭を超えることがないからである。では、どうすれば良いのかと考えた時に、事実を意識的に歌に取り込むという手法が生まれたのだろう。

短歌においてはどんな虚構も脚色も許される。これがまずは大前提である。でも、だからこそ、言葉は慎重に取り扱う必要があるのだ。脚色は歌を詠む際に必ず伴うものではあるが、それは「何でもあり」と開き直ることとは違う。得意気に人に語ることではない。心の中でこっそりと行えば良いことである。

（「短歌」16・11）

ツンデレからデレデレへ

二十年くらい前の話になるが、私が短歌を始めた頃、口語の使われ方がしばしば話題になっていた。今でもよく覚えているのが、文語の中に口語を入れる効果についての分析である。

胃の腑なみうつごときにくしみ　いつの日の戰にも醜《しこ》の御盾になんか　塚本邦雄『獻身』

春よ来て下さい深き傷癒えて小波に危惧みなぎらふとも　岡井隆『ウランと白鳥』

戦場に死を死にし死者亡骸はありませんかといまだ問うべく　佐佐木幸綱『呑牛』

栗木京子は「短歌」一九九八年九月号の「口語に心を許すなかれ」の中で、これらの歌を引き、「三首のいずれにも共通しているのは、文語で端正に整えた叙述を基調にしつつ、そこにワンポイントの口語を効かせることで心情の通風口を確保していることである」と述べている。一九八七年の『サラダ記念日』の刊行を契機として口語が注目を集めていたものの、あくまでワンポイントという扱いであった。

さらに、栗木は岡井の歌について「この口語表現は思わず漏れた本音と言うか、弱音とでも言った感じである」と書く。端正な文語の中に入った口語（それも話し言葉）の「春よ来て下さい」が、作者の本音を感じさせるという分析であり、説得力がある。

数年前から「ツンデレ」という言葉をよく耳にするようになった。普段はツンと澄ました態度を取っている人が、二人きりになるとデレデレした態度になったりすることを表す言葉で、その落差が魅力を生み出すのだと言う。元はゲームのキャラクターの設定などで用いられていた用語が今では一般に広まったものらしい。

先ほどの栗木の分析は、言わばこの「ツンデレ」効果なのだと思う。固く鎧われた感じのする文語の中に「醜《しこ》の御盾になんか（なるものか）」「春よ来て下さい」「亡骸はありませんか」といった話し言葉としての口語が入ることで大きな落差が生じる。そこに作者の思わず漏れた本音といった印象が生まれ、読者の胸にグッと来るわけだ。

栗木の引いているのはいずれもベテラン歌人の歌であったが、当時の若手歌人の歌についても、吉川宏志が「口語断片調」というキーワードを用いて、さらに細かな分析を行っている。

水錆《みさび》から秋がにおえりいつも先に泣くひとといてわたしは強い　　江戸雪『百合オイル』

廃村を告げる活字に桃の皮ふれればにじみゆくばかり来て　　東直子『春原さんのリコーダー』

逃げてゆく君の背中に雪つぶて　冷たいかけら　わたしだからね　　田中槐『ギャザー』

吉川は評論「「こゑ」を消す」の中で、これら当時三十歳代だった歌人たちの歌を引いて、次のように書く。

「わたしは強い」「来て」「わたしだからね」という口語のフレーズが、唐突にぽんと飛び出す。その不安定な感じが奇妙に新鮮だったし、どこか切実な思いが伝わってくるような気がした。(…)

私たちが短歌に口語を持ち込むのは、単純に言ってしまえば、今を生きている〈肉声〉を、文体のうえで表現したいという欲求のためであろう。〈肉声〉といっても、「生活者の叫びの声」といった悲壮なものではない。もっとリラックスしたときに生まれるつぶやきや、ふっと漏れる本音のようなものが、歌の中にあらわれるとおもしろいな、という意識を、現代の短歌作者はおおよそ持っているはずだ。

「塔」一九九九年二月号

短歌における断片的な口語(話し言葉)に「肉声」を感じ取っているところがポイントだ。文体としては江戸の歌の「におえり」は文語調であり、東や田中の歌は全体が口語調と言っていいだろう。けれども、どちらも描写の言葉の中に口語の話し言葉が入ることで、言葉の位相に変化が生まれ、それが歌の魅力を高めているのである。

これは、よく考えてみるとなかなか面白い現象であると思う。どうして、急に入って来る話し言葉としての口語が歌の中で魅力を放つのだろうか。

その理由を考えるために、少し話を変えて、あるシンポジウムで内田樹が話していたことに触れてみたい。内田は大教室における授業の中で、普段はあまり講義を聴かない学生たちに確実に言葉を届ける方法として、「後ろのほう聞こえますか?」という言葉を例に挙げる。そして、この言葉を学生が聞き逃さずに必ず反応する理由について次のように分析する。

学生たちが授業を聞き流してしまうのは、先生が話していることは「自分宛てのメッセージじゃない」と判断しているからです。でも、「聞こえますか?」を「自分宛てじゃなくて、誰か別の人宛ての話なんだ」と思う学生はいません。全員が「これは自分宛てのメッセージだ」と受け取ってくれるメッセージには全員が耳を傾ける。

「塔」二〇一四年十一月号

授業で用いる説明調の言葉と相手に話しかける「聞こえますか?」では、言葉の位相が違うのだろう。そして、短歌における話し言葉としての口語も、内田の言うところの「自分宛てのメッセージ」のように読者に響くのではないだろうか。

こうした口語(話し言葉)の導入が試みられていた時代から、既に約二十年という歳月が経過した。現在では若手を中心に完全口語の歌も増えてきている。そうなると、当然、話し言葉としての口語の持つ意味合いも変わってくるだろう。最近出た歌集から例を挙げてみよう。

氷より冷たい水で洗う顔うまれる前は死んでいたのか　鈴木晴香『夜にあやまってくれ』
降る雪は白いというただ一点で桜ではない　君に会いたい
雑草の味を知るかと雑草にすごまれる　どこへ行けというのか　虫武一俊『羽虫群』
堤防を望遠レンズ持ったまま駆けていくひと　間にあうといい

「うまれる前は死んでいたのか」「君に会いたい」「どこへ行けというのか」「間にあうといい」といった話し言葉が、描写を中心とした歌の中に取り入れられている。基本的にはこれまで引いてきた歌と同じ構図である。

けれども、話し言葉の部分のインパクトがそれほど強くないように思う。それ以外の部分も現代語という意味での口語を用いているので、文体上の差異があまりなく、滑らかに接続されている感じを受けるのだ。

完全文語の歌が「ツンツン」で、文語にワンポイントの口語が入った歌が「ツンデレ」だとすると、完全口語の歌は「デレデレ」とでも言えばいいか。全体が口語であるだけに、かえって話し言葉を生かすのが難しくなっている気がする。すべてが現代の言葉という点で文体上の落差が生じにくいのだろう。

もちろん、こうした点を克服すべく、さらなる工夫をこらした歌も増えている。韻律が平板にならないようにするとともに、異なる位相の言葉を一首の中に取り入れる試みである。

手に負えない白馬のような感情がそっちへ駆けていった、すまない　千種創一『砂丘律』
難民の流れ込むたびアンマンの夜の燈は、ほら、ふえていくんだ
手のひらの液晶のなか中東が叫んでいるが次、とまります
いちじくの冷たさへ指めりこんで、ごめん、はときに拒絶のことば

これらの歌の中で「すまない」「ほら、ふえていくんだ」「次、とまります」「ごめん」といった言葉がどのように働いているか、少し詳しく見ていこう。

一首目の「すまない」は話し言葉であるだけでなく、読点と結句の強引とも言える句割れによって、他の部分と韻律的に大きく断絶した作りになっている。そこに落差が生じていると言っていいだろう。

二首目は「ほら」がよく効いている。「アンマンの夜の燈はふえていく」であれば単なる描写の一本調子なのだが、「ほら」が入ることによって、突如、語り掛ける相手がその場に出現し、作者の肉声が立ち上がってくる感じがする。これは、内田が例に挙げた「聞こえますか？」の役割と似ているのではないか。

三首目はバスに乗っていてスマホのニュースを見ている場面だろう。この歌では作者の肉声ではなく、「次、とまります」というバスの案内の音声が割り込んでくる。その接続の仕方が、場の空気感や臨場感を生み出すのだ。

四首目は会話の中で「ごめん」と言われた場面。この「ごめん」は二重の意味を持っている。

まず上句から読んでいくと、「ごめん」は今、目の前で発せられた話し言葉である。それが下句へ続けて読むと、一般的な「ごめん」という言葉の分析になる。つまり、「冷たいいちじくを食べていると、相手が「ごめん」と言った。その時、「ごめん」は謝罪ではなく拒絶の言葉にもなるんだと私は思った」ということであり、「ごめん」という一つの言葉が別の位相をもって立ち現れるのである。

こんなふうに、位相の異なる言葉を一首の中に入れることによって、言葉と言葉の境目になまなましい肉声の感じや臨場感が現れる。完全口語の歌の場合は現代語という意味では文体的な落差を作れないので、口語を十分に生かそうとすると、このように相当に意識した言葉の組み立てが必要になってくるのではないか。

（『六花 vol.1』16・12）

Ⅲ

「毎日新聞」短歌月評（2014・4―2018・3）

小高賢の言葉

二月十日に小高賢が急逝してから、二か月が過ぎた。死の後も短歌誌には小高の作品や文章が載り、あらためて急な死であったことを思わされた。各短歌誌の四月号を読めば小高の死を悼む挽歌が目にとまる。

時代性とぼしき歌を批判せり後入斎《こうにふさい》にあらざる君は　高野公彦「短歌往来」

書けよといひテーマをひとつ遺しゆき雪原はるか足跡あらず　日高堯子「短歌」

大辻さん、なぜ近藤を書かないんだいとし言へり響かへる声に　大辻隆弘「現代短歌」

こうした歌からは、小高の姿がありありと浮かんでくる。それは、短歌について批評し、論争し、評論を書き、また他の歌人にも評論を書くように熱心に勧める姿である。

先月、伊藤一彦監修、永田淳編集の『シリーズ牧水賞の歌人たち　小高賢』（青磁社）が刊行された。生前から準備を進めていた一冊が、たまたまこのタイミングでの刊行になったものである。インタビュー、代表歌三〇〇首選、自歌自注、小高賢論、エッセイ、アルバム、自筆年譜などが収められていて、歌人小高賢の概要を知るには、持って来いの一冊と言っていい。

その中で小高が繰り返し語っているのは、短歌を短歌の中だけでなく、広く文学や思想の場で論じる必要性であり、またオープンな批評や議論をすることの重要性である。これは編集者として長いキャリアを持ち、歌人としての出発が遅かったこともあって、小高が常に歌壇外部の視点を持ち合わせていたことによるのだろう。

「短歌では九十ぐらいの人と十五ぐらいの人が年齢を超えて同じ話ができる。（…）短歌の前にはすべてが平等ですから、同じ三十一音のなかで議論ができる。」

小高が遺したこうした言葉を胸に、この短歌月評を書いていきたいと思う。（２０１４・４）

ジェンダーと選考

東京大学本郷短歌会の「本郷短歌」第三号が刊行された。作品だけでなく評論が多く、特に「短歌　ジェンダー　─身体・こころ・言葉─」という特集は、短歌におけるジェンダーや母性などの問題を多面的に考察していて読み応えがある。

その中の一篇、服部恵典の「「歌人」という男─新人賞選考座談会批判」が特に印象に残った。服部は短歌雑誌の新人賞の選考座談会において、しばしば選考委員が応募作品の作者の「性別当てゲーム」を行うことに疑問を呈し、また女性と想定される作者の場合に限って「女性的な感性」や「やわらかい」「繊細な」「初々しい」といった言葉が頻出することを指摘する。その上で、「作者の性別を過剰に重視する批評は固定的な秀歌観を構築し、創作の幅を狭めることになる」と批判している。

私もかつて新人賞に応募したところ、「この人は男なんだけれど女っぽいうたい方をしているんだよね」「いまはどちらかというと男性が女性っぽくうたうのがトレンドだから」と批評されて違和感を覚えたことがあり、服部の論に共感を覚えた。

服部は短歌批評に現れる性別観に対して単に反発するのではなく、「説得力をもった声を歌壇に届かせるためには、実際のテクストをつぶさに調査し、印象評を脱する必要がある」と考え、十年分にわたる選考座談会を調査した結果、先のような問題点を抽出している。これが大事なところだ。このように根拠を明らかにした書き方であれば、賛成するにしろ反対するにしろ、そこからさらに議論を深めていくことができる。

実際に「現代短歌新聞」五月号で、選考委員の一人として批判の対象ともなった栗木京子は「勿論、私も俎上に上がってるんですけど、すっごく面白くて」「そういう応酬も大事だと思うんですよね」と、この論に早速反応を示している。こうしたやり取りが、今後の選考座談会の批評のあり方に変化をもたらすことになるのかどうか、注目していきたい。

（14・5）

イクメンのいま

大松達知の第四歌集『ゆりかごのうた』（六花書林）は、娘の誕生や子育てを詠んだ歌を数多く収めている。

みどりごは見ることあらぬイラストの虎の子見つつ襁褓を換へる

寝かしつけてふすまを閉める　おまへひとり小舟に乗せて流せるごとく

満タン！　と言ったのだらう口深く哺乳瓶かぽりと差し込みにけり

かわいいイラストの描いてあるオムツを換えたり、娘をそっと寝かしつけたり、哺乳瓶でミルクを与えたりといった場面が、ユーモアと実感を伴って詠まれている。初めての出来事に戸惑いつつも、子育てを楽しんでいる姿が見えてくる歌だ。

こうした子育てを詠んだ男性歌人の歌は、ここ十数年で確実に増えてきている。以前とは違う新しい父親像が、短歌の中にも現れ始めたと言っていいだろう。その背景には日本社会の変化と、それに伴う男性歌人の意識の変化がある。

「歌壇」の昨年六月号の鼎談「〈短歌に見る〉変貌する〈父と子の関係性」に参加した本多稜は「父に威厳のあった家父長的な時代から、時代が変化して（…）男、女をあまり意識しなくても、子どもの歌がうたえるようになってきた」と述べている。高度経済成長期までの父親は、子育てに関わることが少なかっただけでなく、たとえ関わっていたとしても、それを歌に詠むことに心理的な抵抗感が強かったのだ。それに対して大松たちは、特に気負うこともなく、ごく自然に育児を歌に詠んでいる。

平成二十二年から厚生労働省は「育てる男が、家族を変える。社会が動く」をスローガンに、イクメンプロジェクトという活動を行っている。けれども、平成二十四年度の育児休業の取得率を見ると、女性の八十三・六％に対して、男性はわずか一・九％に過ぎない。子育てがしやすい社会環境が整備され、「イクメン」という言葉が特別なものでなくなる時代が早く訪れれば良いと思う。

（14・6）

以前と以後

東日本大震災以後、たくさんの震災詠が発表されてきた。東北地方を襲った津波についても、数多くの歌が詠まれた。では、震災前の海を詠んだ歌はどれだけあっただろうか。震災後に歌に詠むのは誰にでもできることだが、以前に詠んでいた人はそれほど多くはない。

宮城県気仙沼市に実家がある梶原さい子の第三歌集『リアス／椿』（砂子屋書房）は、そんなことを考えさせる一冊である。歌集は「Ⅰ　以前」「Ⅱ　以後」の二部に分かれている。震災以前、以後の歌ということだ。

ものすごい音だつたよとおとうとはまづ大波が引くことを言ふ
皆誰かを波に獲られてそれでもなほ離れられない　光れる海石《いくり》

東日本大震災を詠んだように見えるこれらの歌は、実は震災「以前」のものである。一首目は二〇一〇年のチリ地震による津波を、二首目は海の事故で亡くなった人たちを詠んだ歌だ。「それでもなほ離れられない」に、海と深い関わりを持つ人々の姿がよくにじんでいる。

こうした歌が震災「以前」に詠まれていたことは特筆に値する。これらの歌があることによって、「以後」の歌にもその時限りのものではない厚みと鎮魂の思いがもたらされているのだ。

安置所に横たはりたるからだからだ　ガス屋の小父さんもゐたりけり

ありがたいことだと言へりふるさとの浜に遺体のあがりしことを

顔なじみであった「ガス屋の小父さん」との悲しい対面。「ありがたいことだ」という言葉には、長年にわたって海と生活をともにしてきた人ならではの思いがこもっている。

おそらく本当の意味において「以後」を詠むことができるのは、「以前」から詠み続けていた人だけなのではあるまいか。それは何も震災の話だけに限らない。現在の私たちもまた、震災「以後」に生きているとともに、何かの「以前」に生きているのかもしれないのである。

（14・7）

決まり文句を使う

短歌を詠む時に決まり文句を使わないように気を付けるべきなのは言うまでもないことだろう。昨年出版された高野公彦著『短歌練習帳』（本阿弥書店）でも、まず第一章に「決まり文句を使わない」が取り上げられていた。

一方で、最近それを逆手に取った歌が詠まれ始めているようだ。「うた新聞」七月号に吉川宏志が「決められた言葉の中で」という文章を書いている。

お客様がおかけになった番号はいま草原をあるいていますを　吉岡太朗

吉川はこうした歌を取り上げて「すでに決まってしまった時代の中で生きる、諦念と心地良さの入り混じった感覚。それが、決まり文句を引っくり返すという発想の中に反映しているのではないか」と指摘する。

それと似たことを「群像」八月号で穂村弘が「二重定型の歌」という題で書いている。穂村は、

生きていく理由はいくつおつけしますか？　産まれた意味はあたためますか？　栗原夢子

などの歌を引き、「短歌は五七五七七の音数律を備えた定型詩だが、その内部にもう一つ、何らかの決まり文句や慣用フレーズが組み込まれたタイプの歌がある」と述べる。近年こうした歌は確かに増えており、他にも〈申し訳ございませんが総務課の田中は海を見に行きました〉（辻井竜一）などが思い浮かぶ。

現代の生活には、コンビニやチェーン店におけるマニュアル言葉や自動アナウンスなど、決まり文句が溢れている。引用歌はいずれも、そうした言葉を巧みにずらすことによって自分だけの歌に変えている。

こうした手法は、軽いパロディに終わってしまう危うさを孕む一方で、確かに現代社会の特徴をよく示してもいる。あらかじめ決まった言葉やシステムの中から、何とか自分だけの世界を生み出そうとする試みと言っていいだろう。そこに、先行きの明るくない社会に生きる若い

歌人たちの抱える困難と、したたかな強さや可能性を私は感じるのだ。（14・8）

軍歌をめぐって

「佐佐木信綱研究」第二号は、校歌・軍歌特集号と題して、信綱作詞の校歌と軍歌に関する研究を掲載している。これまでこうしたジャンルはほとんど顧みられることがなかったが、信綱の全体像を解明するには無視することができないものである。何しろ百を超える数の校歌、そして「勇敢なる水兵」「水師営の会見」などの有名な軍歌を作詞しているのだ。

巻頭言で武藤義哉は、戦争協力などの観点からではなく「客観的に信綱の軍歌についても光を当てて良い時期になってきたのではないか」と記しているが、その通りだろう。信綱以外にも、与謝野鉄幹「爆弾三勇士」、北原白秋「ハワイ大海戦」など歌人と軍歌の関わりは深い。

武藤は信綱の歌詞と当時の新聞記事を詳細に比較検討した上で、信綱が新聞記事を踏まえて作詞を行っていた可能性に言及している。ニュースをもとに歌を詠むということで言えば、現代における時事詠とも共通するものがあったわけだ。

七月に刊行された辻田真佐憲著『日本の軍歌』（幻冬舎）は、従来の「強制された音楽」「つまらない音楽」といった先入観から離れて軍歌について考える必要性を述べている。その上で、軍歌の誕生と日本の近代詩の関わりや、民衆と企業と当局（政府・軍部）の一致した利害による協力関係を明らかにしている。

信綱は太平洋戦争開戦の前年、かっての日清戦争を回顧して、「私は若年の歌人でしたが、歌を以て国に尽さうと数々の歌を作りました」と発言している。国や社会のために役立ちたいという若い歌人の素直な思いが、軍歌の作詞へとつながったのである。

今月、「昭和天皇実録」の全文が公表された。そこには、一九四六（昭和二十一）年に昭和天皇が、歌会始の選者を務める信綱らに「歌道を通じて皇室と国民との結び付きに尽力するよう」述べたことが記されている。歌がこうした役割を期待される点に関しては、戦前も戦後も変わってはいないのである。

（14・9）

渡辺松男とは誰か

渡辺松男の第八歌集『きなげつの魚』（角川書店）が刊行された。渡辺は今、歌壇で最も注目を集めている歌人と言っていいだろう。その独特な歌は他のどの歌人にも似ていない。

あしあとのなんまん億を解放しなきがらとなりしきみのあなうら
千年の牧場《まきば》はたえず牛の雲おりきて牛となりて草はむ
寒鯉のぢつとゐるその頭《づ》のなかに炎をあげてゐる本能寺
あはれ蚊のしよぎやうむじやうのひらめきは掌につぶされしかたちとなりぬ

一首目は妻の死を詠んだ歌。これまで妻が残してきた無数の足跡を思いつつ、もう動かない足の裏を見つめる。二首目は、のどかな牧場の光景。空に浮かぶ雲が牛に姿を変えて、永遠に循環するように時間が流れていく。三首目は奇想の歌と言うべきか。冬の池に動かずにいる鯉の脳裏に浮かぶ本能寺の変。「寒」と「炎」の取り合わせが鮮烈だ。四首目は蚊を叩き殺した後の一瞬の命の哀れを詠んだものだろう。「諸行無常」の平仮名表記が呪文のようでもある。

こうした歌の、空間や時間を超越したスケールや自在な発想の広がりが、多くの読者を魅了する。けれども、渡辺の歌の本質を捉えるのは難しい。批評の言葉が追い付かないのだ。「短歌」十月号には渡辺の特集が組まれており、その歌の特徴が様々に論じられている。「世界のさまざまな場所に遍在する汎「私」」(川野里子)、「思いがけないタイミングで飛び出してくる言葉」(吉川宏志)、「大胆なシュールレアリスム」(小島ゆかり)、「「恥じらい」の意識」(梅内美華子)など。こうした指摘はどれも納得のいくものであるが、それでもまだ渡辺の全貌は摑み切れない。

〈軍〉が来てこれはいらないものといひ〈 〉をはづすカタストロフィー

「短歌」掲載の新作三十首には、このような実験的な社会詠も含まれている。括弧つきの〈軍〉が本物の軍になることへの危惧が生々しい。(14・10)

文語と口語の新局面

文語と口語をめぐる議論が盛んだ。「短歌研究」四月号の安田純生の評論「時間の奥行き」は、過去・完了の助動詞が文語では全部で六つあるのに対して、口語では「た」一つだけであるという違いを挙げる。そして、

袖ひちてむすびし水のこほれるを春立つけふの風やとくらむ　紀貫之『古今和歌集』

という歌の「し」「る」「らむ」などを例に、文語は比較的短い表現で時間の奥行きを出すことができるとし、「文語体にこだわる作者の抱く理由の一つは、たぶん、そこにある」と述べる。

また、大辻隆弘は「短歌往来」十一月号の評論「浮遊する「今」―現代口語短歌の可能性と課題」において、

わたつみの方を思ひて居たりしが暮れたる途《みち》に佇《たたず》みにけり　斎藤茂吉『つゆじも』

を例に、近代短歌が万葉集由来の助詞・助動詞を駆使することにより、今という定点に立脚しつつ、「大過去」「過去」「今」といった客観的な時制を表現することを可能にしたと指摘する。その上で大辻は、現在形を多用する口語短歌が「生き生きと明滅する「今」を記述することに秀でた」文体であることも認め、その課題を挙げた。

一方で斉藤斎藤は、「短歌研究」十一月号の評論「文語の〈われわれ〉、口語の〈わ〉〈た〉〈し〉」の中で、近代文語短歌の時間の扱い方が古語よりもむしろ英語に近いシステムであると

の見方を示す。それに対して、

白壁にたばこの灰で字を書こう思いつかないこすりつけよう　永井祐『日本の中でたのしく暮らす』

といった口語短歌が、日本語本来の生理に立ち返って多元的な〈今〉を描いていると述べる。

これまで文語・口語の問題を論じる場合、文語作者は文語を、口語作者は口語を感情的に擁護するだけのことが多かった。それがここに来て、ようやく実りある議論が始まったと言っていい。優劣を競い合うのではなく、それぞれの特徴を明らかにすることで、実作の面でも新たな展望が開けていきそうだ。（14・11）

新しい流れと結社

今年の短歌総合誌の新人賞を見ると、第二十五回歌壇賞は佐伯紺（早稲田短歌会）の「あしたのこと」、第五十七回短歌研究新人賞は石井僚一（北大短歌会）の「父親のような雨に打たれて」、第六十回角川短歌賞は谷川電話（かばん）の「うみべのキャンバス」、第三十二回現代短歌評論賞は寺井龍哉（本郷短歌会）の「うたと震災と私」が受賞した。

向かい風に両手ひろげて歩いたらどこだって綱渡りになるね　佐伯　紺

遺影にて初めて父と目があったような気がする　ここで初めて　石井僚一

さらさらと駅構内を流れゆく人々のなか血栓となる　谷川電話

これら受賞者の顔ぶれを見てもわかる通り、近年の学生短歌会や若手の同人誌の充実ぶりには目を見張るものがある。短歌界にも新しい波が訪れていると言っていいだろう。

エントリーシートに今朝の鉱山でとれた砂金をふりかけている　吉岡太朗『ひだりききの機械』

池の底に深く沈める切り株の浮かばぬはうがよいと思へり　楠誓英『青昏抄』

回るたびこの世に秋を引き寄せるスポークきらりきらりと回る　服部真里子『行け広野へと』

今年印象に残った第一歌集から。吉岡作品は就職活動や非正規雇用など現代的内容を詠んだ歌に注目した。楠作品にはこの世界とは別のもう一つの世界が貼り付いている。服部作品は感覚と言葉の扱いに冴えがあり、清潔感を感じた。

こうした新人の台頭の一方で、近代以降、数多くの歌人を輩出してきた結社は、会員の高齢化などの問題に苦しんでいる。「現代短歌」は七月号、八月号の二回にわたって特集「結社の力」を組んだが、これはむしろ結社の力の衰えを意味していると見るべきだ。会員数の減少や主宰の死により廃刊となる結社誌も相次ぐ。そうした中で、未来短歌会が一般社団法人となったことや、塔短歌会が『塔事典』を刊行したことなど、新しい息吹を感じさせる出来事もあった。

（14・12）

玉石混淆の中から

二十代を中心とした若手歌人の同人誌、学生短歌誌が続々と刊行されている。若者の間で短歌が広がりを見せつつある。

偶然と故意のあいだの暗がりに水牛がいる、白く息吐き　千種創一（「中東短歌」三号）

東京の頬にちいさくしゃがみこむただ一滴の目薬になる　平岡直子（「率」六号）

窓鎖して朴の花より位置高く眠れり都市に月わたる夜を　小原奈実（「穀物」創刊号）

火縄銃渡来せしとき屋久島のいかなる耳はそばだちにけむ　七戸雅人（「羽根と根」二号）

墜落機を見にゆくような、わるいことしているつもりのふたりだったね
安田茜（「立命短歌」二号）

偶然か故意かはっきりしない出来事に対する疑いを詠んだ千種作品、広い東京の中にいる孤独感が滲む平岡作品、「朴の花」とマンション暮らしの取り合わせが鮮やかな小原作品。七戸作品は種子島へ鉄砲が渡来した当時を想像し、安田作品は初々しい恋を振り返る。いずれも完成度が高く読み応えがある歌だ。

作品だけでなく評論も充実しており、濱松哲朗「立命短歌会史外伝—小泉苳三と立命館の「戦後」」（「立命短歌」第二号）、山城周「ジェンダーを持つ短歌」（「外大短歌」第五号）など印象に残るものが多い。

こうした若手の冊子には魅力があり、各種の時評等でも非常に好意的に取り上げられている。けれども、実際の中身は玉石混淆だ。いいものもあればそうでないものもある。だからこそ批評する側も、「若手に元気があって良い」といった褒め方や、参加者全員の一首ずつを平等に引くといった態度を取るのではなく、誰のどの歌が良くて、誰の歌はそうでないのか、峻別していく必要がある。全員に同じだけの才能や可能性があるわけではない。同じ同人誌に参加するメンバー同士であっても、そこには厳しい競争が待ち構えている。同じ世代で本当に頭角を現す歌人など、一人いるかいないかだ。その覚悟を持てるかどうかが、各人に問われている。

（15・1）

御製と政治

松澤俊二著『「よむ」ことの近代』（青弓社）は明治の近代国家形成に和歌・短歌がどのような役割を果したのかを描いた本である。松澤は明治天皇巡行に際して編まれた詩歌集『埋木廼花《うもれぎのはな》』や旧派和歌の歌人が集まった大日本歌道奨励会、さらに太平洋戦争中に刊行された『愛国百人一首』など、さまざまな切り口からこの問題を論じている。

中でも、明治天皇の御製が担った政治的な役割についての分析は興味深い。日露戦争の前後から、宮中の御歌所長高崎正風《たかさきまさかぜ》によって未発表の御製が新聞等に漏洩されるようになる。これは歌の力によって「君臣の情誼を繋ぐ」ことを意図したものであった。高崎は従来、正岡子規や与謝野鉄幹らの「和歌革新」によって乗り越えられたとされてきた旧派和歌の歌人であるが、その政治的な影響力は非常に大きいものがあったのだ。

日露戦争中、〈こらは皆軍のにはにいではてゝ翁やひとり山田もるらむ〉〈ちはやぶる神の心にかなふらむわが国民のつくすまことは〉〈よもの海みなはらからと思ふ世になど波風のたちさわぐらむ〉などの御製が新聞に載っている。これらは息子を兵隊に取られた親を慰め、国に尽す誠を讃え、世論を挙国一致へと導く側面を持っていた。

御製と政治の関わりは明治時代に限った話ではない。平山周吉著『昭和天皇「よもの海」の謎』は、太平洋戦争開戦前の御前会議の場で、昭和天皇が先に引いた三首目の御製を読みあげたことを記している。対米交渉継続か戦争準備かを決める緊迫した場面において、昭和天皇はどのような思いを歌に託そうとしたのか。平山の推測によれば、四海同胞の「平和愛好」を意味したはずの歌は、軍部によって「戦争容認」と読み換えられてしまったのであった。

現在も宮内庁御用掛や歌会始の選者として、歌人は皇室に深く関わっている。短歌と皇室と政治の関係をどのように考えれば良いのか。賛成反対といった立場を超えて、近代以降の歴史から学ぶべきことは多い。

（15・2）

身体と自然

今年の歌壇賞は小谷奈央「花を踏む」三十首に決まった。

カーディガンの袖に片腕ずつ通す　むこうの海にふれそうになる
すずかけの低い葉っぱに触れながら博物館へ骨を見に行く
鞄からいっぽんの蔓ひきだしてアイスランドの歌声を聴く

一首目は袖に腕を通す時にふと兆す感覚を詠んでいて、下句が美しい。二首目は「骨を見に行く」が印象的。恐竜の骨格や人骨などだろうか。三首目は音楽を聴くためのイヤホンを「いっぽんの蔓」に喩えている。

いずれの歌も「片腕ずつ通す」「葉っぱに触れながら」「蔓ひきだして」といった身体感覚を通して、別の世界へとつながる通路を開いていく。自閉的にならないのびやかさがある歌だ。選考座談会では「テーマはというところになると物足りない感じ」「淡さというか薄さ」といった批評も出ていたが、作者が良い資質を持っていることは間違いないだろう。

「歌壇」三月号掲載の受賞第一作「鮑春来」三十首にも、こうした持ち味はよく出ている。

クレジットカードいちまい皿に置く立体の字に指はふれつつ
息の長いラリーがすきでしばらくのあいだ身体がわたしを運ぶ
打ちかえすシャトルの深さ空間に対角線はうつくしくあり

一首目はカードに刻まれた凹凸の名前を「立体の字」と把握したのが鋭い。二、三首目はバドミントンをしているところ。運動をする時の身体の喜びやコートに描かれるシャトルの軌道が鮮やかに思い浮かぶ。

小谷は鳥取市出身の二十九歳。結社には所属せず、地元鳥取の「みずたまり」という小グループで短歌を続けている。受賞のことばの中で「いままで生身でふれてきた自然や風景が、自分の表現の土台になっているのと感じることがあります」と述べているが、自らの住む土地や自然を大切にする姿勢に共感するところが多い。今後の活躍が注目される歌人である。（15・3）

父と兄と弟

大島史洋の第十二歌集『ふくろう』（短歌研究社）には、父や兄を詠んだ歌が多い。

昼寝する父と題して兄よりの写真がとどく夜半のメールに

会うたびに兄の心を推しはかるわが知らぬ日を父と暮らせば

九十歳代後半の父は、作者のふるさと岐阜県中津川市に住んでおり、単身で帰郷した兄が、同居して日常生活の世話をしている。一首目、兄は父が眠った後の自由な時間に弟にメールを打ったのだろう。「昼寝」と「夜半」のずれが、同居する者と離れて住む者との差を暗示する。二首目、時おり帰郷する作者は、兄の苦労に対して幾分かの引け目を感じるのだ。

ふるさとに雪は降るとぞ死にそうで死ねない父を見舞いにゆかむ

九十九近くとなりて万策尽き施設の人と父はなりたる

何度も入退院を繰り返しつつ、そのたびに持ち直す父の生命力。「死にそうで死ねない」は命の重さに対する実感のこもった言葉だ。やがて、父は施設への入所を余儀なくされる。

作者の父は「アララギ」「新アララギ」に所属した歌人であり、兄の大島一洋は長らく雑誌の編集者として活躍し、昨年、『介護はつらいよ』（小学館）という本を刊行した。そこには介護の生々しい現実とともに「弟が帰省したときは、夕食後、父と碁を打っていました。父は下手で、弟がわざと負けたりしていました」「父と弟は同じ歌人だから、短歌の話で気が合いそうですが、弟に言わせると、父と暮らすのは、二泊三日が限度だそうです」といった話もある。時に反発し合いながらも、協力して父を支えていく兄弟。歌集とあわせて読むと味わい深い。

父と子の絆はたとえば隣人愛　傘一本の貸し借りくらいの

「母と子」とは違う「父と子」の関わり。「傘一本の貸し借り」は一見淡いようでいて、それほど単純でもない。先月二十九日、父・大島虎雄さんが百一歳で亡くなったとの訃報が流れた。ご冥福をお祈りする。

（15・4）

沖縄戦七十年

「歌壇」六月号に「戦後七十年、沖縄の歌」という特集が組まれている。編集後記に「沖縄の今を考えることは日本の今を考えることに繋がる」とあるように、過去の戦争を振り返るだけでなく、現在の問題をも考えさせる内容だ。

アンソロジー「オキナワに詠む歌」には百人の作品が載る。

若夏の辺野古の海のしらすなに蔓のばし咲く軍配昼顔　大城和子

基地内に日米の国旗並びたつ国旗はいろいろ表情をする　喜久村京子

六月の老いの時間は狂ひやすく　アメリカ兵《あめりかあー》が浜に上り来る　古堅喜代子

「アガー」「アガー」方言で言い笑い合う夜のぼくらに湧き出ずる井泉《ガー》　屋良健一郎

大城作品は新たな基地建設に揺れる辺野古の歌。砂浜に咲く花の名に「軍」が入っていることに着目している。喜久村作品は風になびく国旗に表情を読み取る。喜んでいるのか悲しんでいるのか、はたして対等の関係と言えるのか。古堅作品は七十年前の沖縄戦の場面がふいに甦ってきたのだろう。決して消し去ることのできない記憶だ。屋良は若い歌人で、「アガー」は沖縄方言で「痛っ」という意味らしい。恋人同士で戯れに使ってみたところ、あらためて自分のルーツが実感されたのだ。

こうした印象的な歌がある一方で、自らの主張をただ述べただけの歌も多い。「政府の蛮行」

「大和の犠牲」「権力の横暴」といった言葉が入ると、どうしても歌は硬直化し、スローガンになってしまう。特集の総論の中で屋良は、沖縄詠がしばしば本土の人に対する問責となり、県外の読み手の批評を閉ざしてしまう側面があることに言及している。それをどのように乗り越えていくか。

今回のアンソロジーは沖縄出身者の社会詠でほぼ占められているが、もっと多様な視点があっても良いだろう。例えばそこに、俵万智、松村由利子、光森裕樹といった沖縄移住者の歌を加える柔軟さも大切だと思う。（15・5）

心理詠の魅力

短歌の入門書や歌会における批評などで、しばしば「具体」「写生」「観察」などの大切さが指摘される。モノや景をよく観察して具体的に詠むことによって数々の優れた歌が作られてきたことは間違いない。

一方で、具体的な場面やモノを離れても、読者の胸に響いてくるタイプの歌がある。例えば、自分の感情や思考の流れを詠もうとすれば、歌は抽象的にならざるを得ない。

真中朋久の第五歌集『火光』（短歌研究社）には、そうした心理詠・思索詠とでも呼ぶべき歌が数多く収められている。

わが裡にほろびゆくものほろびたるものがおまへをほろぼす　かならず

心の中に滅びてしまったものが「おまへ」を滅ぼすのだと言う。相手への復讐のようにも読める歌だが、「おまへ」は自分自身のことなのかもしれない。

やがて殺すこころと思へばしばらくを明るませをり夜の水の辺

何かを諦め、断念する心の動きが詠まれている歌だ。「殺す」とあるから相当強い思いだったのだろう。それを半ば諦めながら寂しく思い返している。

怒りつつ怒りしづめつつありし日の余燼に足をふみ入るるなかれ

この歌では激しい怒りの感情が詠まれている。必死になって押し殺しても消し去ることのできない怒り。そこは誰にも触れてはほしくないのだ。

死んだふりしてゐたる日々生きてゐるふりしてゐたる日々といづれ

自分は死んだふりをして生きてきたのか、あるいは生きているふりをして死んでいたのか、どちらだったのかと自らに問う。人生の苦みが強く滲む歌だ。

歌集には東日本大震災や原発事故、あるいは作者の故郷や幼くして亡くなった弟のことも出てくる。けれども、それらも単なる事実としてではなく、作者の心の屈折やたわみとなって歌に詠まれているのだ。人間の心の襞や陰影が生々しく感じられる一冊である。（15・6）

文学という枠を超えて

今月十五日に現代歌人協会主催の公開講座「出口王仁三郎の短歌」が行われた。「著名人の短歌について」という全六回のシリーズの四回目で、専門歌人以外の歌を読む試みである。

出口王《お》仁《に》三郎《さぶろう》（一八七一―一九四八）は、戦前に二度にわたる国家的な弾圧を受けたことで知られる宗教団体・大本《おおもと》の教祖である。彼は宗教家であるとともに、生涯に十五万首もの歌を詠んだ歌人でもあった。これは途方もない量と言っていい。斎藤茂吉や窪田空穂といった近代を代表する歌人でも、残した歌は一万数千首なのだ。

王仁三郎の歌集は以前はなかなか入手するのが難しかったのだが、一昨年、笹公人編『王仁三郎歌集』（太陽出版）が刊行され、代表的な歌を手軽に読むことができるようになった。

　包丁をぐさりとさせばほんのりと匂ふメロンの朝の楽しさ
　玄界灘のあなたに青々と浮ぶ壱岐の島！　新しい塗料のやうに
　ふくらめる乳のあたりに頰よせてこの天地《あめつち》にただ二人をる
　噴水を庭に造りて氷店開業するから資フォンターノ（本頼）む

一首目はメロンの豊かな香りに包まれる幸福感が伝わる歌。二首目は定型ではなく自由律で、「新しい塗料」という比喩が鮮やかだ。三首目は何ともなまめかしい恋の歌。四首目はエスペラント語の辞書に添えられた暗記用の語呂合わせで、「噴水＝フォンターノ」を覚えるための歌である。このように、王仁三郎の歌は、日常の歌、恋の歌、宗教的な教えを説いた歌、言葉遊びの歌など実に多彩だ。

その全体像は、「文学としての短歌」という尺度だけではとても捉えきれない。そこには信者との「コミュニケーションのための短歌」や「実用としての短歌」、さらには「エンターテインメントとしての短歌」などの要素が含まれている。それは、文学を目指し続けて少し窮屈になってしまった現代短歌に、風穴をあける可能性をも秘めているのである。（15・7）

戦後七十年の節目に

先月二十日に長崎で現代歌人集会のシンポジウム「竹山広―戦後七十年」が開かれた。長崎での被爆体験や戦争に対する思いを詠み続け二〇一〇年に亡くなった竹山広の歌をあらためて読み直そうという内容である。

まぶた閉ざしやりたる兄をかたはらに兄が残しし粥をすすりき　『とこしへの川』

水のへに到り得し手をうち重ねいづれが先に死にし母と子
人に語ることならねども混葬の火中にひらきゆきしてのひら
亡骸の子はその母に遇ひしかば白きパンツを穿かせられにき　『残響』

一首目、被爆した義兄の最期を竹山は看取るのだが、義兄が死んだゆえに残った粥を食べた事実を詠んでいるところに凄味がある。二首目、水を求めて川辺まで来て息絶えた母子。どちらが先に亡くなったかを問うことによって、読者をその現場へと立ち会わせる。三首目、多くの遺体を一か所にまとめて焼いている場面。炎の中で開いていく指のことが忘れられない光景として作者の脳裏に刻まれたのだ。四首目、裸同然の姿で亡くなった子なのだろう。せめてパンツだけでも穿かせてやりたいという母の思いが胸を打つ。

竹山には、毎年八月九日の原爆の日を詠んだ歌も多くある。

一分ときめてぬか俯す黙禱の「終り」といへばみな終るなり　　『千日千夜』

この川の水に重なりゐたる死者一日おもひ一年忘る

平和祈念式典が次第に形式化していくことに対する批判的な眼差しは、普段は死者のことを忘れて暮らしている自分自身にも向けられる。被爆体験を風化させまいとする強い信念が感じられる歌だ。

竹山には〈四十年目四十年目とひとらいふ原爆の日を待つもののごと〉〈五十年五十年ぞといふ声のいよいよしげき夏至りたり〉といった歌もある。区切りの良い年だからということではなく、七十一年目にも七十二年目にも、私たちは語り継いでいかなくてはならない。

（15・8）

入門書の楽しみ方

短歌の入門書と言うと初心者が読むものというイメージがあるが、実はそんなことはない。長く歌を詠んできた人にも十分に楽しめるものが多い。

例えば、今月刊行された横山未来子著『はじめてのやさしい短歌のつくりかた』（日本文芸社）には「あたりまえのことを別の角度から表現する」という項目があり、

（…）「水鳥が水面に浮かんでいる」という文章は、別の角度から見ると、「水面が水鳥をもちあげている」とあらわすこともできますね。既成の概念から自由になって、ものごとを柔軟にとらえることで、自分らしい表現を発見できる場合があるのです。

と記されている。これは、横山の最新歌集『午後の蝶』（ふらんす堂）の次のような歌の自解と言っても良い内容であろう。

みづからの影の真上をあゆみゐる蟻の速度につきてあゆみゆく

垂直の壁をのぼれるかたつむり遅れて殻をひきあぐるなり

一首目、普通なら蟻の下に影ができると見るところを、「影の真上」を蟻が歩いていると捉えている。二首目の「殻をひきあぐる」という見方も同様だ。

もう一例。柏崎驍二著『短歌入門うたを磨く』（本阿弥書店）には「説明的でなく」という章があり、「述べなくても分かる（推測できる）ことは述べない方がよく、それが述べられてい

ますと「説明」になってしまう」とある。

流されて家なき人も弔ひに来りて旧の住所を書けり

隣家のバケツが庭に飛ばされて来てをり梅の蕾ふくらむ

一首目は東日本大震災の被災地での葬儀、二首目は春先の強い風が吹く場面である。ともに柏崎の歌集『北窓集』（短歌研究社）の歌であるが、説明的にならないように、葬儀の「受付」や「記帳」、あるいは「風」「春一番」といった言葉が巧みに省かれていることに気が付く。

このように、短歌入門書にはその歌人の短歌観や作歌方法が色濃く反映している。歌集とあわせて読むことで、歌作りの秘密に迫ることができるのだ。（15・9）

亡き妻の名前

ノーベル生理学・医学賞を受賞した大村智が記者会見の席で、誰に最初に報告したかと問われ、「十六年前に亡くなった家内、大村文子に」と答えていた。「家内」と言うだけでなく「大村文子」と名前を出していたのが、とりわけ印象に残った。

小池光の第九歌集『思川の岸辺』（角川書店）は、亡くなった妻のことが大きなテーマとなっている。

わが妻のどこにもあらぬこれの世をただよふごとく自転車を漕ぐ

短歌人編集人たりし二十五年ただ黙々ときみあればこそ
着物だつて持つてゐたのに着ることのなかりしきみの一生《ひとよ》をおもふ
一首目、もうどこを探しても妻はいない。「ただよふごとく」に、現実感を失ったような深い悲しみがある。二首目、結社誌「短歌人」の編集人として長年やって来られたのも、陰で妻の支えがあったからだとあらためて気付いたのだ。三首目、華やかな晴れの場に出ることのなかった妻を悼む気持ちが率直に詠まれている。

ああ和子悪かつたなあところゐに出て部屋の真ん中にわが立ち尽くす
いくらなんでもそのズボンだけはみつともないと和子がいへば聞きたるものを
一首目、唐突に悔恨にも似た感情が、胸の奥から抑えがたく湧き上がってきたのだろう。二首目、日常の何でもないやり取りが掛け替えのないものであったことを痛感するのだ。

こうした歌には「妻」でも「きみ」でもなく、「和子」という名前が詠み込まれている。あとがきにも「二〇一〇年の十月に、癌で妻和子を亡くした」とある。小池のこれまでの八冊の歌集には妻の名前は登場しない。死という絶対的な距離によって隔てられた時に初めて、「妻」という立場を超えた、一人の人間としての相手の姿が浮かんできたのだろう。妻の名前を詠み込んだ歌には、亡き人を大切に思い、その人の生きた証をこの世に残そうとする気持ちが深く滲んでいるのである。
（15・10）

仕事という現実

第六十一回角川短歌賞は鈴木加成太の「革靴とスニーカー」五十首に決まった。就職活動中の大学生の作品である。

着てみれば意外と柔らかいスーツ、意外と持ちにくい黒かばん
すれちがうひと全員にお辞儀してエレベーターの中でつかれる
エクレアの空気のような空洞をもち革靴の先端とがる

一首目、初めてのスーツや黒鞄の感触が、句跨りを用いて初々しく詠まれている。二首目、会社訪問などの場面だろう。一人きりになった時に急に緊張が解けて疲れが出たのだ。三首目、「エクレアの空気のような」という比喩が面白い。革靴が象徴する会社勤めに対する作者の微妙な違和感が滲んでいる。

選考座談会の総評において「若い人にとって働くことが大きなテーマになってきている」（小池光）、「仕事を通して具体的な場が歌に表れてきている」（島田修三）といった発言があったように、今回、受賞作以外にも仕事や職場を詠んだ歌が目についた。

渋谷まで電車に乗ってゆく我は十五分だけ年老いてゆく
佐佐木定綱「シャンデリアまだ使えます」
一年で一番長い夜なのに夜の九時まで本売っている

ひとりひとつ小部屋の窓を開けるよう朝の会社に灯るパソコン　ユキノ進「中本さん」

オフィスの蛍光灯の両端が腫瘍のように黒ずんでゆく

前者は書店で働く作者。通勤電車の中で感じる倦怠感や冬至の夜に遅くまで働いている自分の姿を詠んでいる。後者はオフィスが舞台。「小部屋の窓」や「腫瘍のように」という比喩に、現場ならではの実感がある。

年々厳しさを増す社会状況の中で、安定した仕事につくことは多くの人にとって難しい問題となってきている。そこから目を逸らさずに詠むことが、大切なのだろう。自分にとって切実な問題を詠む時に、短歌は最も力を発揮するのである。（15・11）

過渡期と戦後七十年

近年、短歌が大きな過渡期を迎えつつあるという認識は多くの歌人が共有しているものだろう。かつての「結社」「短歌雑誌」「文語旧仮名」「自費出版」を基盤として成り立っていた短歌の世界は、若い世代を中心に「ネット」「同人誌」「口語新仮名」「商業出版」へと徐々に移り変わりつつある。岡野弘彦が「今の短歌雑誌や新聞投稿歌の文体・用語・しらべの変化の著しさは、明治初期の新用語による変化や、その後の自由律短歌の流行期の変化の比ではない」と指摘している通りであろう。今年話題になった「短歌と人間」、「文語の衰退」、「虚構と私性」

といった問題も、そうした過渡期の現象と考えれば納得がいく。

おのづから喉より出でて異なれり冬は冬のこゑ春は春のこゑ　伊藤一彦

人の家《や》のフェンスより枝のび出でてわがあふぎつつゆく間もしづか　阿木津英

白木蓮《はくれん》に紙飛行機のたましいがゆっくり帰ってくる夕まぐれ　服部真里子

悪《お》、大きな夕暮れの歯が悲歌ります、生きるためひかるのは禁じて　藪内亮輔

七十代の伊藤、六十代の阿木津、二十代の服部と藪内、同じ雑誌に載る歌でもこれだけ違う。また、戦後七十年を迎えた今年は、沖縄の基地問題や原発再稼働、安保関連法案に関して、数多くの社会詠が作られた年でもあった。

はじめから沖縄は沖縄のものなるを順《したが》わせ従わせ殉《したが》わせ来ぬ　吉川宏志

曇り日のデモにコールを続けつつわれの言葉とわれを消しゆく　大口玲子

九月二十七日には京都で緊急シンポジウム「時代の危機に抵抗する短歌」が、十二月六日には東京で同じく「時代の危機と向き合う短歌」が開催され、多くの聴衆の前で熱気に満ちた議論が交わされた。

（15・12）

新しい息吹

第一歌集が持つ輝きというものがある。時代の新しい息吹を伝える二冊が刊行された。

マグカップ落ちてゆくのを見てる人、それは僕で、すでにさびしい顔をしている

手に負えない白馬のような感情がそっちへ駆けていった、すまない

骨だった。駱駝の、だろうか。頂で楽器のように乾いていたな

千種創一歌集『砂丘律』（青磁社）は句読点を多く用いた多様な文体や韻律が印象に残る。一首目は手に持つマグカップを落とした瞬間を、スローモーションの映像のように描いている。二首目は自分でも制御できない感情を相手にぶつけてしまったのだろう。三首目は砂漠で見かけた光景を思い返す時の意識の流れがそのまま歌になっている。

これまで口語の弱点とされてきた時間の表現も実に多彩で、口語短歌がここに来て一段と深化したことを感じさせる。

古書ひとつ諦めたれば蒼穹をあぢさゐのあをあふるるばかり

つなぐ手をもたぬ少女が手をつなぐ相手をもたぬ少年とゐる

まよのうみくろくふるへてまばらなるゆきのひとひらひとひらを呑む

吉田隼人歌集『忘却のための試論』（書肆侃侃房）は現代に生きる青年の痛みや困難をやや暗いタッチで表した一冊。一首目は手に入らなかった本を思いつつ眺める紫陽花の明るさ、二首目は満たされることのない孤独な少女と少年の姿である。三首目は夜の海に静かに溶けていく雪を、ひらがなを多用した豊かな調べに乗せて詠んでいる。

千種の歌集には中東の内戦が、吉田の歌集にはふるさと福島の原発事故が影を落としている。けれども、それらは事実や出来事の報告として詠まれることはない。「事実ではなく真実を詠

おうと努めた」（千種）、「個人的体験の域にとどまらず、より普遍的な文学の主題へ」（吉田）といった言葉に、彼らの短歌に対する決意の強さが滲んでいる。（16・1）

作品と批評

「歌壇」二月号で第二十七回歌壇賞が発表されている。新人賞らしい清新な作品が多かった。

ぱつぱつと大きな音をたてながらキィボードへと降る指の雨
そこだけが雪原の夢　プロジェクタの前にあかるく埃は舞つて
異なつた曲を奏でるわたしたちの拍が合ふ日を休日と呼ぶ

受賞作の飯田彩乃「微笑みに似る」三十首は、一首一首の表現力が高く、また仕事の歌から恋の歌への展開も鮮やかで、完成度の高い一連であった。職場詠に「指の雨」や「雪原の夢」といった比喩を用いることで、オフィスの光景に自然が重ね合わされ、奥行きが生まれている。また、恋の歌においても、勤務形態の異なる二人の休みが合うことを「拍が合ふ」と捉えるなど、修辞が新鮮であった。

呼気、そして呼気の湿りを吸ってゆく特急券を窓辺に置いて
会うまでが会いたさじゃないのだけれどゆけば動かぬ紫陽花の群れ
手を洗うときのみ君は手のひらを合わせるほそく水を出しつつ

次席の坂井ユリ「雨のまま君は来て」は、終わりを予感しつつある恋を描いた作品で、個性的な文体や韻律に惹かれるものがあった。一首目は「呼気、そして呼気の湿りを」という入り方が印象的。また、二首目の上句から下句へねじれながら繋がるところや、三首目の「のみ」「ほそく」などの言葉に、心理の襞を丁寧になぞっていくような味わいが感じられる。

選考座談会では「批評がちょっと追いつけないところがあるんですよね」(吉川宏志)、「歌を読む時に、魅力を捉える言葉を持っていないと批評できない」(内藤明)といった率直な発言があった。歌の新しさや真価を明らかにするには、良い批評が欠かせない。作品と批評が互いを高め合っていく関係こそ理想と言えるだろう。私たちは歌を詠むだけでなく、批評の言葉も磨いていく必要がある。

(16・2)

土地に根付く言葉

「歌壇」三月号の座談会「震災詠から見えてくるもの」の中で福島県に住む本田一弘の発言に注目した。本田はまず「3・11」「サンテンイチイチ」という記号化した言い方に対する違和感を述べ、その上で自作、

さんぐわつじふいちにあらなくみちのくはサングワヅジフイヂニヂの儘なり

を引き、標準語と異なる「サングワヅジフイヂニヂ」という濁音と訛にこそ自分たちの実感が

こもるのだと言う。

こうした主張は「短歌往来」一月号に掲載された本田の評論「この言葉だけは」にも、よく表れている。本田は、

大ぎ波がまだ来るごどを忘れんな、おっとごろくとごろくとほつほ　柏崎驍二
どうやつて生きていぐンだ嗟のこゑの瓦礫よりして正午きたれり　高木佳子
「廃炉まで四十年はかがんだど生ぎでるうぢの話でねえな」　藤田美智子

などの歌を引いて、「方言を歌に積極的に取り入れようとする動きが震災以降に多く見られるようになった」点を指摘する。そして、「濁音にくぐもる「言葉」そのものが東北人のアイデンティティなのだと強く感じる」と述べるのである。数多くの被災者や避難者と接する中で、本田は言葉の問題に切実に向き合うことになったのだろう。

方言をめぐっては、以前、谷村はるかが同人誌「Ｅｓ」第二十四号で、短歌に方言を用いることが「無意識にも、他者の期待する架空の東北像を補強する道具になってはいないか」との疑問を呈したことがある。確かに小説やドラマにおいて「方言コスプレ」と呼ばれる現象が見られる事実もあり、方言を用いる難しさが存在することは間違いない。

それを承知の上で言うのだが、「自ら生まれ育った土地に根付く言葉をもう一度見つめ直そう」という本田の主張は、震災と原発事故以後の日本において、大きな意味を持つ。それは、中央と地方の格差を問い直すことにもつながっているのだ。

（16・3）

人間とは何か

人工知能「アルファ碁」が囲碁のトップ棋士を破ったというニュースが大きな話題となった。この対決は人間とは何かを改めて考えさせるものでもある。

歌壇でも短歌と人間をめぐる議論が賑やかだ。「短歌」一月号では「短歌における「人間」とは何か」という座談会が組まれたが、世代の違う参加者の話はなかなか嚙み合わない。

その音はあるときにわが身に沁みぬ地下道電車の戸のしまる音　斎藤茂吉

お軽、小春、お初、お半と呼んでみる　ちひさいちひさい顔の白梅《しらうめ》　米川千嘉子

もうなにもわからないまま少女らは三十七分間のくちづけ　服部恵典

「人間が歌われている作品」として挙げられた歌も実に様々である。それは一口に「人間」と言っても、それが作者の性別・年齢・職業などを指すのか、作品の背後に浮かび上がる作者像を指すのか、共通の理解がないためでもある。

おそらく人間についてだけ考えても人間のことはわからない。それならば、むしろ人間のない短歌を考えてみてはどうだろうか。例えば、ネット上には「偶然短歌ｂｏｔ」というものがある。ウィキペディアの説明文から偶然に五七五七七となっている部分を切り取って短歌として発表しているものだ。

新妻となった里子が居酒屋を手伝うようになったある夜

（3月31日）

海底の堆積物に含まれる動植物の化石や花粉
（4月4日）

偶然短歌にはただの言葉の羅列に過ぎないものも多いが、時として味わいを感じさせる歌も存在する。その味わいは一体どこから生み出されているのか、興味を惹かれる。

現在、人工知能に小説を書かせる試みが既に始まっていると言う。やがて人工知能が優れた短歌を詠む日も来るかもしれない。私たちはそれをどう受け止め、どう評価したら良いのか。短歌における人間とは何かが、その時、厳しく問われることになるのではないだろうか。

（16・4）

季節の記録

このところ家の近くをひっきりなしに燕が飛び交っている。気象庁は生物の動向で季節の移り変わりを調べる生物気象観測を行っていて、毎年各地の桜の開花日や燕の初見日を記録している。それによれば、私の住む京都には四月三日に燕がやって来たらしい。

「短歌」「短歌研究」「歌壇」「短歌往来」「現代短歌」の五月号には、少し遅れて早春から春にかけての花や草や鳥の姿が詠まれている。

淡く日の射しくる庭に三椏《みつまた》は黄花をもちておのれを照らす　島田幸典

こごみより草蘇鉄へと変はりゆく耳の相似形谷間を埋《うづ》め　恩田英明

沈丁花ふかく息吐き留まれる時間のなかを老いてゆく風　小島なお

野を行けば今朝の雲雀は良いひばり聞こえる方の右耳に鳴く　野田光介

オオイヌノフグリが二つ三つ咲く影吸うような石のつぎめに　小谷奈央

季節のめぐりを感じながら、そこに「おのれを照らす」「耳の相似形」「老いてゆく風」「良いひばり」「影吸うような」といった独自の観察や認識を見せているところが印象に残る。

他にも、蠟梅、福寿草、木瓜、万作、馬酔木、梅、水仙、チューリップ、ミモザ、菜の花、桃、桜、片栗、連翹、辛夷、土筆、蕨、蓬、ユリカモメ、目白、紋白蝶、アメンボなど、実に多くの生きものが登場する。また、北海道の「尾白鷲」や沖縄の「琉球弁慶」が詠まれた歌もあり、日本の国土の広がりや多様性を感じることができる。

近年、気象庁の生物気象観測は縮小傾向にあるらしい。都市化や温暖化の影響でトノサマガエルやホタル、ヒグラシなどを観察できなくなった気象台が増えているのだ。そうした時代にあって、今も数多くの動植物が歌に詠まれていることの意味は小さくない。私たちの日々の暮らしや感情が自然と深く関わっていることを、あらためて気づかせてくれるのである。

（16・5）

社会との関わり

大口玲子著『神のパズル』（すいれん舎）は一風変わった構成の本である。歌集でもエッセイ集でもなく、短歌、講演録、時評、エッセイが組み合わさって収められている。その全体から、原発や命をめぐる思索と心情が深く響いてくるのだ。

タイトルになった「神のパズル」は、核兵器や原子力の歴史をテーマに二〇〇四年に詠まれた百首の連作である。

五官では感知しえぬものとして来む、確実に来むと人はささやく
コバルトライン走行しつつこの道が避難路とならむ日のことを言ふ

大口は原子力発電所の見学などを通じてこれらの歌を詠んだ。七年後の東日本大震災で予想は現実となり、当時仙台に住んでいた大口は幼い子を連れて宮崎へ移り住むことになる。

歌人は本を出す際に、短歌は短歌、散文は散文で一冊にすることが多い。それに対してこの本は、大口の文筆活動全体が有機的に結び付くように構成されている。版元のすいれん舎は環境問題や社会問題に関した本を多く出している出版社で、短歌という枠を超えたところで大口の活動を捉えているのだろう。

加古陽治著『一首のものがたり』（東京新聞）も、短歌という枠組みにとどまらない内容だ。二十七人の一首を取り上げて、歌の背後にある出来事や時代状況を掘り起こし、そこに広がる新たな世界を読み解いている。

なえし手に手を添へもらひわがならす鐘はあしたの空にひびかふ　谷川秋夫

ハンセン病の療養施設で暮らす谷川の一首から、加古は長く続いた差別の歴史を明らかにす

る。長崎で被爆した竹山広、阪神淡路大震災で被災した楠誓英、アメリカ同時多発テロを詠んだ大辻隆弘の歌など、ここでも社会と短歌の関わりは深い。

歌人である前に誰もが一人の人間である。様々な災害や社会問題と無縁でいられるはずもない。「短歌は短歌」とのんびり言っていられない状況に、いつ直面するかわからないのだ。

（16・6）

家族のかたち

三井修歌集『汽水域』（ながらみ書房）の巻頭には、母を詠んだ歌が並んでいる。

継《つぎ》の母老いて意識の衰うと聞きてもわれに知恵のあらざり
継子《ままこ》なる我ら四人が引き取らぬ母なり老いて家を去りたり
縁《えにし》ありて母となりたる人のまだ熱く胸骨を箸《ほめ》もてつまむ

母と言っても生みの母ではなく、父の再婚相手である。父が亡くなった後も一人で故郷の能登の家を守り、老いて自身の妹のところに引き取られたらしい。千葉に住む作者としては止むを得ない選択であったが、常に気に掛かっていたのだろう。「継の母」「継子」という言葉をあえて用いて、胸中の複雑な思いを吐露している。やがてその母が亡くなるのだが、「縁」を「えん」ではなく、言葉を強めて「えにし」と読ませているところに、愛情と温かみを感じる。

森垣岳歌集『遺伝子の舟』（現代短歌社）も、父や母との関係が大きなテーマとなっている。

まひるまの家に白菜きざむ音　見知らぬ女が母だと名乗る

「私は今日、新しい母に挨拶した」英語の例文みたいに記す

包丁を秋刀魚の腹に突き立てて母を捨てたる父を思えり

両親が離婚して、父は別の女性と再婚したようだ。「見知らぬ女」「英語の例文みたいに」などの言い方が、新しい母との隔たりをよく表している。作者は生みの母と別れた父のことが許せずに、ついには父との関係を絶つことにするのである。

一口に家族と言っても、死別や離婚、シングルマザー、ステップファミリー（子連れ再婚の家族）など、多様なかたちが存在する。そして、それぞれの形に応じた喜びや悩みを抱えているのだ。

家族という問題は、古いようで新しい。それは、私たち一人一人の人生や考え方に、深いところで影響を及ぼしている。そうした普段は心の奥に秘めている問題も、短歌にならば詠めるということがあるのだろう。歌にして発表することで、一つの心の区切りを付けることができるのである。

（16・7）

新しい短歌？

「ユリイカ」八月号の特集は「あたらしい短歌、ここにあります」。対談、インタビュー、作品、評論など、二百ページ近い分量で読み応えがある。新しい短歌がテーマであるにもかかわらず、近代短歌以降長く受け継がれてきた「私性」、作品と作者の人生との関わりへの言及が多い点に注目した。

「私は短歌の場合には私性というのが非常に大事だとずーっと思ってきて」（岡井隆）、「青春のまぼろしが失われたあと、どうやって人生の重力みたいなものを言葉に乗せるのか」（穂村弘）、「短歌って結局「人生こみ」じゃない。「誰が言ってるか」が問われるジャンル」（枡野浩一）。それぞれ前衛短歌、ニューウェーブ、「かんたん短歌」の旗手として歌壇に新風を送り込んできた三人である。彼らが揃ってこのように私性の大切さを述べている意味は小さくない。

一方で、「〈私性〉のしぶとさに怖れをなす」（吉田隼人）、「わたしにとって、うたにおける〈私〉はこのわたしではない」（井上法子）のように、私性と距離を置く若手歌人の主張もある。けれども肝腎なのは、そこからどのように良い作品を生み出していくかであろう。

ロケに使われたことなんか忘れて赤ちゃんのままでいなよ駅は　雪舟えま

菫色のサインは日露の娘と初恋の比喩、そう、どちらかといえば僕だ　瀬戸夏子

特集には、私性を離れた作品も多く載っている。けれども、これが良い歌と言えるのか、大

いに疑問である。本質的な新しさに迫るものではなく、新奇な装いをしているに過ぎない。

歌人は「古い」と言われることをひどく恐れる。「新しい」が褒め言葉のように使われることも多い。けれども、新製品の開発のように新しさを競う分野とは違って、短歌はもともと和歌以来千数百年の歴史を持つ伝統詩形である。万葉集の歌を読んで「古いからダメだ」などと言う人はいないだろう。目先の新しさのみをもてはやす風潮は、そろそろ終わりにしたい。

（16・8）

言葉遊びの面白さ

昨年から今年にかけて、山田航は三冊の本を立て続けに刊行した。アンソロジー『桜前線開架宣言』（左右社）、第二歌集『水に沈む羊』（港の人）、そして『ことばおてだまジャグリング』（文藝春秋）である。

『ことばおてだまジャグリング』は、回文、アナグラム、早口言葉、アクロスティック（折句）など、様々な言葉遊びの楽しみ方を自作も交えつつ綴った本で、これが実に面白い。

サウナ「かもめ湯」で夢も叶うさ
アナと雪の女王↓同じ京都の鮎

前者は回文、後者はアナグラム（文字の並び替え）である。さらに山田は、与謝野晶子の有

名歌〈柔肌の熱き血潮に触れもみで寂しからずや道を説く君〉のアナグラムによって、

友達はビキニ見られず悔しさの極みで星や血を摑みあふ

という短歌まで作っている。

短歌と言葉遊びには、どのような関わりがあるのか。今野真二著『ことばあそびの歴史』（河出書房新社）を読むと、縁語、掛詞、物名《もののな》、折句、沓冠《くつかむり》など、和歌が言葉遊びの宝庫であったことがよくわかる。今野は日本の言葉遊びの中核に「和歌や連歌、さらには俳諧、川柳といった韻文の文学がある」とも述べている。

こうした言葉遊びの要素は、和歌の時代に比べ現代短歌では随分と減ってしまった。明治以降の近代化の流れの中で、歌が本来持っていた大らかさやゆとりが失われてしまった側面があるのだろう。

さむざむと風は比叡を吹き越すも酢の華やかに匂える夕べ　吉川宏志『鳥の見しもの』

塚も動けわが喚ぶこゑは北上の空に谺す「かへりこよ」「こよ」　島内景二「うた新聞」九月号

最近の歌から二首引いた。一首目は「物名歌」（物の名前を詠み込んだ歌）と詞書にあり、「コスモス」という花の名前が歌に隠されている。二首目は「塚本邦雄展（折句）」と題する一連五首の最初の歌。五首の頭の文字を並べると「塚本邦雄展」となる仕掛けだ。

（16・9）

高校から大学へ

第五十九回短歌研究新人賞は武田穂佳「いつも明るい」三十首が受賞した。象短歌会と早稲田短歌会という学生短歌会に所属する大学一年生である。

ストレートパーマを君があてたから春が途中で新しくなる

シーソーは二人いないと動かない　金に染まって広い校庭

47ページ図1の実験の人の深爪に気が付いている

高校時代の生活や心情が素直に詠まれていて初々しい。一首目の「春が途中で」という捉え方や二首目の一人きりの感じ、三首目の教科書の細部に目を向けているところなど、随所に新鮮な感覚が見られる。

三十首の中には〈好きだって思ったものを信じてる　わたしの道はいつも明るい〉など素朴過ぎる歌もあり、選考会でも意見が分かれたが、最終的には「未知の世界への拡がり」「未分化な可能性」といった将来性が加味されての受賞となった。

「短歌研究」十月号に掲載の受賞後第一作「見切られた桃」では、高校を卒業して東京の大学に進学してからの新たな生活が詠まれている。

夜になるとびかびか光るUFOのラジコン飛ばす団地の男

大切な人を失ったことがない　皿の余白に置くプチトマト
暗くしてあなたのことを考える　下腹部あたりぼんやり灯る

先ほどの「いつも明るい」とは雰囲気が少し異なり、歌に陰影が出てきたように感じる。生活の変化に伴って歌も変わりつつあるのだろう。

武田は高校三年生だった昨年、第十回全国高校生短歌大会（短歌甲子園２０１５）に盛岡第四高校の大将として出場し、チームを優勝に導いている。

永遠の時間をかけて君が好き
北斗七星は
明日も七つ

この大会には北海道から福岡まで全国三十五校の高校生が参加した。多くの高校生が短歌に触れ、さらに大学に進学してからも学生短歌会で活動を続ける。そうした環境が整っていることの意味は非常に大きい。

（16・10）

自らを語る

馬場あき子著『寂しさが歌の源だから』（角川書店）は、穂村弘のインタビューに答える形で、馬場が自らの生い立ちから現在に至るまでを語った一冊である。八十八歳になる馬場の率直な語り口が魅力で、短歌に対する考え方もよく伝わってくる。

このインタビューにおける「人間が消えてしまった文学はもう文学ではないと思う」という馬場の発言は、雑誌連載時から大きな反響を呼んだ。けれども、この発言の意味を十分に理解するためには、インタビューの別の個所で述べられている芸術観に注目する必要がある。馬場は戦後すぐに習い始めた能について話す中で、

日本の芸術論は型の芸術。型というものはだれがやっても同じなの。だのに違う。何が違うのかというと、その人が持っている教養、人格、人間性、そういうものが滲み出るのよ、型を通して。


と述べる。これは五七五七七の定型という型を持つ短歌にも当てはまる話だろう。だからこそ、馬場は「人間」に重きを置いているわけだ。

また、現在「歌壇」に連載中の高野公彦のインタビュー「ぼくの細道うたの道」もおもしろい。高野は自らが投稿していた朝日歌壇の近藤芳美選について「歌の良し悪しではなく、中身の素材で採る人だと何となく思うようになって、そういう人には採られたくないと思うようになった」と言い、また一九八〇年代の女歌をめぐる議論をめぐっては「シンポジウムみたいなところで、ある歌を採り上げている時、その歌の正確な解釈を言わないで好き勝手なことを言っている」と述べる。こうした発言には、言葉や表現を大切にする高野の短歌観が非常によく表れている。

どちらのインタビューも馬場や高野の作品を読む上で参考になることが多く、また短歌史の

記録としても貴重なものだ。語りにくい部分にも突っ込んで巧みに話を引き出している穂村弘、栗木京子という聞き手の存在も大きい。（16・11）

世代を超えて

昨年に引き続き「わかる／わからない」など短歌の読みをめぐる問題が議論された一年であった。「短歌研究」六月号では特集「短歌の「解釈」と「鑑賞」」が、「短歌」十二月号では特集「短歌の「読み」を考える」が組まれた。その背景には、若い世代の歌がうまく読めないという声が多く聞かれる現状がある。

そんな若手の歌を集めたアンソロジーとして、山田航編『桜前線開架宣言』が刊行された。

白というよりもホワイト的な身のイカの握りが廻っています　岡野大嗣

かあさんは食べさせたがるかあさんは（私に砂を）食べさせたがる　野口あや子

また、若手歌人の第一歌集を刊行する書肆侃侃房の「新鋭短歌シリーズ」も三十冊を超えた。

ふいに雨　そう、運命はつまずいて、翡翠のようにかみさまはひとり　井上法子『永遠でないほうの火』

思いきってあなたの夢に出たけれどそこでもななめ向かいにすわる　虫武一俊『羽虫群』

一方、今年は石川啄木の生誕一三〇年に当たっており、ドナルド・キーンの評伝『石川啄木』

が刊行されたほか、「現代短歌」三月号でも特集が組まれた。非正規雇用が増え、社会的な閉塞感が強まっている現在の状況が、大逆事件を受けて啄木が「時代閉塞の現状」を書いた時代と共通するところがあるのだろう。啄木の歌や活動に新たな注目が集まっている。

三十で被爆し〈原爆ドーム〉として立ち続け今年百歳の翁《をう》　高野公彦『無縫の海』

日本《にっぽん》の誇る土嚢が梅雨ふかき原発建屋のめぐりに置かる　花山多佳子『晴れ・風あり』

こうしたベテラン世代の社会詠から考えさせられることも多い。私たちが世代を超えて受け継ぐべきものは何なのか。議論を重ねながら探し求めていきたい。（16・12）

様々な顔の沖縄

「現代短歌」二月号の特集「沖縄を詠む」は圧巻の内容であった。二十八名の作品七首、沖縄の短歌に関する文章、「沖縄秀歌三〇首選」「必読歌集ガイド」など、全六十三ページにわたって様々な角度から沖縄の姿が描き出されている。

画期的だと感じたのは、沖縄に生まれて沖縄に住む歌人だけの特集ではないところである。沖縄移住者や沖縄出身者、さらには沖縄と直接関係のない歌人まで、多様な人がそれぞれの立場から歌や文章を寄せている。これは当り前のようでいて、今までの沖縄特集ではあまり見られなかったことだ。

遠つ世の交易語る証かな勝連城址よりローマ銅貨出づ　永吉京子

飛行機のたくましい腕は環礁と帯を引く船に影を落とせり　名嘉真恵美子

全国紙の配達されぬわが家なり沖縄タイムスも昼ごろ届く　松村由利子

一首目はローマ帝国時代の硬貨が出土したニュースを受け、琉球王国の海を越えた交易に思いを馳せているところ。二首目は沖縄の海に文字通り影を落とす軍用機。「たくましい腕」という皮肉が生々しい。三首目は県外から石垣島に移住した作者の歌。「全国紙」という言葉の「全国」に沖縄は含まれていないのかという問いかけである。

巻頭の「二人五十首」や連載「沖縄の歌人たち」も、特集の内容とうまくリンクしている。

他人事のように本土は遠くから　後ろめたくてあえて忘れる　永田　紅

次々と仲間に鞄持たされて途方に暮るる生徒　沖縄　佐藤モニカ

京都に住む永田は、沖縄に対して抱く後ろめたさと敬遠してしまう気持ちを率直に詠む。沖縄移住者である佐藤は、仲間からいじめられる子どもの姿に沖縄を喩えている。

二月五日にはシンポジウム「時代の危機に立ち上がる短歌」が沖縄で開催される。そこでもどのような議論が交わされるのか楽しみだ。

（17・1）

新たな一歩

短歌に詠まれる夫婦や家族の姿は一般にやや古風で保守的なことが多い。これは短歌が伝統的な詩型であることの反映であると同時に表現の問題でもある。例えば離婚といった事態を歌に詠むのはなかなか難しく勇気もいることなのだ。

一方で日本では年間二十万組以上の夫婦が離婚しており、歌人もそれと無関係ではない。

ネルボンという眠剤を処方され妻と笑いし冬もあったな
紫陽花の毬の重みをなお増して雨　少しずつ妻を消しゆく

染野太朗『人魚』（角川書店）は、妻と過ごした日々を懐かしむ気持ちや鬱屈した感情を、具体物を通して描き出している。「ネルボン」という駄洒落のような名前が面白いだけに、回想の寂しさはひとしおだ。

吾子の乗る小さな馬は俯きて巡礼のごとく馬場を巡れり
子の折りし鶴の背中の夕明かりたれのひと世も寂しきものを

関野裕之『石榴を食らえ』（青磁社）は、離婚して小さな二人の子どもを育ててきた作者の歌集。「巡礼のごとく」という比喩や折鶴の白い背中に射す光には、子の将来に対する祈るような思いが深く滲んでいる。

とこしえにわが子であること疑わぬ驕りのゆえに少なき写真
「おかあさん、おしごと、ばいばい。」ミニカーを握りしままの手を振りにけり

沼尻つた子『ウォータープルーフ』（青磁社）には、離婚によって親権を失った子のことが詠まれている。手元に残るわずかな写真や幼い子との別れの場面。どうしても詠まずにはいら

れなかった思いの強さが伝わる。
人生は楽しく明るいことばかりではない。思い通りにいかずに悩み苦しむことも多い。それらを表現できるのも短歌の大切な一面である。胸中の様々な思いを歌に表すことによって、作者自身も新たな一歩を踏み出すことが可能になるのだろう。短歌は文学であるだけでなく、人生に寄り添い、支えてくれる存在なのだ。（17・2）

自他合一の精神

二〇一一年に亡くなった石田比呂志の遺歌集『冬湖』（砂子屋書房）が七回忌にあわせて出版された。未発表歌一八六首と未定稿歌三十九首、さらに生い立ちを綴ったエッセイ「孑孑《げつげつ》記」を収めている。

寝そべりていたりし犬が立ち上がり思い定めし如くに歩く
海峡の空低くゆく漂鳥を標的として襲う鳥あり
置き去りにされし鷗も居残れる鷗も白し夕日が中に

『冬湖』にはこのように多くの生き物が詠まれている。何か決断したかのような「犬」の姿、逃げ場のない海の上で襲い襲われる「鳥」、様々な事情で春になっても湖に残る「鷗」。石田は短歌表現の態度として、自然の命を自分の命と同じ重さで捉える「自他合一」や「生の営みのあわれ」をしばしば説いた。これらの歌には、そうした思いがよく表れている。それはまた、石田の全十八冊にのぼる歌集に共通している点でもある。

飛魚は翅もつからに波の間を泪のごとく光りつつ飛ぶ　『長酣集』

馬はみな夕日が中に馬ながら頭《こうべ》を垂れていたりけるかも　『滴滴』

足悪き子猿もいつか頑是無く遊びに混じる足引きずりて　『老猿』

「飛魚」「馬」「猿」の姿がそれぞれよく見えてくる歌である。さらに、「翅もつからに」「馬ながら」「足引きずりて」という言葉があることで、その動物が本来的に持つ哀しさまでもが歌から滲み出ている。

飛魚として生まれたものは飛魚としての生を全うして死んでいくしかない。それはどの生き物でも同じであり、人間もまた例外ではない。

飛ぶ鳥は必ず墜ちる浮く鳥は必ず沈む人間は死ぬ

『冬湖』の終わり近くに置かれた一首である。今、目の前で空を飛び、湖に浮かんでいる鳥たちも、そしてそれを見ている自分もやがては死ぬ。石田比呂志が最晩年にたどり着いた境地が、ここにある。

（17・3）

老いの中の若さ

橋本喜典歌集『行きて帰る』（短歌研究社）が、第二十八回斎藤茂吉短歌文学賞に続いて第五十一回迢空賞を受賞することに決まった。

点滴の四時間余り電子辞書に遊びてわれに知識増えたり
蝸牛のごときを耳に装着しあやしげに聞く万物の音
この雨も聞えないのときかれたりざあざあ降つてゐるのかときく

橋本は昭和三年生まれの八十八歳。歌集には老いや病気を詠んだ歌が多い。それでも暗くならず前向きなところが特徴で、点滴を受けながら新たな知識を得たり、補聴器を通して聞こえる音を面白がったりしている。三首目は家族との会話を詠んだ歌で、耳の聞こえが悪くなった寂しさが滲む。

信号を待つ間をわれは冬空にステッキかざし雲をなぞるも
雪を積む土の中にて木草の芽音たてておりわが耳は聞く
早蕨を清らに濡らし夜の明けをわが精神の川は流るる

肉体的な老いの一方で、瑞々しい若さを感じさせる歌があることも大きな魅力だ。横断歩道の前に立って空を見上げ、ステッキで雲の輪郭をなぞってみる。雪に埋もれた土の中のかすかな気配を感じているのは実際の耳ではない。春を待つ心の耳である。そして、静寂に包まれた夜明け方の心には、清冽な水が流れ続けているのだ。

橋本の歌は派手ではないし、人目を引く技巧があるわけでもない。けれども長年にわたって地道に取り組んできた人ならではの味わいが深い。

橋本は昨年末をもって「まひる野」の編集委員を退任した。今年二月号の同誌の編集後記には、昭和二十三年の「まひる野」入会以来の思い出とともに「多くの病気をかかえる身ですが、この書屋爽庵でたのしく歌の生活をつづけたい」との思いが記されている。書屋爽庵とは、おそらく歌集で〈八十七歳書斎を建つるただ一度そして最後の贅沢として〉と詠まれた書斎のことだろう。豊かで実りのある晩年となることを願ってやまない。

（17・4）

真っ直ぐな子規

今年は正岡子規の生誕百五十年に当たり、子規の業績を見直す企画や出版が相次いでいる。松山市立子規記念博物館は四月にリニューアルオープンし、神奈川近代文学館では特別展「正岡子規展―病牀六尺の宇宙」が開催された。

四月に刊行された復本一郎著『正岡子規　人生のことば』（岩波新書）もそうした流れにある一冊で、子規の書簡や随筆から八十の文章を引き、子規の魅力や生涯を解き明かしている。

中でも印象に残ったのが、弟子たちに向けて子規が書いた言葉である。それは、「依頼心をやめて独立心を御起し被可成《なさるべく》候」（香取秀真宛書簡）、「貴兄はたやすく決心する人で、なかなか実行せぬ人ぢや」（高浜虚子宛書簡）といった厳しいものだ。けれども、少しも嫌味がない。真っ直ぐな物言いが弟子に対する愛情を強く感じさせるからだろう。こうした特徴は子規の短歌にもよく表れている。

　足たたば北インヂヤのヒマラヤのエヴェレストなる雪くはましを

　十四日お昼すぎより歌をよみにわたくし内へおいでくだされ

　ガラス戸の外に据ゑたる鳥籠のブリキの屋根に月映る見ゆ

　いちはつの花咲きいでて我が目には今年ばかりの春行かんとす

もし元気であればエベレストの雪を食べてみたいという空想、葉書に記した連絡事項の歌、写真に撮ったかのように鮮明な描写、そして死を意識した自らの命を思う歌。それぞれ内容は全く違うのだが、ストレートな詠みぶりは共通している。

　現代の短歌は複雑になり、修辞も文体も変化に富んでいる。そんな中にあって、子規の歌はあらためて短歌の大事な点を教えてくれるようだ。「現代短歌」五月号の特集「子規考」にも「短歌の原点」（岩田正）、「原点に立ち返って」（伝田幸子）、「近代短歌の原石」（生沼義朗）といった表現が多く見られた。歌の原点について考えながら、子規を読み直したい。（17・5）

同人誌・個人誌

短歌作品の発表の場は、この十年ほどで大きく様変わりした。商業誌や結社誌、新聞歌壇に加え、同人誌や個人誌が数多く発行されるようになったのだ。

それは、印刷技術の進歩により製作費が安くなったことだけでなく、年功序列に傾きがちな歌壇の枠組みを超えて、短歌を詠む人が広がりつつあることも意味している。

文学フリマなどの同人誌の展示即売会が各地で開催され、多くの人で賑わい、新たな才能や作品が生み出されている。

かんたんなてんらんかいにゆきたいなみずうみに触るだけのてんらんかい　橋爪志保

同じ時に買っても早く腐るのとそうでないのがあるらふらんす　今井　心

五月七日の第二十四回文学フリマ東京で発売された「羽根と根」六号より。橋爪の歌は平仮名書きの音の響きが面白く、不思議な味わいを残す。今井作品も結句「らふらんす」の平仮名表記が効果的だ。

ラフカディオ・ハーンの青い目の奥に小雨にそよぐ青田がつづく　小田島了

有識者会議の机上いちめんに有識者の数だけの伊右衛門　鈴木ちはね

同じく文学フリマ東京で発売された「よい島」より。小田島作品は外国人の「青い目」に映る日本の「青田」の光景を想像したもの。鈴木作品はテレビに映る会議の場面。「有識者」の繰り返しに皮肉が利いている。

わが体《たい》のうちがはを游ぎおよぎつつ肺魚ときをり呼吸《いき》せむとする　　染野太朗

肺魚わが肺を喰ひたりそののちを呼吸をわけ合ひこゝゑをわけ合ふ

六月十一日の福岡ポエイチで発売された染野太朗の「太朗九州①」より。自分の心の内に潜む暗い感情を「肺魚」に喩えて生々しく詠んでいる。

同人誌や個人誌は発行部数が少なく、その存在や魅力を知らない人もまだまだ多い。これまで読んだことがない人でも手軽に入手できるようになれば良いと思う。（17・6）

『サラダ記念日』30年

昭和六十二年に出版されて二八〇万部というベストセラーになった俵万智の歌集『サラダ記念日』。今年はその刊行から三十年という節目の年に当たる。

昨年、「短歌」七月号で特集「30年目のサラダ記念日」が組まれるなど、このところ『サラダ記念日』の再評価が進んでいる。先月刊行された文藝別冊「俵万智」（河出書房新社）はその集大成とも言うべき一冊で、新作やインタビューなど充実した内容だ。三十年という歳月を経て、ようやく『サラダ記念日』の短歌史的な意義がはっきりと見えてきたと言っていい。

中でも、俵万智と穂村弘の対談は示唆に富むものであった。

寄せ返す波のしぐさの優しさにいつ言われてもいいさようなら

穂村は俵の「非常に強い文体」の例としてこの歌を挙げ、サ行音の繰り返しや下句の句跨りの効果に加えて、三句目の「に」の働きに言及する。「すごく微妙な、短歌的な「に」なの」と述べる穂村に対して、俵が「そう、頭から読むと散文体に見えるけど、この「に」は五七五七七のなかにあるから成立してる「に」ですよね」と答えている。一見、何でもない日常の言葉を並べただけに見えながら、そこには短歌という韻文ならではの語法が含まれているのだ。

短歌に口語を取り入れる試みは明治時代から繰り返し行われてきた。それが俵の登場によって大きく花開いた要因の一つとして、こうした文体の確立が挙げられるだろう。その後の口語と文語のミックス文体の隆盛や完全口語短歌の登場を見れば、短歌史における俵の功績の大きさがよくわかる。

近代短歌と異なる現代短歌の起点として、これまでは前衛短歌が始まった昭和二十年代末とする見方が有力であった。けれども、今後は『サラダ記念日』刊行の昭和六十二年を区切りとする見方も出てくるのではないだろうか。それに伴って、これまで書かれてきた短歌史を大きく見直す作業も必要になってくるように思う。

（17・7）

ミサイル問題

今年に入ってから北朝鮮のミサイル発射実験がたびたびニュースとなっている。

菜花咲く平安北道《ピョンアンプクト》の亀城《クソン》より打ち上げられし弾道ミサイル　田宮朋子「短歌」八月号

ＩＣＢＭ独立記念日の空を征き終末時計の分針うごく　藤野早苗「歌壇」九月号

短歌でも、こうした時事問題を詠んだ歌が目に付くようになってきた。田宮作品はのどかな春の光景と結句の「弾道ミサイル」の対比や朝鮮語のルビの付いた地名が印象的だ。藤野作品はアメリカの独立記念日である七月四日に発射された「ＩＣＢＭ」（大陸間弾道ミサイル）を詠んだもので、戦争の危険性の高まりを憂える内容である。

　このように時事的なニュースをいち早く取り入れるのは短歌の特徴であり、優れた時事詠は私たちに社会問題を考えるヒントやきっかけを与えてくれる。その一方で、ニュースの受け売りに過ぎない歌が量産され、いたずらに危機感を煽ったり偏狭なナショナリズムに陥ったりすることがないよう注意する必要もあるだろう。

テポドンのやがて漁礁となるまでを三陸沖に月ののどかさ　永田和宏『百万遍界隈』

ぺらぺらの紙ミサイルが飛んでくる弥生ニッポン花には早く　加藤治郎『しんきろう』

永田作品は一九九九年のもの。日本列島を越えて太平洋に落下したミサイル「テポドン」にやがて魚が棲みつくまでの長い歳月を想像している。加藤作品は二〇〇九年に発射されたロケット（弾道ミサイル）を戯画的に詠んだもので、「ぺらぺら」「紙」といった言葉から現実感の希薄さが伝わってくる。

これらの歌を読むと、ミサイル問題は何も昨日今日に始まったものではないことがわかる。と同時に、現在の目から見れば、この頃の歌にはまだのどかな気分が含まれていたことにも気付かされるのである。

過去の出来事などとも比較しながら、事態の危険性をできるだけ客観的に、そして冷静に受け止めていきたいと思う。（17・8）

デビューのかたち

この夏は女性歌人の第一歌集に印象に残るものが多かった。

嘆き死んだ遊女の墓のあるあたりから湧き出づる温泉ぬるし
はじめてのそして最後の夕日浴び解体家屋はからだを開く

勺禰子《しゃくねこ》歌集『月に射されたままのからだで』（六花書林）は、土地や歴史に対するまなざしに独自のものがある。一首目は死んだ遊女の無念が今も温泉となって溢れ続けている感じ。二首目は解体で壁が取り払われた家の姿を「からだを開く」と詠むことで、まるで家が生きているかのような生々しさが伝わる。

カップ麺のふたに小石をのせて待つ今日のもっとも高いところで

ひつたりと二枚のサルノコシカケが待ちをり母と子の座るのを

谷とも子歌集『やはらかい水』（現代短歌社）は、山歩きが好きな作者の見た風景や身体感覚が鮮やかに描かれた一冊。一首目は山頂でカップ麺にお湯を注いだ場面。「今日のもっとも高いところ」がいい。二首目は段違いに生えたサルノコシカケを見て「母と子の座る」のにぴったりだと感じたのである。

こんなにもつばめはゆっくり飛べるのか子に飛び方を教えるときは

広場からうさぎを一羽選るように子が保育士に抱き上げられる

山本夏子歌集『空を鳴らして』（現代短歌社）は妊娠、出産、子育ての日々を明るく健やかに詠んでいる点に特徴がある。一首目は普段は空を切るような速さで飛ぶ燕の意外な一面を知ったのだ。二首目、保育所では自分の子も大勢の子どもたちの中の一人でしかない。

山本は昨年の第四回現代短歌社賞の受賞者で、谷はその次席であった。この賞は歌集の出版が副賞となっている。今回の三名は決してデビューが早いわけではない。二十代から活躍する歌人に比べればむしろ遅い方だろう。けれども、歌に対するひたむきな姿勢と確かな力量があり、今後が楽しみである。（17・9）

女性であること

女性の小説、詩、短歌、俳句など五百ページを超える特集を組んだ「早稲田文学増刊　女性号」が話題を呼んでいる。責任編集の川上未映子は巻頭に「「女性」というものと「書く」ということ」という表現がどのような関係にあるのか」「現在、女性の創作をめぐる状況はどのようにしてあるのか」と問題意識を提示する。短歌は十二名の作品が載った。

初めてのことなどひとつもない月夜　兎も餅つきに飽きている　鈴木晴香

若鮎のような言葉でいいさしてそのまま水を見ているひとだ　野口あや子

どちらも「女性」を前面に出しているわけではないが、現代に生きる女性の姿が感じられる歌と言っていいだろう。

歌壇においても同様な女性の動きがこのところ活発である。九月に刊行された「ぱらぷりゅい」は関西在住の女性歌人十二名による同人誌。代表の尾崎まゆみは「女性に限定したのは、私が八〇年代に新川和江・吉原幸子編集の「現代詩ラ・メール」の会員だったことが影響している」と書いている。

山火事のようだ怒りは背中からひたりひたりと夜空をのぼる　江戸　雪

さやうなら薄い衣をまとはせて金の油へ鰯を放す　松城ゆき

また、昨年刊行の「66《ロクロク》」は「おおむね四十代の女性歌人グループ」の同人誌で、関東近辺在住の十二名が参加している。

昼の月めぐる空へと近づきてまた遠ざかる鞦韆の子は　鶴田伊津

胸底に舟をいくつも沈ませて四十代の夕なぎにいる　錦見映理子

歌壇に男性中心の構造があることは近年しばしば指摘されている。例えば「短歌研究」は毎年三月号に女性歌人、五月号に男性歌人の特集を組むが、前者が「現代代表女性歌人作品集」と名付けられているのに対して、後者は「現代の103人」となっている。その差異に気づくかどうかが、今あらためて問われているのだ。（17・10）

誰のために詠むのか

「灯船」第七号に月下桜が「歌は誰に向けて詠んでいるのか」という時評を書いている。月下は短歌雑誌の新人賞や新聞歌壇の投稿作品が、選者に選ばれるための歌になっていることに疑問を呈し、「出発点が投稿であっても、いつまでも誰かに選ばれる歌を詠むのはなぜだろう。誰に向けて歌を詠むのか。その土台が揺らいでいる」と警鐘を鳴らす。

また「八雁」十一月号の時評では、渡辺幸一が「最近の若手歌人の中には新しい表現を生み出すことに気を奪われ、自分が本当は何を詠いたいのか、あるいは何のために詠うのか明確に認識していない向きもあるようだ」と述べている。私は、これは世代ではなく現代という時代の抱える問題だと思う。
近年、商業誌や同人誌、ネットを含めて作品発表の場が非常に多くなった。それに伴って、どのように自分を目立たせるかを常に考え、他者の評価に一喜一憂する歌人が増えてきたように感じる。歌人が自らをプロデュースしないと周りから取り残されてしまうとの意識も強くなっている。けれども、それは短歌本来の姿なのだろうか。
今年度の若山牧水賞を受賞することに決まった三枝浩樹の歌集『時禱集』（角川書店）は、そういう点でも意義深い一冊であった。これは実に十六年ぶりに刊行された第六歌集である。全三五三ページという厚さに、作者の長い歳月が込められている。

霜月のひかりのなかに散りいそぐこまかなるこまかなるからまつの針
卓上に富有と津軽　日本の秋すぎんとし今朝は霧湧く
喫水線深まりてどこへゆくのだろう　水先案内人のいぬ朝

葉を落とす落葉松の繊細な美しさ、柿と林檎の置かれたテーブルの季節感。三首目は自らの人生に対する感慨である。こうした内省的とも言える歌を紡ぐ地道な営みは、他者からの評価を気にしていては続けられない。何よりもまず自分自身の納得のいく歌を作ることだ。歌は自分のために詠むのである。

（17・11）

収穫の多い一年

今年は中堅からベテランの歌集に特に良いものが多かった。この機会に紹介しておきたい。

0歳を量らむとしてまづ吾が載りて合はせぬ目盛を0に　光森裕樹『山椒魚が飛んだ日』

いづこまで旅してきたか目覚めたる子にうつすらと葉のにほひせり　佐藤モニカ『夏の領域』

スタートを待つ一団に小さきが小さくなりて子の座りおり　奥田亡羊『男歌男』

子のなかにちいさな鈴が鳴りているわたしが叱るたびに鳴りたり　鶴田伊津『夜のボート』

まずは子育て世代の歌人の歌集から。光森作品は赤子の体重を計る場面。あらかじめ自分の体重分を引いてから、子を抱いて体重計に乗るのだ。佐藤作品は「葉のにほひ」がいい。眠りの中でどこまで出掛けたのかと想像している。奥田作品は運動会の場面。グラウンドに座って徒競走の順番を待つ子の緊張した様子が伝わる。鶴田作品は小さな鈴の音が悲しい。子を叱りながら親の方も傷付いているのだろう。

ガラス一枚の外は奈落の深さにて五十階に食む鴨の胸肉　久々湊盈子『世界黄昏』

表通りの家に「売家」の札はあり老いの気配のいつしか消えて　佐藤通雅『連灯』

冬の日の聴力検査　海に降る白ききらめき身に感じつつ　栗木京子『南の窓から』

歩かない吊革とあそばない私会ひてわかるる冬の電車に　坂井修一『青眼白眼』

続いてベテラン世代の歌集を四冊。高層ビルのレストランでの食事風景を別の視点から捉えた久々湊作品、ひっそりと亡くなった老人への思いが滲む佐藤作品、聴力検査の場面を詩的に表現した栗木作品、忙しい日々の生活をユーモラスに描いた坂井作品。いずれも短歌という詩形の持ち味が十分に発揮されている。

歌集を丁寧に読むことの大切さをあらためて感じた一年であった。（17・12）

世代を跨ぐ試み

近年、短歌の同人誌が数多く発行されているが、昨年十一月刊行の「tanqua franca タンカフランカ」は、質量ともに圧倒的な一冊であった。

「若手歌人&ベテラン歌人のタッグ7組14名がそれぞれに企画を持ち寄ってつくる」という趣旨のもと、対談やインタビューなどが行われている。若手は一九九〇年から九五年生まれの平成世代。一方のベテランは少し幅が広く一九五〇年から七九年生まれまでという組み合わせ。親子ほどに年齢の違うペアが互いの意見や考えを真摯にぶつけ合っている。

例えば、阿木津英と山城周は短歌におけるフェミニズムについて論じ合った後に、「今日はもしかしたら、もっと思想が対立するかと思ってたんですけど、そんなにしなかったですね」（山城）、「私としては世代が違うところで、共通の話題が持てたっていうのはすごく嬉しかった」(阿木津)と述べて、一つの成果を感じさせる。

もちろん、話し合ったからといって必ず同じ考えに至るわけではない。水原紫苑と睦月都の対談「異時空間の恋」では、「いざ話し始めたらもう、ぜんぜん話が嚙み合わないのが、おっかしくてしょうがない!(笑)」(水原)、「陰と陽かってくらい違いますね」(睦月)といった感想が交わされている。

しかし、これもまた一つの大きな成果と言っていい。何が通じて何が通じないのか、お互いの考えのどこが同じでどこが違うのか。対談を通じてそうした議論の土台が生まれることが大事なのだ。それは、きっと次へとつながっていく。

誌名の「タンカフランカ」は、イタリア語の「リンガフランカ」(異なる言語を使う人達の間で意思伝達手段として使われる言語。共通語)と「短歌」を掛けたものだろう。同じ「短歌」を作る者同士であればこそ、年齢を超えて語り合うこともできるのだ。世代の分断をただ嘆くのではなく、こうした実践の場を増やしていくことが、今まさに求められているのだと思う。

(18・1)

アンソロジーを楽しむ

現代短歌のアンソロジー『短歌タイムカプセル』(東直子・佐藤弓生・千葉聡編著、書肆侃侃房)

が刊行された。戦後に歌集を出した歌人一一五名の各二十首と略歴、書影が掲載されている。「二千年後に残したいと思う現代短歌を一冊のアンソロジーにまとめよう」との意気込みがよく伝わってくる内容だ。

　あとがきに「既刊の名アンソロジーがあったからこそ、新世紀ならではの一冊を作ることができた」（佐藤）とある通り、これまでにも各種の短歌のアンソロジーが刊行されている。高野公彦編著『現代の短歌』（講談社学術文庫、一九九一年）、小高賢編著『現代短歌の鑑賞１０１』（新書館、一九九九年）、篠弘編著『現代の短歌　一〇〇人の名歌集』（三省堂、二〇〇三年）、小高賢編著『現代の歌人１４０』（新書館、二〇〇九年）など、よく読まれているものも多い。

　その中にあって『短歌タイムカプセル』の特徴の一つは、収録歌人が氏名の五十音順に並んでいることであろう。これまでは生年順のことが多かった。

　靴紐を結ぶべく身を屈めれば全ての場所がスタートライン　山田　航

　昏れおちて蒼き石群《いはむら》水走り肉にて聴きしことばあかるむ　山中智恵子

　うれいなくたのしく生きよ娘たち熊銀行に鮭をあずけて　雪舟えま

作者がこんなふうに五十音順に並ぶことで、現代短歌のバラエティの豊かさが自ずと浮かび上がってくるし、年功序列ではない風通しの良さも感じる。

もう一つの特徴は、安藤美保、中山明、枡野浩一など、これまでのアンソロジーには入っていなかった歌人を収めていること。百人の編者がいれば百通りのアンソロジーがあると言われるように、収録歌人の選びには当然異論もあるだろう。でも、そこにこそ編者の見方や評価が最もよく表れているのだ。
アンソロジーは短歌への入口として最適である。好きな歌人を見つけたら、次はぜひその人の歌集を手に取って欲しい。（18・2）

記念号と終刊

短歌の世界には「短歌」「短歌研究」などの商業誌の他に、多くの結社誌や同人誌がある。長年続いている雑誌も多く、最近では同人誌「晶」第一〇〇号（季刊）、同人誌「鱧と水仙」第五十号（年二回刊）、結社誌「プチ★モンド」創刊一〇〇号（季刊）、結社誌「コスモス」創刊六十五周年記念号（月刊）などが刊行された。一首ずつ引いてみよう。

運河沿ひに走るトラムは髪つつむアラブの女性が運転手なり　小林幸子
野鳥らにパンをやるなと立札の立つほどパンをやる者のある　香川ヒサ
リビングへ階段へ部屋へいくすじも水仙の香の川はながれる　松平盟子
歌を詠むほか何もせず生きて来て笞《ち》・杖《ぢやう》・徒《づ》・流《る》・死《し》の五刑に遇はず　高野公彦

このような記念号が出る一方で、終刊を迎える雑誌も近年増えている。昨年十一月に「放水路」（一九六三年、中島栄一創刊）、十二月に「ケノクニ」（一九四六年、斎藤喜博創刊）、今年一月には「高嶺」（一九二八年、早川幾忠創刊）が終刊した。それぞれ大阪、群馬、福岡を中心に長年にわたって発行を続けてきた結社誌である。

　こうした雑誌の終刊には人口の減少や高齢化、過疎化といった社会問題が深く関わっている。若手の同人誌が続々と生まれる一方で、古くからの結社誌がいつの間にか終わりを迎えている。このままの状況が続けば、かつて全国津々浦々を覆っていた短歌のネットワークは崩れ、都市部の大結社しか残らないかもしれない。それは、短歌作品の豊かさを失わせ、画一化・均一化が進むことにも直結する。

　雑誌を長年継続して刊行するのは大変なことだ。原稿の依頼や取りまとめ、割付、校正など実に多くの手がかかる。しかも多くの同人誌や結社誌はそれを自分たちの手で行っている。順調に刊行が続いている間は、なかなかその価値に気が付かない。しかし、そうした場が徐々に失われつつあることに私たちは危機感を持つべきだと思う。

（18・3）

Ⅳ

時評・評論（2017・1―2018・9）

方言、共同体、死者の声

「歌壇」二〇一六年十一月号に「その土地の言葉と短歌」という特集が組まれている。全国各地の方言を取り入れた短歌について様々な角度から分析した内容だ。

その中で、花山多佳子「震災・津波後のうたを中心に」は東北地方で発行されている河北新報に投稿された短歌について書いている。花山は「方言の歌はふだんはあまり目にしないのだが、東日本大震災以後のこの五年、方言の歌が折折に入ってくるようになった」として、

玄関に「いだが」の声で友と知る仮設のわれに新米持ち来る　島田啓三郎
東京さ何でも有るってほんとがな町《まづ》ぬ牛《べこ》居ねべ原発は無《ね》べ　佐藤　好

といった歌を引く。その上で、「標準語より短縮される呼吸、勢いに真情がこもるようだ」「震災・津波後の人々の表現に、方言は寄り添っている」と述べ、「方言はその土地の共同体を背景にしつつ、その味や魅力によって他者を引き込む磁場であるといえよう」と結論付けている。

震災と方言の関わりとしては、多くの被災地で「がんばっぺ宮城」「けっぱれ！岩手・山田町」「負げねど飯舘！」など、方言エールや方言スローガンと呼ばれるものが生まれたことも思い出される。ここ数年、短歌の世界でも方言に関する議論が盛んだ。そこには、いくつかの興味深い問題がある。なぜ人々は震災後に方言を取り入れるようになったのか。なぜ方言には真情がこもると感じられるのか。共同体というものは本当に今でも機能しているのか。方言の魅力に心ひかれる一方で、素朴な方言礼讃に終わって良いのかという疑問も持つのである。

私自身は東京の郊外に生まれ育ったので、特に方言というものを強く意識したことがない。サラリーマン家庭の多いベッドタウンであり、「土地の共同体」といった意識もきわめて稀薄である。そうした人も、都市部を中心に現在の日本ではかなり多いのではないだろうか。だから方言の話を読むたびに、土地との結び付きの強さに羨ましさを覚える一方で、心のどこかでそれを拒否するような、複雑な気持ちになるのだ。

近年、方言を自らの作品にも取り入れ、最も積極的に発言しているのは福島県在住の本田一弘であろう。本田は「歌壇」二〇一三年一月号の「「言葉《けとば》」の器」の中で、

大ぎ波がまだ来るごどを忘れんな、オッホゴロクトゴロクトホッホウ　柏崎驍二
どうやつて生きていぐンだ嗟のこゑの瓦礫よりして正午きたれり　高木佳子

などの歌（一首目の下句は歌集『北窓集』では「おつとごろくとごろくとほつほ」）を引き、

「自ら生まれ育った土地に根付く言葉」「標準化された中央のことばではない、ゆたかな香りとあたたかい体温を持つ言葉」を見つめ直し、短歌に生かしていくことを説く。さらに、

東北に住む人間にとってあの日は「さんがつじゅういちにち」と清音で表されるものではない。永遠に濁音の「サンガツジュウイチニチ」であり続ける。濁音にくぐもる「言葉」そのものが東北人のアイデンティティなのだと強く感じる。

と書くのである。方言を含む言葉の問題は単に言葉としてだけでなく、それを用いる人のアイデンティティにもつながる問題であるとの深い認識だ。

この主張は後の評論「この言葉だけは」(「短歌往来」二〇一六年一月号)でも繰り返され、〈さんぐわつじふいちにあらなくみちのくはサングワツジフイチニチの儘なり〉という一首ともなった。土地に根付いた言葉を通じて自らのアイデンティティを確かめ、それを震災から立ち直る足掛かりにしようとする意志は、かなり早い段階から本田の心にあったと考えて良い。

こうした本田の主張とは異なる立場から、方言について問題提起をしたのは、谷村はるかであった。谷村は「Ｅｓ」第二十四号(二〇一二年十一月)の評論「故郷のクジラ餅―期待に応えないための方言」で、方言を用いた短歌が持つある種の危うさについて述べている。

谷村は、短歌に詠まれた東北弁が現実の話者を離れて使われることがあり、また語彙の特殊性よりも発音の特殊性が強調されることを指摘する。そして柏崎や高木の歌に用いられている

「ごど」「いぐ」のような方言を強調した表記が描き出すのは「実態とは離れた、加工された東北、なのではあるまいか」と述べ、「無意識にも、他者の期待する架空の東北像を補強する道具になってはいないか」と危惧するのである。東北弁の使用が「耐えてがんばる人・ふるさとを愛する人・家族を大切に思う人」といったイメージと結び付き、それが一つのステレオタイプになってしまう危うさは、作者も読者も意識しておいた方が良いことだろう。

＊

本田は先に引いた評論「この言葉だけは」の中で、

「荒れはでだ浜の様子だが見どぐべし」我らがつかふ勧誘の「べし」

柏崎驍二『北窓集』

という歌を引き、「方言は個のものではなく、複数の「我」の、つまり共同体の言葉であるという意識がこの一首に表れている」と書いている。また、特集「その土地の言葉と短歌」では、屋良健一郎が総論「響きがもたらすもの」の中で、

おめえらはなんで生ぎでる嗄れたからすのこゑよ曇天に満つ

本田一弘『磐梯』

を挙げて、

カラスが人語を話すのも不気味だが、それよりも「おめえらはなんで生ぎでる」という声が一人のものではなく、複数の人々の声のように聞こえてくる点が印象的だ。その土地の言葉ゆえに、個ではなく共同体の多数の人々の声として迫ってくるのだろう。

と記している。両者の論に共通するキーワードは「共同体」である。この「共同体」の問題も簡単ではない。

本田や屋良の論旨に共感し納得もする一方で、私はこんなことも考える。かつて私は福島市に二年ほど住んでいたことがある。映画館でパートとして働きながら気ままな一人暮らしをしていた。もし、あの時に震災が起きていたとしたら、私は本田が言うところの「東北人」の中には入れてもらえないだろう。濁音の言葉によるアイデンティティの強調は、そうではない人を排除することにもつながりかねない。

よく考えてみれば、東北に住む人たちすべてが先祖代々東北に生まれ育った人ばかりではあるまい。転勤や進学でやって来た人もいれば、結婚して移り住んだ人もいる。本来は多様な人々の住む場所であったはずなのだ。けれども、震災という非常時において、そうした人たちの姿が前面に出てくることはない。方言や濁音といった共同体の枠組みは被災者の中にも線を引いてしまう。

高木佳子の評論「東北という空間が容れるもの—〈私〉から〈共同体〉への変遷」（「短歌往来」二〇一六年四月号）は、こうした問題に鋭く迫ったものであった。近代以降の東北の歌を読み解きながら、高木は震災後の歌に〈私〉という「個」の姿が薄れ、「みんな」「ふくしま人」「吾ら」といった表現が増えていることを述べる。そして、震災を境として東北を詠んだ歌に「①離郷者ではなく在住者によって描かれる」「②〈私〉から〈共同体〉へ」という二つの明確な変化が起きたと分析し、

①や②のような変遷の一方、そこからはみ出すもの、もしくは間隙もまた出現したはずである。「みんな」「ふくしま人」「吾ら」と括れない人々、描けない事象は確かにあって、それらは精神的・実際的な離郷者となって〈共同体〉から弾かれていった。

と指摘する。震災を機に共同体としてのアイデンティティが強固になる一方で、そこに入れない人々が輪の外へ弾かれてしまったということだろう。さらに高木は、評論の最後にこんなことを言う。

郷土愛が偏執的なまでに凝っていくような事象が、東北という一地方ではなく、「日本」「祖国」「日本人」という規模で起こっていったとしたら、〈私〉という「個」はどうなっていくか。東北という空間に起こった五年のうちの変遷は、その雛形であるようにも見える。

ここで高木が念頭に置いているのは、太平洋戦争という国家的な危機に際して、多くの歌人たちが〈私〉よりも〈共同体〉を優先し、戦意高揚のための翼賛短歌を詠んだ歴史であろう。そうした事態が再び起きることへの危惧を高木は述べているのである。

土地や言葉を基盤にしたアイデンティティを守るというのは美しいことだ。けれども、それは排外的なナショナリズムに結び付いてしまう側面もあわせ持っている。歌人は誰しも日本語という言葉に拠って立つ存在であり、日本語や日本と深く結び付いている。それは確かなことなのだが、一方で共同体へ寄せる思いに潜む危険性についても自覚しておきたいと思うのだ。

＊

もう一度、本田の評論「この言葉だけは」に戻ってみよう。評論の終わり近くに次のような部分がある。

産土という言葉がある。人が生まれた土地のことである。土地には人だけではなく言葉も生まれた。（…）その言葉はその人の一生という短い期間だけではなく、何代も前からその言葉は使われ、そして死んだ後もその言葉は使われていった。

続いて本田は、「「方言」は、生きている者の言葉であると同時に、死者の言葉でもあるのだ」

と記す。ここはとても大切な点である。共同体の問題に続いて死者の問題が提示されているのだ。

昨年刊行された斉藤斎藤の歌集『人の道、死ぬと町』は、この問題に対して多くの示唆を与える内容であった。この本には短歌の私性をめぐる考察や、散文をまじえた実験的な連作が収められているのだが、私は「死者の声」をどのように聞くかというところに、この歌集の最も大きな特徴があるように思った。

撮ってたらそこまで来てあっという間で死ぬかと思ってほんとうに死ぬ

東日本大震災の津波を様々な立場から詠んだコラージュ的な連作「証言、わたし」の中の一首である。スマホで押し寄せてくる津波を撮影していて、そのまま波に呑まれてしまった死者を詠んでいる。他にもこの歌集では宅間守死刑囚やA級戦犯、広島の被爆者、笹井宏之など、死者のことが繰り返し詠まれている。

例えば私たちは墓参りの時に、手を合わせながら心の中で死者と会話をすることがある。あるいは死者の遺した物や作品の中からその声を聞こうとすることもある。それは深い鎮魂の思いの表れであろう。

斉藤斎藤は座談会「震災詠から見えてくるもの」(「歌壇」二〇一六年三月号)の中で、柳田国男や折口信夫の死者に対する考えを述べつつ、ただ、時代が変わったので、「家」とか「ふるさと」で救われない人たちが出てきちゃうという時、残った部分をどうにかしなきゃな、ということだったんですかね、今から考えると。その残りの部分をどうにかしないと。

と発言している。歌集を読むまでは、この発言の意味するところが正直よくわからなかったのだが、従来の共同体的な価値観によっては救済されない死者の魂をどのように鎮めれば良いかという問題意識だったのだろう。そう考えれば納得がいく。斉藤はさらに、

短歌は基本的に「われ」を主語にして歌うんですけど、こういうことがあると、死ぬということは「われ」が歌えなくなることだから、「われわれ」にシフトせざるを得ない部分がある。原発の問題もそうですね。短歌は「われ」と言いながら、非常時には「われわれ」にスライドして対処してきたんだけど、そこをもっと精密に考える必要があると思っています。

とも述べている。本田をはじめとした東北の歌人が共同体に立脚した「われわれ」の立場から詠むという方法を取る中で、斉藤はそれ以外のやり方で、死者の問題に取り組んでいるのだ。

短歌以外のジャンルまで広げて考えてみると、例えば、いとうせいこうの小説『想像ラジオ』も、まさにこの問題を扱っていると言っていい。津波で流されて木のてっぺんに引っかかったままの主人公は想像という電波を使ってラジオ放送を始める。それは死者たちにだけ聞こえる

声である。小説では、そうした死者の声をめぐって、被災地でボランティアをする一人がこんなことを言う。

「いくら耳を傾けようとしたって、溺れて水に巻かれて胸をかきむしって海水を飲んで亡くなった人の苦しみは絶対に絶対に、生きている僕らに理解出来ない。聴こえるなんて考えるのはとんでもない思い上がりだし、何か聴こえたところで生きる望みを失う瞬間の本当の恐ろしさ、悲しさなんか絶対にわかるわけがない。」

ここで述べられているのは、単なる否定や諦めではない。生者と死者の間に横たわる絶対的な距離と、それでもなお死者の声を聞こうとする強い思いである。聞こえないからこそ聞きたい、わかるはずがないからこそ何とかしてわかりたい、そういう思いなのだ。

「現代短歌」二〇一六年十二月号の歌壇時評「無数の声」で、本田一弘は斉藤の歌集『人の道、死ぬと町』を取り上げている。散文に傍点やゴシック体が混じった作品「親指が数センチ入る図書館」の中から、本田は、

この下になにが残されてないのだ。いったん場所場所に、土してる
声を集め祈るところは海になって海に手招きが隠れたら

など（傍点・ゴシックは省略）を抜き出し、「混沌とした世界からわれわれは祈るように被災者や死者や土地の声を聞こうとする」と述べる。本田と斉藤ではおそらく震災との関わりも短歌観も大きく異なるだろう。それにもかかわらず、本田は斉藤の作品を丁寧に読み解き、その試みを高く評価している。その姿勢に私は心を動かされた。自分と異なる立場の人の作品に対しても先入観なく向き合い、そこに表現されたものを読み取っていく。そうした姿勢を常に忘れてはならないのだと思う。

（「短歌」２０１７・１）

日本語文法と短歌

「短歌年鑑」平成29年版収録の座談会「現代短歌は新しい局面に入ったのか」を面白く読んだ。特に注目したのが「口語短歌の成熟」に関する永井祐の発言である。永井は〈名づけえぬ料理のほうがこの世には多くなんならちくわも入れる〉（宇都宮敦）、〈もしお金があれば子どもは欲しいのかなそうでもないか紅茶出過ぎた〉（斉藤斎藤）の二首を引いて、「結句のところで一首全体の時間がサーッと流れ出すみたいな形」であると分析し、「私が短歌を始めた二〇〇〇年ぐらいの口語短歌は、こんな繊細な時間とか私の動きみたいなものはなかったような気がして、印象的でした」と述べている。

永井の指摘する通り、「口語の表現力の拡大」はここ数年、顕著に見られる現象であろう。一方で、それに対する批評の言葉がまだ十分に追い付いていない印象がある。その一つの原因として、文法の問題が挙げられるのではないだろうか。

昨年秋に刊行された櫟原聰の評論集『一語一会』は「口語短歌の文法序説」という章を設けている。櫟原は、若手歌人を中心として口語短歌が急速に普及し、従来の文語短歌にとって代わろうとしている。ここにあらたな口語短歌の文法が必要になりつつあると思うのである。

との問題意識を提示した上で、口語短歌の内部構造の文法的な分析を試みる。そして、近年話題になった服部真里子の〈水仙と盗聴、わたしが傾くとわたしを巡るわずかなる水〉について、「水仙と盗聴」が序詞的な要素をもち「水仙と盗聴（のように）―傾く」と読めることを示すのである。単なる印象や感覚ではなく、こうした文法的な裏付けを伴った口語短歌の読みというのは、これからますます大切になってくるだろう。

もっとも、櫟原の論は服部の歌に関する部分を除けば二十年以上前に書かれた文章が元になっており、主な対象は田中章義『ペンキ塗りたて』（一九九〇年）である。その後の口語短歌の大幅な成熟を考えると、残念ながら内容的にはややもの足りないものにとどまっている。

近年、従来の国語文法（学校文法）に代わって、日本語文法（日本語教育文法）という新しい体系が生まれている。これは、当初は外国人向けの日本語教育のために考え出されたものであったが、現在では日本人にとっても新たな知見をもたらすものとなっている。従来の国語文法が文語文法と口語文法の連続性に重きを置いているのに対して、日本語文法が対象としているのは現代の日本語である。そのため、国語文法ではうまく説明しきれなかった現代の日本語の姿を生き生きと捉えることができるのだ。

例えば、動詞の活用を例に挙げれば、従来の国語文法では、文語の場合「未然形」「連用形」「終止形」「連体形」「已然形」「命令形」、口語の場合は「未然形」「連用形」「終止形」「連体形」「仮定形」「命令形」と教わる。「已然形」と「仮定形」という名前の違いを除けば文語も口語も一緒であり、連続性が保たれているという利点がある。その一方で、口語においては「終止形」と「連体形」がすべて同じという奇妙な事態が生じる。

【終止形】	【連体形】
書く（書く）	書く（書く）
落ちる（落つ）	落ちる（落つる）
食べる（食ぶ）	食べる（食ぶる）
来る（来）	来る（来る）
する（す）	する（する）

文語の動詞の場合は括弧の中に示したように、上二段活用、下二段活用、カ行変格活用、サ行変格活用などにおいて、終止形と連体形は形が違う。だからこそ「終止形」「連体形」とそれぞれ別の名前が必要なのだ。一方で口語の動詞の場合、どんな活用の動詞でもすべて「終止形」と「連体形」は同じ形である。つまり、文語文法との連続性を考慮しなければ、「終止形」と「連体形」をそもそも形の上で分ける必要がないのだ。

日本語文法は、あくまで現代の日本語を読み解き、学ぶための文法なので、文語との連続性は考慮しない。だから、いわゆる「終止形」と「連体形」は、まとめて「辞書形（基本形）」という呼び名で一つにくくっている。基本的な活用形は、「辞書形」（書く）、「マス形」（書きます）、「ナイ形」（書かない）、「テ形」（書いて）などであり、従来の国語文法とは考え方が全く違う。

短歌の世界では、これまで文語定型が基本とされてきたので、文法と言えば学校で習う国語文法の知識で十分であった。けれども、文語・口語の混用を経て、現在のように完全口語の歌が増えてくると、国語文法の知識だけでは十分に読み解けない。完全口語の歌を読むには、新たに日本語文法の知識が必要になるのではないかというのが、私の考えである。

もう三年も前のことになるが、「短歌研究」二〇一四年一月号の対談「詩とはなにか、日本語とはなにか」の中で、岡井隆が堂園昌彦や永井祐の歌を挙げて「助動詞なし。全部、現在形なんですね」と発言したことが大きな話題になった。岡井と馬場あき子の対談は、さらに次のように続く。

岡井　（…）日本語の韻律、動詞というものは単に現在形の終止形だけで表現するのではなくて、そこへきゅっと助動詞の何ともいえない柔らかいあの韻律が入ってきて意味も膨らんでくる。これがどうして嫌われているのかがわからない。どうですか。

馬場　私もいつもそれを思うんですけどね、若い人たちって、「今」しかないと。

このように対談では、岡井の発した「現在形」という言葉から若い人には「今」しかないという結論が導き出されているのだが、この「現在形」という言葉一つとっても大きな問題がある。岡井自身が対談の中で「現在形というのは、文法の本に書いてあるとおり、現在であると同時に過去も示し、未来も示すという非常に便利な形ですよ」と述べている通り、現在形は現在だけを表すわけではないのだ。

日本語文法においては、そうした実情に基づいて「現在形」という呼称をあまり用いない。動詞の「ル形」や「非過去形」といった言い方をする。

おねがいねって渡されているこの鍵をわたしは失くしてしまう気がする

東直子『春原さんのリコーダー』

例えばこの歌も、これまでの考えでは「現在形ですべて詠まれている」という分析で終わっていただろう。けれども、日本語文法の観点から考えると、相当に複雑なのである。「渡されている」は動詞のテイル形、「失くしてしまう」と「気がする」は動詞のル形である。

動詞のテイル形には動作の進行を表す用法（私は手紙を書いている）以外に、動作の結果を表す用法（この時計は壊れている）というものがある。この歌の「渡されている」の場合、今まさに手渡されつつある場面とも読めなくはないが、私は「過去に渡されて、今も手元に持っている、預かっている」という結果の意味で読む方が良いと思う。

次の「失くしてしまう」は時制的には未来のことを表している。「てしまう」という言い方には「近い将来における完了」と「後悔・残念」を表す用法があるが、意志動詞の場合は前者、無意志動詞の場合は後者のことが多い。「失くしてしまう」も単に失くすという未来の予想を述べているだけでなく、そこに後悔のニュアンスが含まれていると考えて良いだろう。

最後の「気がする」は、状態動詞のル形なので、これは現在のことを表す用法である。

こうして見てくると「渡されている」「失くしてしまう」「気がする」という言い回しが、それぞれ過去や未来や現在を表しており、時制的には非常に複雑な一首であることがわかる。すべてが「現在形」といった分析では、それが摑めないのだ。ここに、私が日本語文法による読解が必要だと主張する理由がある。

　京菓子の京という字が取れているお菓子屋さんも今はもうない
　ぼんぼりがひと足先に吊るされてやがて桜の公園になる　　土岐友浩『Bootleg』

一首目も二首目も従来の見方では、すべてが「現在形」で書かれた歌ということになる。けれども実際は現在の話だけをしているのではない。一首目では「京菓子」という看板の「京」の文字だけが外れている店がかつてあったが（過去）、その店も今ではなくなってしまった（現在）ということが詠まれている。

二首目はどうだろうか。上句から下句へ単に時の経過に沿って叙述しているとも読めるし、毎年そういうことが繰り返されるという一般論としても読める。私の読みは、まず花見の準備としてぼんぼりが吊るされて（現在）、やがて桜が満開になるだろう（未来）との予想が示されているというものだ。歌の場面としては桜が咲いていない方が、より鮮やかに桜の花がイメージできるからである。

おそらく、こうした時制などの細かな部分をどう読むかについて考えることが、口語短歌を読む際には特に必要になってくるのだろう。

続いて時制以外のことも考えてみたい。日本語教育学者荒川洋平の著書『日本語という外国語』の中に、

山田選手はかなり練習させられていたらしいよ。

という例文が挙げられている。荒川はこの文を使って、述語部分に関する文法形式の「テンス」「アスペクト」「ボイス」「ムード」について説明している。

「させ」　ボイス（使役）
「られ」　ボイス（受け身）
「てい」　アスペクト（進行）
「た」　テンス（過去）
「らしい」　ムード（推測）

「よ」　ムード（判断）

つまり、「させられていたらしいよ」の一言一句すべてに、きちんとした意味があるのだ。「練習させられた」でも「練習させられていた」でもなく、「練習させられていたらしいよ」。最後の「よ」に至るまで、すべての言葉に文法的な意味が備わっているのである。こうした分析は、例えば以前話題になった次の歌について考える際にも参考になるだろう。

あの青い電車にもしもぶつかればはね飛ばされたりするんだろうな
永井祐『日本の中でたのしく暮らす』

この歌をめぐっては「棒立ちの歌」（穂村弘）、「ユルタンカ」（山田富士郎）、「トホホな歌」（島田修三）など、多くの批評が出たわけだが、それは主に歌の内容やテーマに関してであったように思う。

けれども、「はね飛ばされたりするんだろうな」という言い回しが含む微妙なニュアンスについては、あまり議論が深まることがなかった。私たちは文語短歌を読む時には文法を意識して丁寧に読むのだが、口語短歌の場合は日常使っている言葉だから当然わかっているという意識が強く、あまり文法的なことを考えない。しかし本当は、最後の「な」の一音に至るまで、きちんと読み解いていく必要があるのだ。

「はね飛ばされ」の「れ」が受身なのは当然として、「たりする」はどうだろうか。これは「飛んだり跳ねたりする」など、動作の並行・継続を表す場合に使われることが多いが、ここではその用法ではない。「たり」が一つしかないからだ。「たり」が一つの場合、特定を避けて曖昧さを持たす和らげの用法というものがある。ここでは、それが当て嵌まるだろう。「など」「なんか」といった言葉の使い方と共通するものだ。

続いて「んだろう」である。「んだ」は「のだ」の変化した形で事情説明や納得を意味する言葉であるが、納得の中に推量の意味合いが強まると「んだろう（のだろう）」「のかもしれない」という言い回しが用いられる。ここでも、その用法と考えて良いだろう。

そして、最後の「な」である。この終助詞「な」にも禁止や感嘆など様々な用法があるのだが、ここでは確認の意味である。独り言を呟くように言う感じで自分自身に確認する場合によく用いられる。

以上挙げた「受身」「和らげ」「納得」「推量」「確認」といったニュアンスをすべて含んだのが、この「されたりするんだろうな」という言い方なのである。そこまで十分に読み解いたうえで、歌の良し悪しについての議論に入っていくべきだろう。

「最近の若い人の歌は」とか「わからない歌が多くて」といった話をしていても、あまり生産的な議論にはならない。議論の対象は五句三十一音の言葉なのだから、まずはその言葉に即して、言葉の意味するところを丁寧に読み取るところから始めなくてはならない。

フランス語学・言語学を専門とする東郷雄二のブログ「橄欖追放」には多くの短歌鑑賞が載

っているが、その中でもしばしば文法的なアプローチが見られる。

例えば永井祐『日本の中でたのしく暮らす』について記した記事（二〇一三年二月十八日）では永井の短歌に用言が多く、「降りて」「抜けて」や「ひろく」のように、テ形や連用形で次と繋いでいる」という特徴を指摘する。その上で、動詞のテ形が隣接関係を表すだけで因果関係を示さない点などを踏まえて、「流れる時間の中を生きている〈私〉」や「知的再構築による因果の否定」という結論を導き出している。

また、竹内亮『タルト・タタンと炭酸水』についての記事（二〇一五年五月十八日）では、竹内の歌の結句が「体言止めか倒置でなければ、すべてル形で終わっている」ことを述べ、

「ある」「いる」のような状態動詞のル形は現在の状態を表すが、動作動詞のル形は習慣的動作か、さもなくば意思未来を表す（ex. 僕は明日東京に行く）。このためル形の終止は出来事感が薄い。何かが起きたという気がしないのである。口語短歌の多くが未決定の浮遊状態に見えるのはこのためかもしれない。


という重要な指摘をしている。

どちらも言葉に即しての批評であるだけに、説得力がある。これは私たち歌人も参考にすべき読み解きの方法ではないだろうか。


（「短歌」17・2）

歴史から今を見る視点

アメリカのトランプ大統領が不法移民対策として国境に壁を建設する大統領令を出し、その建設費をメキシコに負担させると主張したことを受けて、一月三十一日に予定されていたトランプ大統領とメキシコのペニャニエト大統領の首脳会談が中止となった。

このニュースを見て、私は初めて現在のメキシコ大統領の名前と顔を知った。アメリカの大統領と違って、メキシコのことはあまり日本では知られていない。

第二十八回歌壇賞を受賞した佐佐木頼綱の「風に膨らむ地図」三十首は、そんなメキシコを旅行して詠んだ作品である。

娶りしもの娶られしもの嗚呼Mexico《メヒコ》『日西辞典』しづかに開く
新妻の細き横髪揺らしめて太平洋鉄道《エル・チャペ》車窓の土臭き風
過ぎてゆく景色の中のロバの荷に赤き林檎は列をなしたり

一連はこんな歌から始まる。「娶りしもの娶られしもの」とはどういう意味かと思って読むと、次の歌に「新妻」とあるので、おそらく新婚旅行でメキシコを訪れたのだろう。メキシコの公用語はスペイン語なので、『日西辞典』を使って会話しながら旅をしているのだ。

もっとも、「娶りしもの娶られしもの」にはもう少し深い意味もあるように感じる。白人と先住民の混血であるメスティーソが国民の六割を占めるメキシコの歴史が自ずと思い浮かぶのだ。車窓から流れ込む「土臭き風」やロバが運ぶ「赤き林檎」など、メキシコの風土や暮らしの姿も鮮やかに見えてくる。

しかし、この連作の特徴は単なる旅行詠にとどまっていないことだろう。

　ゆつくりと我の論理を変へながら読み継ぐ『メキシコ革命史』を

　パンチョなる元山賊が出《い》でてきてよく殺しよく結婚をする

　密告をせしくちびるの顫ふときフォークにちひさな酢漬けの春告魚《ニシン》

作者はメキシコを旅しながら二十世紀初頭に起きた革命に関する本を読み進める。現在のメキシコを見るだけでなく、その土地の歴史に思いを馳せるのだ。二首目のパンチョ・ビリャはメキシコ革命において活躍した人物で、本の中にしばしば登場するのだろう。三首目は上句の想像の場面と下句の現実の場面を「くちびる」の一語がつないでいる。酢漬けのニシンを食べながら、密告という劇的な場面に想像を膨らませているのだ。

こんなふうに、現在の旅行と本の中の歴史を重ね合わせながら連作は展開していく。

殺す側殺される側つねにして牡牛らのんびり沐浴をせり
闘牛の勇気の歴史を半時間聞ける黄色人種の後ろ手

エドゥアール・マネ作『皇帝マキシミリアンの処刑』

やはらかに首を傾け描かれし日より銃爪《ひきがね》引くメヒコ兵
銃を撃つ側かもしれぬ我が居り陽ざかりのなか片目を瞑る

一、二首目はスペインからもたらされメキシコでも盛んな闘牛を見学した時の歌。「殺す側殺される側」は人間と牛の関係だけではなく、征服者と被征服者、あるいは白人と黄色人種といった問題も含んでいるのだろう。それは闘牛の説明を聞いている自らを「黄色人種」と規定しているところからもうかがわれる。

三、四首目はマネの絵画をモチーフに詠まれたもの。フランスのナポレオン三世の後ろ盾によってメキシコ皇帝となったマキシミリアンは、ハプスブルク家の出身で、一八六七年に共和派に捕まって処刑された。「描かれし日より」は、絵の中のメキシコ兵が今もなお引き金を引き続けているという意味だろう。「片目を瞑る」は銃の照準を合わせる際の仕種であり、自分がもしその場に居合わせたらとの思いが感じられ、思索的な深みと味わいが生まれている。

選考委員の伊藤一彦が「世界の国々で政府側と人民の側、人民の側も分裂したりしながら革命を成し遂げて独立していく。そういう場面を自分のことに引き付けようとしているところがいいと思った」と述べている通り、表面的な観光詠ではなく、歴史や思想にまで根を下ろした一連であり、受賞作にふさわしい。歴史を単に過去のこととして見るのではなく、また外国の他人事として見るのでもなく、すべてを現在の自分の問題として捉え直しているところが印象的だ。

歴史を学ぶ、あるいは歴史に学ぶ、というのはそういうことなのだろう。歴史の様々な場面において人々がどのように考え行動したかを知ることは、私たち自身の現在や今後につながってくる話なのである。

同じように歴史に取材した作品として「短歌往来」二月号の大口玲子「ザベリオ」二十一首も読んでみたい。

その名フランシスコ明るく呼ばれけむナバラ王国ハビエル城に

一五四九

一宣教師ザベリオとして己酉《つちのとり》八月十五日の上陸

「酉年生れの歌人」という特集が組まれた号ということもあって（作者の大口も酉年生まれ）、一連の中には「一五四九」「一五八五」「一九〇九」「一九四五」という歴史上の酉年に起きた出来事が四つ詠み込まれている。

一五四九年は、日本史の教科書でもおなじみのキリスト教伝来の年である。タイトルの「ザベリオ」はザビエルのこと。カトリック教会ではザベリオという呼び方をすることが多いそうなので、作者の信仰が垣間見える。また、「ザビエル」であれば誰にでもすぐにわかるところを「ザベリオ」としたところに、謎解きのような味わいも生まれている。

ミラノよりきたれる油彩のマンショ像憂ひありて十六歳に見えず

一五八二（正しくは一五八五・松村注）

謁見は乙酉《きのととり》二月廿二日少年四人の一人を欠いて

その人の棄教を長く思ひたるのちにヨガして祈り眠りたり

この三首は十六世紀に天正遣欧少年使節としてローマを訪れた四名の少年のことを詠んでいる。その内の一人である伊東マンショの肖像画が二〇一四年にイタリアで発見され、昨年東京の国立博物館や伊東の故郷である宮崎県の県立美術館で一般公開された。一首目はその絵を詠んだものである。

少年たちは一五八五年にローマで教皇グレゴリウス十三世に謁見しローマ市民権を与えられた。その際に中浦ジュリアンだけは高熱のため謁見式に出席できなかったので「少年四人の一人を欠いて」となっている。

帰国後に四名はイエズス会に入会する。けれども、その後、千々石ミゲルだけはキリスト教の信仰を棄てた。そこにはどのような葛藤があったのか。作者は自分自身の問題として問い続けるのである。

一九四五
乙酉《きのととり》七月十六日雷雨　しめやかに延期伝へられけむ
九〇分延期ののちの〈トリニティ〉爆発し記念碑を残しけり

これらは一九四五年七月十六日にアメリカで行われた世界初の核実験「トリニティ実験」を詠んだものである。ニューメキシコ州の砂漠で行われた実験は、当初午前四時に爆弾投下の予定であったが、悪天候のため一時間三十分遅れて実施された。この実験からひと月も経たないうちに、八月六日には広島、八月九日には長崎への原爆投下が行われたことを思うと、何とも居たたまれない気持ちになる。現在、跡地には高さ十二フィートの記念碑が建てられており、年に二回一般公開されている。

もっとも、作者の関心は原爆そのものだけではなく、その実験に「トリニティ」という名前が付けられていたことにある。トリニティとはキリスト教における三位一体のこと。「父なる神（創造主）」と「子なる神（イエス・キリスト）」と「聖霊なる神」が一つであるという教義が、何十万人もの人々を殺した核爆弾の実験の名に使われていた事実は、多くのことを考えさせる。

永遠に心を向けよといふごとき夕映えに遭ひ息白くはく
ランドセル置きて出でゆき帰らざるわが家の放蕩息子をゆるす

一連にはこうした現在のことを詠んだ歌も入っている。「永遠に心を向けよ」は「永遠であるものに対して心を向けよ」という意味だろう。「放蕩息子」にも聖書の話が踏まえられており、作者のキリスト教に寄せる思いが深く滲む。信仰は個人的な問題であるが、それを歴史上の出来事と組み合わせて詠むことによって、社会的な視野を含んだ広がりのある作品となっているのだ。

そうした社会的な視野という点で言えば、「現代短歌」二月号の特集「沖縄を詠む」にも触れておきたい。特集の中で紹介されている三枝昂之の歌集『それぞれの桜』の「東風平」という一連を見てみよう。

声高き『沖縄ノート』を携えてわれは青春を歩みはじめき
自決命令はあったであろう母たちは慶良間の谷で聞いたであろう
自決命令はなかったであろうさりながら母の耳には届いたであろう

沖縄が復帰する前の一九七〇年に刊行された大江健三郎の『沖縄ノート』は、本土と沖縄の関係や日本人とは何かを深く問い掛ける内容だ。作者が青春期に読んで影響を受けた一冊なのだろう。その中には沖縄戦における集団自決のことも記されており、日本軍指揮官が住民に自決を強いたとの記述が名誉棄損にあたるとして裁判になったことでも話題を呼んだ。裁判は原告の請求を棄却するという判決で終わったが、自決命令の有無に関しては依然として様々な意見がある。

三枝は「自決命令はあったであろう」「自決命令はなかったであろう」という正反対の二首を並べることで、たとえ明確な命令が無かったとしても無言の強制力が働いた状況というものを浮き彫りにしている。慶良間諸島の渡嘉敷島や座間味島では数百名が自決して亡くなった。命令の有無について争う前に、まずはその重い事実を受け止めるべきだろう。

ひめゆりの少女が坂を駆け上がる声をかけ合い息を切らして

ひめゆり平和祈念資料館館長の島袋淑子さん

「戦争はダメです」声に力ありひめゆり部隊の八十五歳

沖縄戦におけるひめゆり学徒隊を詠んだ歌で、一首目はまさに一九四五年の戦場に立ち会っているかのように詠まれている。二首目は、語り部として沖縄戦の話をしている方の姿。話を聞きながら、戦後七十年という歳月を超えて戦争当時の姿が甦ってくるように感じたのだ。現在難しい状況となっている沖縄の米軍基地の問題を考える際にも、こうした沖縄戦の歴史を踏まえることが当然必要になってくる。

特集「沖縄を詠む」の中から、沖縄の歴史を感じさせる歌をいくつか引いてみたい。

遠つ世の交易語る証かな勝連城址よりローマ銅貨出づ　永吉京子
ふるさとの基地に殺された娘たち隆子に由美子徳子も里奈も　玉城洋子
大学は本土留学、下宿では人類館の人と言われたり　伊波　瞳
沛然とハンセン、シュワブは濡れており墓碑銘だけでよかったのに　加藤英彦

一首目は、昨年、沖縄の勝連城址から三〜四世紀のローマ帝国の銅貨が出土したというニュースを受けてのもの。琉球王国の海を越えた交易の姿が彷彿とする。

二首目は米軍基地関係の事件・事故で亡くなった日本人女性の名前である。一九六五年に輸送機から投下されたトレーラーにより棚原隆子さん（小5）が圧死した事故、一九五五年に永山由美子さん（六歳）が嘉手納基地内で暴行され殺害された事件、一九五九年に宮森小学校にジェット機が墜落して久高徳子（小2）さんはじめ十七名が亡くなった事故、そして昨年、島袋里奈さん（二十歳）がアメリカ軍の軍属に殺害された事件である。一人一人の個別の名前が詠み込まれていることが、強く訴えかける力となっている。

三首目は、アメリカ統治下の沖縄から本土へ進学した頃の記憶である。「人類館」は一九〇三年に開催された第五回内国勧業博覧会において、アイヌ・台湾の高砂族・琉球人らが民族衣

装を着て生活する姿を見せる展示が行われ、これが差別的だとして抗議を受けた事件のことだ。戦後になってもそうした差別意識は依然としてなくなることがなかった。

四首目には「ハンセン二等兵、シュワブ一等兵、共に一九四五年五月戦死。」との詞書がある。キャンプ・ハンセン、キャンプ・シュワブという基地の名前は、沖縄戦で戦死したアメリカ兵の名前から取られている。他にも、ゴンザルベス、マクトリアス、コートニー、フォスター、キンザーなど、沖縄で戦死した兵士の名前が付けられた米軍基地は多い。そうした命名のあり方に対しても、日本人としては複雑な気分になる。

ふわふわのパンに憧れその果てに切られし耳となりたるわれら　　伊波　瞳

この一首は、松村由利子の〈時に応じて断ち落とされるパンの耳沖縄という耳の焦げ色〉(『耳ふたひら』)を受けて詠まれたものだろう。「ふわふわのパン」に象徴される豊かな生活に憧れてようやく日本への復帰を果たしたものの、今も多くの米軍基地が残り、本土からの差別的な扱いも続いている。

二月十日にはトランプ大統領と安倍首相との首脳会談が行われる。そこでは日米安保条約や在日アメリカ軍基地の経費負担についての話も出るに違いない。そうした現在の私たち自身の問題を考えるうえでも、歴史から今を見る視点というものを大切に持ち続けていきたい。

(「短歌」17・3)

短歌の読みを考える

今回は最近読んだ文章をいくつか例に挙げながら、短歌の読みについて考えてみたい。まずは、「歌壇」三月号の高野公彦インタビュー「ぼくの細道うたの道」（聞き手・栗木京子）である。この中で、河野裕子の歌をめぐってこんなやり取りがあった。

高野　『蟬声』もいい歌集です。特に最後の歌、〈手をのべてあなたとあなたに触れたきに息が足りないこの世の息が〉、力を振り絞って作った歌です。「あなたとあなた」は解釈が二つあると言いますが。

栗木　そうなんです。「あなたとあなた」と並列なのか。

高野　「あなたと言いながら、あなたに触れたい」ですと、「あなた」が一人になります。あなた及びあなたと、家族に向かって作っているのか。それともある一人に向かってか。

栗木　そこは「塔」の中でも解釈が分かれています。私は「あなたとあなた」で複数かなあと思うのですが、永田さんは「俺ひとりのことやろ」と言ってました。でも、吉川宏志さんは別々の「あなたとあなた」だと。「　」がないですし。
河野の歌の「あなたとあなた」をどのように読むか、「あなた」は単数なのか複数なのかという問題である。
この歌については「現代短歌」三月号でも濱松哲朗が取り上げている。濱松は「「場」と「異化」で見る短歌史」の中で、「この歌、「あなたとあなたに」という表現が尋常ではない。一人ずつ指で差して確認するような表現が、読者にすら「あなた」と呼び掛けているように響いている」と書く。「あなたとあなた」は複数という読みである。その上で、「あなたたち」「あなた方」などではなく「あなたとあなた」という表現をしているところに河野の特徴を見出しているのだ。

昨年刊行された大島史洋著『河野裕子論』ではどうだろうか。大島は、

　この歌の「あなたとあなたに」は、口述筆記が永田和宏であることを考えれば、当然、永田をさして言っていると取るのが自然であろう。最初の「あなた」は呼びかけの言葉なのである。

と記したうえで「だがしかし、この表現をいろんな人に呼びかけていると解する人がいても問題はないだろう」と書いている。つまり、「あなたとあなた」を一人に対する表現と読みつつ、

それを複数と取る読みについても容認しているのである。

これらの文章からもわかる通り、河野の歌の解釈は現在大きく二つに分かれている。もともとこの歌は、「塔」二〇一一年二月号に遺作として掲載され、同じ年の六月に歌集『蟬声』に収められたものである。私自身は最初に読んだ時から単数の「あなた」をイメージして読んでいた。目の前の現実の「あなた」と、もう少し抽象的な存在としての「あなた」という感じで理解していたのである。ただ、自分でもどうにもうまく説明ができずに正直困っていた。

そんな時に目にしたのが「りとむ」二〇一一年十一月号の今野寿美の文章である。巻頭の「てんきりん」という一首評の欄に今野がこの歌を取り上げて、次のように書いていたのだ。

上の句は夫と子らに向けたのか、「あなた」と口にしながら夫を想ったのか、読者はそれぞれ自分なりの解釈で感じ入っている。それでいいと思う。でも、こうも思う。並列の言い方をしながらも一首としては〈あなた〉ひとりを想定していた。〈あなた〉ひとりに触れようとした。

この文章を読んで私は非常に驚いた。この時に初めて「「あなた」と口にしながら」と捉える読みに接したのである。なるほど、そういう読み方があるのかと新鮮に感じるとともに、非常に魅力的な読みであると思った。上句に「あなた」という呼び掛けの声を想定すると、下句の「息が足りない」に一層の切実さがこもるように感じられるからである。

この読みは、もともと二〇一一年七月三十一日の山川登美子記念短歌大会の鼎談の中で、今野が披露したものらしい。「りとむ」の同じ号に収められている報告記の中で、「歌集の最後、この辞世の歌の呼びかけの相手は単数か複数かで大いに盛り上がった。当初、あなたにも、あなたにも、みんなに声を掛けたいのよ、と複数説が優勢だったらしいが、今野氏は単数にこだわる」と書かれている。七月と言えば歌集が出てすぐのこと。その頃から単数か複数か早くも議論になっていたのだ。

「あなたとあなた」を単数とする読みの場合は、最初の「あなた」を括弧に入れて考えるとわかりやすい。反対に言えば、栗木も指摘している通り、なぜ括弧に入っていないのかが当然問題になる。これについては、この歌が口述筆記されたものである点を考慮に入れておきたい。

歌集『蟬声』は全体が二部に分かれていて、そのうち第Ⅰ部は総合誌や結社誌に発表された作品、第Ⅱ部は手帳に書かれたり口述筆記されたりした未発表作を集めたものとなっている。そして、ここが大事なところなのだが、第Ⅱ部には括弧を用いた歌が一首もないのだ。第Ⅰ部の二〇四首の中には〈「どぎやんこつ無かばい」濁音の多き九州弁が今われを包む〉など「　」を用いた歌が四首、『　』を用いた歌が五首ある。けれども第Ⅱ部では二二三首のうち、「　」や『　』を用いた歌は一首もない。口述筆記の現場で「かっこ・あなた・かっこ閉じる」と言うわけにもいかないだろうことは想像に難くない。もし河野本人が書いていたならば、あるいは括弧を付けていたかもしれないと私は思う。

続いて「短歌研究」二月号の作品季評（佐佐木幸綱・柳宣宏・花山周子）を見てみよう。その中の安田純生の「抜け目」三十首をめぐる議論である。

四日間入院せむと家を出づ古き自転車ついと見やりて
罪びとの目を抜きてむと彼の世より来たれる鳥かいや抜け目鳥
抜け目多き鳥と思はむ　上つ世におほをそどりと詠みし人あり

これらの歌に登場する「抜け目鳥」について、最初に佐佐木幸綱が、

それから、入院された歌があって、その後に「抜目鳥《ばつもくてう》」の歌があります。「抜目鳥」は中国の故事にある、あの世にいる鳥のことですね。そこから発想されて「抜け目多き鳥と思はむ　上つ世におほをそどりと詠みし人あり」という作になる。「おほをそどり」は「あわてものの鳥」という意味です。

と述べ、それを受けて花山周子が、

その前に「あの世おもふゆゑならねども病院のベッドに読めり十王経を」と、「十王経」を読まれていて、これは死出の、三途の川とかに行く話なので、そこに登場する生き物なのかなと思ったんですけど。

と答えている。「抜目鳥」に関するこれらの考察は連作のタイトルに直接関わる部分であるだけに抑えておくべき大事な点であろう。

十王経は人の死後に十人の王によって生前の罪が裁かれる話であるが、『仏説十王経』(真継雲山訳)を読んでみると、死の世界の門前に鉾や刃のような棘の生えた木があって、そこに二羽の鳥がいると書かれている。それが無常鳥と抜目鳥である。このうち抜目鳥は現世ではカラスの姿をして人の行いを見ており、「汝、人間にして在りし時、罪業を恐れず、我れその悪心を懲らさんために食せずして汝が眼を抜く」と語る。「眼を抜く」から抜目鳥という名前なのだが、安田の作品ではそれを「抜け目多き鳥」と転じることによって、人間の死という深刻な問題を軽やかに詠んでいるのだ。

佐佐木と花山のやり取りを受けて柳宣宏は、最初は「抜目鳥」が辞書にもない言葉で意味がわからなかったと正直に述べたうえで、「佐佐木さんの話を聞いてここがすっきりすると、「自転車」の歌から最後まで、身を用なきものに思いなしてとっととこの世を去りたいという心持ちが見えてくる」と語る。連作の鍵である抜目鳥の意味がわかったことで、全体の流れがうまく読み取れたのだろう。連作についても、「正直に言うと僕は、一首一首となると引っかからなかった、最初は」と断わりつつ、自分の読みが初読の時から変化して深まったことを述べるのである。

このように互いの読みを積み重ねていく中で、最初に読んだ時の評価が変わっていくことは、歌会などの場でもしばしば経験することだ。それこそが歌会の醍醐味と言っても良いだろう。もう一つ、「短歌年鑑」平成29年版の特別企画「大学短歌会誌上歌会」の様子も見てみよう。十一名が参加したこの歌会は実際に顔を合わせたのではなく、ブログに批評のコメントを書いていくという方法で行われたようだ。その中で、

光森裕樹

という歌について、まず石川美南は、子どもに目薬をさす場面であることを示したうえで、

「まなこの背後の吾」とは、子どもの眼のなかに映った自分という意味だと取ったのですが、それを「背後」と把握するのはユニークな視点ですね。(…)さらに、歌がメビウスの輪のような形をしていることで、「をさな子」と「吾」が合わせ鏡になって互いの存在を照らし合うようなイメージが、より強調されています。

と述べている。的確な読みと言って良いだろう。子どもの眼に目薬をさすとともに「子どもの眼のなかに映った自分」にもさしていると感じているわけだ。
続いて、歌の形が「メビウスの輪」ではなく「8の字」ではないかといった議論があり、その後に北海道大学短歌会の小田島了が次のように発言する。

個人的には「まなこの背後の吾」には過去目薬をさされる側であった子どものころの自分というものが投影されているように思えます。子どものころには周囲の年長者にやってもらっていたことを、今度は子どもにしてあげる側に回る、「目薬をさす」というのはそういう行為の一つだと思います。(…) 一重の円で無いのは、円より∞の方が循環の意図が伝わりやすいからだと思います。

これは、非常に魅力的な読みだと思う。「まなこの背後の吾」から時間的な無限を読み取っているのである。私は石川と同じように、この歌の表記や内容から、子どもの目に映る私の目に映る子どもの……という空間的な無限を思い描いたのだが、小田島はそれに加えて、過去から未来へと続く時間的な無限を提示したのだ。
確かに子育てにおいては、子どもの世話をしながら、自分が親にしてもらったことを思い出すことがしばしばある。そうした観点を読み取ることで、一首の奥行きはさらに広がると言って良いだろう。歌会の場でこうした鮮やかな読みに出会うのは楽しい。他人の読みを聞いてルビンの壺の絵と背景が反転するような驚きを味わうことは多い。

歌会と言うと自分の歌がどう評価されるかだけを気にする人もいるのだが、それでは歌会の時間のほんの一部しか楽しむことができない。そうではなくて、歌をどのように読むか、どのような良い読みが生まれるかという見方をしていると、歌会の間ずっと楽しむことができるし、それを自分の歌作りに生かすこともできる。

甘夏のさみしき輸送　零れたら受け止めるしかないね身体は　石川美南

この歌は、同じ歌会において八票を集めて最高得票となった歌である。作者以外の十名のうち、実に八名が票を入れている。けれども、その読みに関する議論はと言えば、最後まで隔靴掻痒の感が拭えない。

上句の「甘夏のさみしき輸送」をめぐっては、「甘夏の収穫の場面」「町中で輸送車を見た」「たくさん買ったのを自分で運んでいる」「樹から捥がれて抗うまでもなく輸送される」「甘夏を口へと運んでいる」「出荷の場面」「トラックやかごなどで運んでいるところ」など様々な読みが出るものの、はっきりとは読み切れない。また、三句以下についても「どのように読んでも分からなかったです」「抽象的でよく摑めませんが」といった評が多く、読みが深まらないままに終わっている。

私の印象も同じで、わかりにくい点が一か所ならば問題ないのだが、上も下もとなると歌の焦点を合わせるのがかなり難しい。多くの読みが出るには出るのだが、まるで謎解きゲームをしているみたいで、読みの妥当性や必然性を感じないのである。これは歌の問題であるとともに、読みの問題でもあるだろう。

歌会は参加者同士の共同作業の場である。全員が読みの力を合わせて、一首の歌をできる限り精密に読み解き、内容や技巧など様々な観点からその魅力を浮き彫りにしていく。時間内にくっきりと歌の輪郭が見えてくることもあれば、茫洋としたままで終わってしまうこともある。誰も核心に迫らずに曖昧な批評を続けていると、歌の姿は一向に見えてこない。

歌会への参加が短歌上達の近道であることは確かであるが、歌会に参加しさえすれば歌が上手になるのかと言えば、そんなことはない。歌会というのは参加するメンバーの意識の持ち方次第で、歌を良くする場になることもあれば悪くしてしまう場合もあるからだ。良い読みが良い歌を生み出すこともあれば、それとは正反対のことが起きることもある。

参加者それぞれが読みの力を鍛えていかないと、歌会は機能しない。きちんとした読みが行われずに、的外れな読みや場におもねった批評が続くと、歌の魅力が解き明かされないばかりか、全体の歌の水準を下げることになってしまう。「詠み」と「読み」は表裏一体である。だからこそ、良い詠み手であるのと同じように、少しでも良い読み手でありたいと思うのである。

（「短歌」17・4）

「ね」とレチサンス

三月七日に京都大学で行われた東郷雄二教授の最終講義を聴きに行った。東郷の専門は言語学であるが、自身のホームページ「橄欖追放」で短歌に関するコラムを定期的に連載するなど、短歌愛好家としても知られている。ちなみに三月六日の記事（第二〇五回）は「体言止め考」というタイトルで、短歌における体言止めの効果について記している。二〇〇回を超える長期の連載というのも凄いが（さらにその前には「今週の短歌」という連載を二〇〇回行っていた）、このように専門の知識を活かした短歌へのアプローチをしているところに、東郷の大きな特徴があるように思う。

最終講義は「言葉とココロ　言語の目に見えない面についての2・3のこと」という題で、自身が言語学に関心を持ち始めたきっかけから、研究の変遷、そして現在取り組んでいる課題といった話であった。

興味深い論点がいくつもあったのだが、今回はその中から一つだけ取り上げたい。

a　今日はいい天気ですね。

b　今日はいい天気です。

東郷はこのような例文を挙げて、この二つの文章は真理条件（ある文が真であるために、世界が満たすべき必要にして十分な条件）は同じであるのに、日常の挨拶としてbはおかしいことを指摘した。その上で、この終助詞「ね」のように真理条件には関係しない言葉の働きを、言語学では問題にすると述べたのである。

非常に面白い指摘だと思う。二つの文章は意味の上では全く同じことを言っている。けれども確かに、道で誰かに会った時の挨拶として、aはごく普通の言い方であるのに対して、bはまるでロボットか独り言のような感じで違和感を覚える。文末の付いていても付いていなくても同じように見える「ね」という一音が、それだけ大きな働きを持っているということだ。「ね」が加わることで、そこには必然的に話し相手が想定されるということなのだろう。

この「ね」の話を聞いて思い出したのが、前回の時評で引いた次の歌である。

甘夏のさみしき輸送　零れたら受け止めるしかないね身体は　　石川美南

この歌にも「受け止めるしかないね」という部分に終助詞の「ね」が使われている。「コスモス」二月号の展望「わかる・わからない・若い人の歌」でも、小田部雅子がこの歌について取り上げていた。小田部は高野公彦の「知り合い同士の会話みたいに、勝手にレチサンス（故意の言い落とし）する」という文を引きつつ、次のように書く。

なぜそうなるのだろう。これらの若い歌人は、まさに「知り合い同士の会話」を求めているのかもしれない。わからない人はわからなくていいよ、わかられたくもないよ、と、暗号のように、理解される確率のきわめて低い言葉群を発して、一部のわかってくれる人だけを選んで呼びかける。たとえばCの歌（石川作品のこと・松村注）の「ね」はそういう「共有要請」の助詞なのかもしれない。

ここで小田部は、石川の歌の終助詞「ね」に「共有要請」という意味を見出している。確かに、「受け止めるしかない」で終わっていれば自分一人の思いを述べただけに過ぎない。それが、「受け止めるしかないね」と「ね」が付くことによって誰かへの呼び掛けの言葉となる。そして、そのことが共感を生む場合もあれば、反発を生む場合もあるのだろう。

こうした終助詞「ね」の働きについては、昨年の「短歌」十二月号で中津昌子も言及している。中津は「わからない、ではもったいない」という論考の中で、

紙風船しずかに欠けて舞い上がる　月のようだねいつか泣いたね

井上法子『永遠でないほうの火』

自転車に追い越されつつゆく夜道　灯りには後ろ姿がないね

大森静佳「現代短歌」二〇一六年八月号

といった歌を取り上げて、次のように記す。

最近はたとえばこれらの歌の「ね」はいったい誰に、どこに向けられているのだろう、ということが気になっていた。こういうタイプの「ね」を意識し始めたのは、服部真里子の〈音もなく道に降る雪眼窩とは神の親指の痕だというね〉(『行け広野へと』)辺りからだったろうか。誰かに確かめるようなニュアンス。そうでありつつ、誰にともなく不特定多数に向けられているような「ね」。

中津の指摘する通り、これらの「ね」は誰かに向けて発せられているようでもあり、自分自身で確認・納得しているだけのようにも感じる。また、「誰か」に向けて発せられているとして、その中に読者である自分が含まれるのか含まれないのか微妙な印象を受ける。そこに魅力と危うさがあると言っていい。

井上の「月のようだねいつか泣いたね」は紙風船のへこんだ丸い形から月を連想し、そこから過去の回想へと入っていく。一人遊びをしながらの呟きとも取れるし、近くにいる誰か親しい人に向けて話しているような口調でもある。大森の「灯りには後ろ姿がないね」は自転車のライトが前方にだけ光を放っているということだろう。もしここが「灯りには後ろ姿がない」であれば一人で歩いている感じの歌になるが、終助詞「ね」が付いていることで、誰かと一緒に歩いているような親密さを感じさせる。

中津は先の文章に続いて、「ユリイカ」に載った井辻朱美の文章を引きつつ、

「ね」はこれであったのか。「共有要請」。これはむろん「共感要請」とは違う。「ね」に加えて、たとえば文末につく「さ」や「でした」といった、全体をかるく、あくまで押しつけてこない雰囲気をもった若手の文体……。(略)若い人たちの「届く」ことに対する意識は今こういう所にあるのだろうか。

と一応の結論を導き出している。こうした言葉の使い方に若い人ならではの意識を読み取っているのである。先に引いた小田部の文章も「管理され、いじめのはびこる学校で育ち、友情も恋も淡白にならざるを得ない、成人しても正規社員とはなりがたい宙ぶらりんで、未来を信じがたい現代日本の閉塞感に満ちた空気を吸うしかない若い人々の、ある一つの生き方なのかもしれない」とある。けれども私は、こうした歌を「若い人」という文脈だけで理解するのではなく、もう少し言語や言葉の問題として考えてみたいと思うのだ。

原沢伊都夫著『日本人のための日本語文法入門』を見ると「同意と確認のムード」として終助詞「ね」の話が載っている。原沢はまず「相手とのコミュニケーションにおいては、絶えず同意や確認をしながら、言葉のキャッチボールがおこなわれます。その意味で、会話でよく使われる「〜ね」の役割は重要です」と述べ、

今日は暑いですね。

ここに記入すればいいんですね。

という二つの例文を挙げ、前者については「同意」を求める「ね」であり「暑い」という感覚を相手と共有したい気持ちの表れであると書き、後者については自分より記入の仕方をよく知っている相手に書き方を「確認」している例であると書く。このように、同意または確認の意味を表す言葉として、終助詞「ね」を説明しているのである。

また、日本語記述文法研究会編『現代日本語文法4』を調べると、終助詞「ね」の用法として「話し手の認識を聞き手に示す用法」「話し手の認識を聞き手に示すことによって聞き手に確認を求める用法」「話し手が聞き手を意識していることを示すにとどまる用法」の三つが挙げられ、それぞれ次のような例文が示されている。

「君は、相変わらず強情だね」

「佐藤さんをご存知ですね」

「昨日、デパートに買い物に行ったんですね。そうしたら……」

いずれも「話し手」だけではなく「聞き手」の存在が必要とされている点が共通していると言えるだろう。

中津が引いていた服部真里子の〈音もなく道に降る雪眼窩とは神の親指の痕だというね〉と

いう歌を読んだ時に私がまず感じたのは、「そんなふうに言われているんだ」という驚き、あるいは「そんなこと一般的に言われているのか?」というかすかな疑問であった。「ね」という終助詞によって確認や同意を求められるものの、それに対する予備知識は持っていない。そこで新鮮な発想や見立てに惹かれつつ、一種の戸惑いのようなものも感じたのである。これが、小田部の言うところの「知り合い同士の会話」という感じなのだろう。

なぜ、終助詞「ね」にはそのようなニュアンスが生まれるのか。言語学者の益岡隆志は『24週日本語文法ツアー』の中で、

A:あらっ、ヘアスタイルを変えたのね。
B:うん、明が変えてみたらって言ったのよ。
A:彼の言うことには何でも従うのね。
B:そういうわけじゃないけど、それもいいかと思って決めたのよ。

という例を挙げながら、終助詞「ね」と終助詞「よ」の違いを次のように説明している。

では、この場合「よ」と「ね」ではどこが違うのでしょうか。どうやら、その違いは、自分の言っていることが相手にとって新規の情報であるかどうかという点にあるようです。つまり、相手が知らないはずの情報を伝えるというときには「よ」が使われ、相手もこのことは

了解しているはずだというときには「ね」が使われるということです。

つまりこの区分けに従えば、終助詞「ね」が使われる時は、その情報を既に相手も知っていることが前提になっているということだ。だからこそ、「眼窩とは神の親指の痕だというね」という言い回しが、「えっ、そんなこと僕は知らないんだけど」という反応を引き起こしてしまう場合があるのだろう。もし仮にここが「眼窩とは神の親指の痕だというよ」であれば、それは読み手にとって新規の情報ということになるので、「へえ、そうなんだ」と思えば十分ということになる。

もっとも、誤解のないように付け加えておくが、私は歌としてどちらが優れているかと言えば、元の「眼窩とは神の親指の痕だというね」の方だと思う。終助詞「ね」によって読み手を有無を言わさず歌の世界に引きずり込む感じがあるし、親密な雰囲気といったものも歌から醸し出されている。終助詞「ね」の持つ同意や確認のニュアンスが、この歌の一つの魅力となっているのだ。

ここで少し角度を変えて、小田部が引いていた高野公彦のレチサンスの話を考えてみたい。「短歌年鑑」平成29年版に高野公彦は「「故意の言い落とし」に困惑する読者の独り言」という文章を書いている。高野は「英語にレチサンスという言葉がある。(スペルはreticenceだから、正しい発音はレティサンスであろうか)。意味は「故意の言い落とし」ということである。知り合い同士の会話みたいに、勝手にレチサンスする——それが近年の歌の分かりにくさの一

ている原因、あるいは大きな原因ではないかと思うが、いかがであろうか」と述べ、その問題を指摘しているのである。

これは近年高野がしばしば言及している問題で、「歌壇」四月号のインタビュー「ぼくの細道うたの道」の中でも、「わざとわからなくする。歌にわからない部分があると、どういう意味かなと引き寄せられる。わからないと言うのは読者として悔しいから、何かあるんだろう、自分の読み方が間違っているんだろうと思ってしまうのですが、そう思う必要はない。単に、歌が下手だからわからない」と厳しく断じている。

このレチサンスの問題も、考えるべき点をいろいろと含んでいる。「知り合い同士の会話」には多くの前提があり、互いによく知っている出来事については当然省いて話をすることになる。けれども、第三者がそれを聞くと、その前提の部分が共有されていないので話がわからない。近年そういう歌が増えていると、高野は危惧しているのである。

もっとも、高野自身「もともと短詩形である短歌は、あるていど「言い落とし」を必要とする」と述べている通り、レチサンス（黙説法）というのは、本来修辞法の一つであって、決してそれ自体が悪いわけではない。短歌において省略の効用がよく説かれるのと同じように、レチサンスも修辞の一種なのである。野内良三著『日本語修辞辞典』には、

黙説法は文の途中で言い止めて、そうすることで言い残した部分をほのめかす文彩である。黙説法は省略法の一種であり、言わないことによって言った以上のことを言わせる。黙説法

は音楽用語の「フェルマータ」（休止記号）のようなものだ。思い入れたっぷりの休止、豊かな沈黙。言いさすことで感情の高まりや内面の動揺、相手に対する強い働きかけ（ほのめかしや余韻）を表現する。場合によっては言わざるは言うにまさるのだ。この文彩は聞き手・読み手を話のなかへ呼び入れて能動的な参加をうながすのに有効である。

とある。ここで特に大切なのは、最後の「聞き手・読み手を話のなかへ呼び入れて能動的な参加をうながす」という点であろう。どこかに省略されている部分があれば、読み手にはそこを埋めようとする意識が働く。つまり、読者の想像力を喚起するのである。

短歌という表現形式は作者だけでは成り立たない。作者と読者がいて、初めて成立するものである。その読者を作品に引き込む手掛かりとして、しばしば終助詞の「ね」やレチサンスという修辞が用いられているということなのだろう。

もちろん、高野が危惧する通り、それが単なる説明不足となったり、読み手の解釈を迷わせるだけの結果となることも多く、その匙加減は非常に難しい。それは、多くの成功例や失敗例を重ねながら模索していくしかない。他人の作品に対してあまり性急に「わからない」と言い切るのも良くないし、かと言って単なる説明不足の歌を過度に深読みして褒めるのもおかしな話だ。そのバランスについては、作者と読者の双方が具体的な歌を通じて考えていく必要がある。

（「短歌」17・5）

歳月を抱える歌

四月二十六日、今村雅弘復興大臣がパーティーでの失言により辞任することになった。東日本大震災に関して「これは、まだ東北で、あっちの方だったから良かった。もっと首都圏に近かったりすると、莫大な甚大な被害があったと思う」と述べたのである。今村氏は四月四日の記者会見でも、原発事故による自主避難は自己責任であるとの見解を示して問題となり、謝罪したばかりであった。度重なる失言を受けて安倍首相が、事態の早期収拾のために事実上の更迭を決めたのである。

このニュースを聞いて真っ先に思い出したのは、五年前に読んだ佐藤通雅の文章であった。佐藤は「歌壇」二〇一二年三月号の評論「震災詠からみえてくるもの―いくつかの角度から」に、次のように書いている。

短歌総合誌には、震災詠をめぐる対談や座談が組まれたが、ほとんどが圏外のメンバーだった。だから私は、とんでもないずれた発言がもれるのではないかとヒヤヒヤしたが、やはり出た。（…）対談「大震災と詩歌を語る」（「短歌往来」平24・1）の参加者は松本健一・松村正直。松村は原発が福島の浜通りに設置されたことをとりあげて、「言葉は悪くて申し訳ないんだけれど」と低姿勢ながら、「あそこでよかったってことはあると思うんですよ。東京にあったらそんな規模の避難じゃ済まないわけですし。」と発言する。これも大臣なら、即刻辞任である。原爆の落ちたのは、東京でなくて広島や長崎でよかったと公言するに等しい。発言がまちがっているわけでなく、むしろ本当のことだ。しかし、圏内のものがいうか、圏外のものがいうかによって、受けとめ方がまるで異なる状況というものがある。

対談における私の発言に対する厳しい批判である。震災の話と原発の話とで「あそこでよかった」の持つ意味は少し違うのだが、「大臣なら、即刻辞任である」という部分など、まさに今回の出来事を予言していたかのような内容である。

少し弁明させてもらうと、この文章における佐藤の引用の仕方には疑問がある。対談における私の発言は、正確には次の通りであった。

松村　そうですね。やっぱり難しいですね。特に原発の問題は、原発が福島の浜通りと呼ばれる地域に位置してること自体偶然ではなくて、選ばれてあそこにあるわけですね。東京じゃなくて福島にあるってことは非常に構造的な問題としてあって、今回二十キロメートルとか三十キロメートル圏内の人たちが避難しても、あそこを最初に選んだ人の意識に立って言うと、言葉は悪くて申し訳ないんだけどあそこで良かったってことはあると思うんですよ。東京にあったらそんな規模の避難じゃ済まないわけですし。都市と地方の過密過疎という、日本が抱えている構造的な問題が原子力発電所には特徴的に表われていると思うんですね。福島の問題であると同時に東京の問題でもあるし、日本の問題でもある。

読み比べてもらえればわかる通り、「あそこで良かった」というのは私自身の感想ではなく、最初に原発の立地場所として福島を選んだ人の意識を推測して言った話なのである。

もっとも、それで責任を逃れようと言うわけではない。佐藤の文章を読んで以来、「あそこで良かったというのはお前自身の気持ちではないのか」という問いを私は抱え続けることになったのだ。そういう気持ちが全くなかったならば、「あそこで良かった」という発想がそもそも出てこないだろう。自分の心のどこかに、そういう気持ちがあるのではないか。それが、東日本大震災に関して私が一番痛切に胸に刻んだことであり、今回の辞任劇を見て、そのことをあらためて感じたのである。

今村大臣は辞任したけれど、本当の問題はたぶんそこにはないし、それで解決する話でもない。失言がはらむ問題の本質、そして差別の構造はもっと根深いものとしてこの国に存在しているのだと思う。

その佐藤通雅の新しい歌集『連灯』が出た。前の歌集『昔話《むがすこ》』に続いて、東日本大震災を詠んだ歌が多い。あとがきには「大震災のあと、東方へ向かって歩くたびに、祈りの心が湧くようになった。／以来、五年。震災と核災の与えた影響はあまりに大きく、いまもって十分にことばにならない」とある。

自主避難すなはち棄民のことなりと『新・広辞苑』にやがては載らむ　『連灯』
いふなれば最《さい》当事者であるひとの名が慰霊碑にふたつ加はる
五年目の近づきて特集記事増えるその日過ぎなば忘れむために
存《なが》ふる側に選ばれしひとりにて百メートルの買出しに並ぶ

「五年目」と題する一連から引いた。一首目は今村元大臣の「自主避難は自己責任」という発言を想起させる。自主避難者に対する住宅支援の打ち切りは、まさに棄民とも言うべき状況を生み出している。二首目は行方不明者の遺体が見つかって新たに死者の名に追加された場面であるが、震災の一番の当事者は亡くなった方々なのだという思いが示されている。現在もなお二千五百以上の方が行方不明のままなのだ。三首目、五年という歳月の経過は、震災や復興に対する人々の意識の違いを、震災直後よりもむしろ浮き彫りにしつつある。被災地や避難先で暮らす人々にとっては、様々な問題が常に現在のこととして続いているのだ。
そして四首目であるが、これは震災当日の出来事を詠んだ歌である。これを読んで思い出すのは、前歌集『昔話』に収められた歌であった。

死ぬ側に選ばれざりし身は立ちてボトルの水を喉に流し込む　『昔話』
「水素爆発」おどろしき名を聞きたれど買ひ出しの列に並ぶほかなく
給水も買ひ出しも体力おそらくは並びえぬ人あまたをらむに

「存《なが》ふる側に選ばれしひとり」＝「死ぬ側に選ばれざりし身」は、その後も生き続けなければならない。そのためにはどんなに長い行列であっても並ぶ必要がある。佐藤は生き残った者として、これからもずっと震災の歌を詠み続けていくだろう。それが復興という掛け声とは別のところで続く現実なのである。

短歌が抱え持つ歳月ということを考えた時、大辻隆弘の第八歌集『景徳鎮』にも、印象的な歌があった。「正義」と題する一連である。

さびしいと言ふのは罪かウサマ・ビン・ラディンしづかに殺害されて
聖戦士と呼びて讃へしことありき雨うそざむく降れるかの秋
Justice has been done とし告ぐるその声の沈鬱にして響かふものを
ムスリムに拠らぬを証しせむとして人は殺せと命じたりけむ
ひとひとり殺してひとつこと終る結末はつね簡潔にして

これらは二〇〇一年九月十一日に起きたアメリカ同時多発テロ事件の首謀者とされたウサマ・

ビン・ラディンが、二〇一一年五月二日に、アメリカ軍によって潜伏先のパキスタンで殺害された事件を詠んでいる。

大辻はビン・ラディンをテロリストとして一方的に断罪するのではなく、一人の人間として心を寄せ、その死を悼んでいる。三首目の「Justice has been done」（正義はなされた）は当時のアメリカのオバマ大統領が出した声明の中の言葉である。

では、四首目に出てくる「ムスリム」（イスラム教徒）はどういう意味であろうか。私はこの歌の意味するところが最初よくわからなかったのだが、少ししてから、オバマ大統領の父親がムスリムであり、オバマ氏もムスリムではないかといった批判が当時盛んに言われていたことを思い出した。要するにオバマ氏は自らに対するムスリム疑惑を晴らす意味でも、強硬にビン・ラディン殺害を命じる必要があったということだろう。

わずか六年前の出来事であるのに、自分の記憶が早くも曖昧になっていることに、あらためて驚く。それほど時代の移り変わりは激しいということでもある。そんな中にあって、歌に詠んでおくということの持つ意味は大きい。歌に詠むということは何らかの責任を負うことでもある。

これらの歌を読む時に私たちは、大辻がアメリカ同時多発テロ事件を詠んだ〈紐育空爆之図の壮快よ、われらかく長くながく待ちゐき〉〈突つ込んでゆくとき声に神の名を呼びしか呼びて神は見えしか〉（『デプス』）などの歌を思い出すことだろう。歌壇でも非常に大きな議論を呼んだ歌であった。『デプス』には他にも「ウサマ・ビンラディン——旋頭歌連鎖形式による連想」という連作も収められている。

かすかに、気圏しづかに冷えてゆく夜を乾きたる風、涸れ沢をさかのぼる夜を
ウサマ・ビンラディン！　あなたはただ一度のみ呼ぶことを許さぬ神を声に呼んだか
やがて冬、乾きつつ降る雪のかけらが削がれたるあなたの頬を叩くであらう

一連の最後には「二〇〇一・九・二十九」という日付があり、まさにリアルタイムで詠まれた社会詠と言っていい。それから十年が経って、彼はついに殺されたのであった。

つまり「正義」の一連は二〇一一年のウサマ・ビン・ラディン殺害事件を詠んでいるけれども、そこには十年の歳月が含まれているのである。そして、そのことが歌に深みを与えているように感じる。大辻は長い歳月にわたって、自らがかつて歌に詠んだビン・ラディンのことを忘れなかった。そして彼が殺害された時に再び歌に詠んだのである。そこに大辻ならではの責任の取り方があるように思う。

特に社会詠の場合、ワイドショーのように場当たり的に事件を詠んだところで、作品は皮相的なものにならざるを得ない。作者自身の中にその問題に対する思考の蓄積がどれだけあるかが問われるのだ。そのためには長い歳月にわたって関心を持ち続けるということも大事になってくる。たとえ、それが歌の上に直接表れないとしても、見えないところで歌を支えているのである。

社会詠とは違うが同じように長い時間を抱え持つ歌として、『景徳鎮』には次のような歌もある。

　文庫版『水廊』のなかにひしひしと壮年の身を叩く父立つ

　入院している父を見守っている最中の、いつ亡くなってもおかしくない状況にあって詠まれた歌である。『水廊』は一九八九年に出た大辻の第一歌集で、二〇一三年に現代短歌社の第一歌集文庫の一冊となっている。おそらく、その出版のためのゲラ刷りなどを見ていて、かつて自分が父を詠んだ歌を思い出したのだろう。

父よ父、未明をぐらき湯殿にてしししむらを打つその音聞こゆ　『水廊』

一九八七年の歌である。今は死を迎えつつある父が、まだ元気であった四半世紀前の姿である。壮年の父がおそらく風呂から上がる前にタオルで身体を叩いている音が家に響くのであった。

他にも『水廊』には〈あかねさす真昼間父と見つめゐる青葉わか葉のかがやき無尽〉という歌もある。壮年の父と青年の作者は若葉の輝きに包まれて、どこにもまだ翳りのない時間が流れている。大辻は目の前で今まさに死を迎えつつある父を見守りながら、そんな過去の時間を思い出しているのであった。それは短歌に残しておいたからこそ甦った光景なのかもしれない。ここにも、私たちが歌を詠むことの大きな意味が存在しているような気がする。
最後に「歌壇」五月号の米川千嘉子の「改札」という一連を見てみよう。

改札を出でくる背広の子に遇へり裸で産み何になれと育てし
子を産みし三十の春椿にくる目白を鶯と指さしたこと
問ふたびにかならずしづかに返事して息子はわれの感傷を生きず

成人して就職した息子を詠んだ歌である。背広姿の息子を見ながら、かつて裸で生まれてきた時のことをしみじみと懐かしんでいる。それとともに子を産んだ頃の若かった自分のことも思い出しているのだ。かつては一体なものであった母と子の関係も変わり、今では相応の距離が生まれている。そうした変化もあらためて感じているのだろう。
これらの歌を読んだ後に、例えば第二歌集『一夏』に収められている出産の歌を読んでみる。

いまわれが産み落とされし感覚に瞑《つむ》るとき子は横に置かれぬ　『一夏』
はじめての吾子《あこ》の夜より朝にわたる若葉の雨の音、時の音
水鳥の鴨の羽色《はいろ》の春山のさびしさより子の季《とき》めぐり初《そ》む

一九九〇年の歌である。子を産むと同時に自分が産み落とされたように感じる不思議な感覚。子の耳が初めて聞く雨の音、そして子の人生にめぐり始める四季の時間の流れ。それから二十七年という長い歳月を経て、「背広の子」の歌が詠まれたわけだ。こうして両方の歌を読んでみると、子の成長や時間の経過といったことが実によく伝わってくる。

もちろん、『一夏』の歌を参照しなくては「改札」の歌が読めないということではない。「改札」は独立した連作であり、前後の文脈がなくても十分に味わうことができる。けれども、作者の中に流れる時間や、作者の抱えている歳月というものを、歌の中に読み取っていくというのも大切なことなのではないか。一人の歌人の歌を読み続けるというのは、多分そういうことなのだろう。その時に、短歌は一首の歌や一つの連作が持つ味わいとはまた少し違った意味を見せるように思うのである。

（「短歌」17・6）

常識・過去・重層性・多義性

歌人は時代をどのように捉え、どのように歌に詠んでいるのか。一口に「時代」と言っても幅が広いが今回は特に時事詠、社会詠に絞って見ていきたい。

私たちが生きている今の時代を客観的に捉えるのは非常に難しい。私たちの考え方やものの見方がすでに時代の影響を強く受けており、そこから独立して時代を見ることができないからである。だから、私たちの時代を見る目には常に偏りがあると思った方がいい。そのことを踏まえた上で、どのように時代を詠むことができるのか、その方法を考えてみたい。

善悪で考えたなら悪多き先進国に従い生きる
北朝鮮国交のある国の方が大多数であり当たり前である
この島のなかでだけ生き延びている常識に生かされてる吾ら　塩谷風月

「レ・パピエ・シアンⅡ」二〇一七年六月号掲載の「常識」十首より引いた。度重なるミサイルの打ち上げなどが最近また取り沙汰されている北朝鮮問題について、私たちの「常識」を問い直す内容である。

一首目の「先進国」は直接にはアメリカのことを指しているのだろう。日本と北朝鮮の関係を考える際に、アメリカの影響は無視できない。ミサイル問題においても、射程距離がアメリカ本土に達するかどうかが議論になっていることからも明らかなように、日本は前線基地としての役割を期待されている。二首目、国連に加盟する一九二か国のうち、北朝鮮と国交を結んでいる国は一六四か国にのぼる。一方で国交がないのは日本・アメリカ・韓国・フランス・イスラエルなどの限られた少数の国々である。北朝鮮が世界的に孤立しているという言説が国内ではしばしば聞かれるが、そうした常識を疑ってみることも短歌の大事な役割だろう。

かつての植民地支配を含めて、日本は北朝鮮と歴史的な関わりが深く、また拉致問題なども存在するため、北朝鮮に対してどのようなスタンスを取るかは非常に悩ましい。大事なことは、自分の主張や考えと同じかどうかという観点で他人の歌を読まないことだろう。歌を通じてその問題に対する考察に少しでも変化があったならば、それはその歌の力なのである。

佐伯裕子

北朝鮮を理想の国と言っていた先生の顔が思い出せない
「北朝鮮民主主義人民共和国」恋のごと呼びし若き先生
憧れて北朝鮮に帰国せる人の噂のその後を知らず
巨き船に喜々と手を振る帰国者の映像を見きそしてそれきり

「短歌往来」七月号の「夏の湿り」三十三首より。現在起きている北朝鮮の問題を直接詠むのではなく、過去に遡って考えているところに特徴がある。現在の問題というのは過去からの積み重ねで生じているものであるから、そうした過去を問い直すのも時事詠において大事な要素となる。一九五〇年代から七〇年代にかけて、北朝鮮の経済はソ連の援助なども受けて好調であり、軍事政権下の韓国を上回っていた時期もあった。その頃、日本でも左翼陣営を中心に北朝鮮を「理想の共産主義国家」「地上の楽園」などと捉える人々がいた。そのことを振り返って詠んだ歌である。

一九五九年からは在日朝鮮人とその家族が北朝鮮へ集団移住する帰還事業が行われ、一九八四年までに九万三千人もの人々が北朝鮮へと渡った。けれども現地での生活は苦しく、多くの差別を受けたことが今では明らかになっている。また、拉致や核・ミサイル開発、独裁的な世襲といった問題が次々と明らかになり、現在では北朝鮮に理想を見る人はほとんどいないだろう。けれども、かつてそうした時代があったことはしっかりと記憶にとどめておきたい。

当時の帰還事業に対する人々の関心や熱意を知るためには、その頃の歌を読んでみる必要がある。

朝鮮語今日吾が知らぬ明るさにまねかれて来ぬ帰還者のつどい
みな貧しき明るきつどい金日成叫べば日本語に訳しさざめきて　近藤芳美

解放者に常湧く喚呼夜ふけて霧の会場の映写のひびき
その祖国を君らより知る思い抱きまじり聞く風の夜の「人民共和国」の歌

歌集『喚声』に収められた一九五九年末の歌である。理想の国と宣伝された北朝鮮へ帰還する在日朝鮮人の集会を詠んだ一連である。映像などで見る祖国の様子に熱い心を寄せる人々の姿が詠まれている。近藤は朝鮮半島南西部の馬山浦で生まれ、のちに京城で勤務し、また半島北西部の竜岩浦で仕事に従事した時期もある。だから、日本で生まれ育った在日朝鮮人よりも、「その祖国」を知っているとの自負があり、思い入れもあったのだ。

北朝鮮へ移り住む喜びに湧く人々の光景は、今から見ると違和感を覚える。けれども大切なのは、そうした人々やそれを詠んだ歌を現在の立場から批判することではない。私たちは判断を誤りやすい存在であり、自分の信じる「正しさ」が本当に正しかったかどうかは、時代を経てみないとわからないのだ。そのことは常に意識しておきたいと思う。

非国民!とののしり権《はか》る者の声　それのみかはっつぁん熊さんが怖いのだ　三枝浩樹
じわじわと狭まりてくる包囲網、考えすぎであればいいのに
キシヲタオシ…、ひつじごろものしんぞうをあやめたきまで尖る心は

「歌壇」七月号の「庭の青葉に」七首より。特定秘密保護法や安全保障関連法、テロ等準備罪な

どの制定をめぐって、国民に対する締め付けが今後強まるのではないかとの思いが込められている。
一首目、言論統制において怖いのは権力だけではなく、「はっつぁん熊さん」などの庶民が互いを監視し合う状況なのだというのだ。三首目の「キシヲタオシ…」は一九六〇年の安保闘争を詠んだ岡井隆の〈キシオタオ……しその後《のち》に来んもの思《も》えば　夏曙《あけぼの》のerectio penis〉を踏まえている。当時の首相であった岸信介は、言うまでもなく現在の安倍首相の祖父である。半世紀以上前の歌を引きながら、当時と現在の状況を重ね合わせているのだ。では、「ひつじごろものしんぞう」を殺めたいというのはどういうことか。「しんぞう」は心臓とも読めるが、安倍首相の名前の晋三でもある。「ひつじごろも」という言葉からは、聖書の一節「にせ預言者を警戒せよ。彼らは、羊の衣を着てあなたがたのところに来るが、その内側は強欲なおおかみである。」（「マタイによる福音書」第七章第十五節）を想起する。つまり、岡井の歌や聖書の章句を取り込むことで歌に重層性を生み出し、複雑な思いを一首に折り込んでいるのだ。こうした手法は今後ますます大事になってくるのではないか。

まだいいからおまへが鴉だつたときにみたことを話してごらん
おほかみに石を詰めたあとどんな子になつたかまではみえてこない
ロバイヌネコニハトリ集まつてみたのはいや寓《たと》へですたとへです
見なされます見はられます見て見ないことにされます見ないことです
ほんとにこはいのはさかさの鴉をみてゐるさうさうあんたのはう

平井　弘

あとで雨が消すぶんだけここをとほつたことを覚えておかう

「短歌」七月号の「おまへが鴉だつたときに」三十一首より。ひらがなを多用した柔らかな文体で時代の危機感を婉曲的に表現した一連である。二首目で「赤ずきんちゃん」、三首目では「ブレーメンの音楽隊」を踏まえつつ、自由が次第に制限されていく予感や、何かが起きて手遅れになった後の視点を強く感じさせる内容となっている。ここにあるのは善と悪や権力と民衆といったわかりやすい二項対立の構図ではない。徐々に何かが浸透していき、いつの間にか自分もそこに絡め取られてしまうかもしれないという怖れである。その生々しさが歌から伝わってくる。

平井は「塔」四月号のインタビューの中で「多義性は絶対手放したくないし、手放せないんですよね。私の歌から多義性取ったらもう何も残らない」と述べている。多義性のある歌は、どのようにも読める危うさやわかりにくさがある一方で、そこから広がるイメージの豊かさや魅力をあわせ持っている。これも時代を短歌に詠む際の一つの有力な手法と言って良いだろう。

何か大きな出来事や事件が起きるたびに、反射的に歌を詠んでみたところで力のある歌にはならない。また、自分の思いや主張をストレートに述べる歌には強さがあるが、歌としての出来はどうかという観点も忘れてはならないだろう。短歌が単なるスローガンになってしまえば、それは歌人にとっての自殺行為である。そのことに対しても十分に注意深くありたいと思う。

（「歌壇」17・9）

分断を超えて　年間時評

一．子規生誕一五〇年

今年（二〇一七年）は正岡子規の生誕一五〇年である。子規の生まれた慶応三（一八六七）年は江戸幕府最後の年であり、子規が生まれてひと月も経たないうちに大政奉還が行われた。子規はまさに明治という新しい時代の空気を吸って育ち、その時代を体現した人物であった。

子規の生誕一五〇年に合わせて、松山市立子規記念博物館では「子規・漱石・極堂生誕一五〇年記念特別展」が行われ、また神奈川近代文学館では特別展「正岡子規展―病牀六尺の宇宙」が開催されるなど、全国各地で子規に関するイベントや出版が相次ぎ、その業績があらためて注目を集めている。

短歌雑誌でも次々と特集が組まれた。「現代短歌」五月号の「子規考」、「歌壇」十月号の「覚醒する子規―生誕一五〇年」、「短歌」十月号の「正岡子規生誕百五十年　和歌革新運動」などである。

その中でも「歌壇」の特集に掲載された三枝昻之と長谷川櫂の対談「子規が遺したもの」はたいへん示唆に富む内容であった。長谷川は近代は大衆化の時代であり、それは江戸時代から既に始まっていたとの認識のもと、「子規は実は近代俳句なり近代短歌の創始者ではなく、中継者だったのではないか」という見方を示す。これは俳句・短歌史の書き換えを促すもので、重要な指摘と言っていいだろう。

私たちは近代短歌史を考える際に子規をスタートにすることが多い。それは「現代短歌」の特集で岩田正が「短歌の原点的存在」、伝田幸子が「原点に立ち返って」、生沼義朗が「近代短歌の原石」と述べていることからもうかがえる。けれども、その枠組み自体を見直す必要があるというのが長谷川の考えなのだ。

その後も三枝の「晶子は江戸時代の歌謡や狂歌を栄養源としていた」「『みだれ髪』は江戸文化の摂取の成果ともいえます」という発言を受けて、長谷川は「江戸時代と近代の詩歌は地続き」と述べる。こうした俳句・短歌史の捉え直しは、実に刺激的である。

子規は和歌革新を成し遂げたと一般に言われているが、その意味を本当に理解するには、それまでの和歌（いわゆる旧派和歌）がどのようなものであったかを知る必要がある。また、子規以来と思われていることの中にも、江戸時代から既に行われていたものが含まれている。今後は子規の革新の側面だけでなく継承の側面も見ていくことが、一層大事になってくるだろう。また、そうした見直しがあってこそ、生誕〇〇年という形で取り上げる意味もあるというものだ。

もう一つ、対談で印象に残ったのが「写生」に関する話である。子規は写生という方法論を唱えて和歌革新運動をリードしたが、彼自身の作品は必ずしもその枠に納まってはいなかった。長谷川は「方法論を提示した子規や虚子は、ある意味で自分が唱えた方法論から自由でいられる」と言い、三枝も「運動論と本当にいい作品とは必ずギャップがある」と述べる。

文学運動には常に方法論が伴う。どんなに優れた理念があっても方法論がなければ広まることはない。その一方で、方法論に頑なに囚われてしまうと、作品の幅を自ら狭めてしまうことにもなる。方法論を持ちつつもそこから自由になるという、一見矛盾した態度が求められるわけだ。本当に良い作品は作者が完全にコントロールしたところから生まれるのではなく、作者自身も説明できない何かを含んでいる。作者のコントロールを超えたものが、詩歌には必要なのだろう。

このあたりのことは「短歌」の座談会「子規はなぜ運動・革新を成し得たのか」における今井恵子の発言「写生は、子規の後の人達の錦の御旗みたいなもの」や復本一郎の「写生写生というと、こういう子規の人間性が消えてしまう」といった指摘にもつながるだろう。子規自身のありのままの姿と、弟子たちが作り上げた子規像とではおのずと違いがある。私たちは今一度、本来の子規の多面的な姿に立ち返って考える必要がある。

二、女性、ジェンダー、LGBT

「短歌」二月号から四月号まで三回にわたって、瀬戸夏子が短歌時評に「死ね、オフィーリア、死ね」という文章を書いて話題になった。瀬戸はその中で「歌壇の中心的な登場人物が圧倒的に男性歌人に偏っている」「あからさまな男尊女卑発想を含んだ、座談会やインタビューや評論が、それ自体の論旨はすぐれているということを免罪符にしてまかりとおり、歌壇はますます、その雰囲気を許容し、状況は悪化の一途をたどっていく」「歌壇にはフェミニズムのｆの字もない」という現状を厳しく批判した。

瀬戸の文章には引用の仕方や論の展開に荒い部分があってすべてに同意するわけではないのだが、歌壇における女性差別の問題をあらためて指摘した意味は大きいと思う。確かに現在でも、歌人団体や結社や短歌雑誌、あるいは新人賞の選考会など数多くの場が男性原理によって運営されていることは否めない事実だろう。

昨年、関東周辺の女性歌人十二名による同人誌「６６《ロクロク》」が刊行され、今年は同じく関西の女性歌人十二名による同人誌「ぱらぷりゅい」が刊行された。正直に言えば、最初私は、今どき女性だけが集まって何かやるなんて古くさいのではないか、もう「女人短歌」の時代ではないだろうと思ったのであった。

けれども、その充実した誌面を読み、また大きな話題を呼んだ川上未映子責任編集の「早稲田文学増刊　女性号」を読んで考えをあらためた。川上は別の女性作家の「どこかの文芸誌が女性特集みたいなことをやって、書き手を全員女性にしたんですよね。でもわたしあのとき、古いなあって白けちゃって。今さらフェミって感じでもないしなあって思ってしまった」という発言を批判的に引き、「女性が女性について語ったり書いたり、読んだりするそんな特集があるなら読んでみたい」と明言している。つまり、女性が女性だけで雑誌を刊行する必然性が、文学の世界には今も根深く存在しているということなのだろう。

わかりやすい例を挙げれば、「短歌研究」は毎年三月号に女性歌人、五月号に男性歌人の特集を組んでいるが、前者が「現代代表女性歌人作品集」と名付けられているのに対して、後者は「現代の103人」という名前になっている。編集者や出版社が意識的か無意識かはともかくとして、このような非対称性にも男性中心の原理が働いていることは間違いない。そして、それは歌壇全体を覆う構造の一つの小さな表れに過ぎないのだ。

そもそも、歌壇における男性、女性、ジェンダーの捉え方は一般社会に比べても相当に保守的であるように感じる。私自身の体験を言えば、二〇〇〇年に角川短歌賞に応募した際に、選考座談会で「つまりこの人は男なんだけれど女っぽいうたい方をしているんだよね」「いまはどちらかというと男性が女性っぽくうたうのがトレンドだから、それをやっているわけなんだね」といった批評をされて非常に戸惑ったことがある。一体、選考委員は何を男っぽい、女っぽいと考え、新人に何を求めているのか。あくまで昔ながらの男女観に基づいて歌を見ようとする態度に違和感を覚えたのである。それから十七年が経つけれども、こうした傾向は近年でもそれほど変わっていない気がする。

そんな中にあって、今年の短歌研究新人賞を受賞した小佐野彈「無垢な日本で」三十首は、LGBT（性的少数者）の問題に正面から取り組んでいて迫力を感じた。

ママレモン香る朝焼け性別は柑橘類としておく　いまは
かげろふのやうにゆらりと飛びさうな続柄欄の「友人」の文字
東京はやつぱりいいね人間が赤や黄色の羽根持つてゐて

一首目は食器用洗剤の商品名に「ママ」が入っていることに対する違和感が示されている。一見何でもないことのようだが、確かに「パパレモン」という商品はない。二首目は夫婦同然の関係であっても同性同士では「友人」と書かざるを得ない場面があり、そこに痛みを覚えるのだろう。三首目は故郷の土地に比べて東京では伝統的な慣習や束縛からの自由があるという喜びを詠んだものだ。一連には他にも「同性婚」「虹の戦旗」といった言葉が出てくる。レインボーフラッグはＬＧＢＴの社会運動を象徴する旗のことで、こうした同性愛者の抱える様々な問題が率直に詠まれていて印象に残った。

三．政治・社会詠

アメリカのトランプ政権の誕生、北朝鮮のミサイル発射、改正組織犯罪処罰法（テロ等準備罪、共謀罪）の成立など、今年は国内外の政治状況も大きな話題となった。「現代短歌」八月号の特集「「テロ等準備罪」を詠む」、「歌壇」九月号の特集「時代を読み、詠む―短歌とともに時代を考える」などが組まれたほか、新聞歌壇や結社誌等でも多くの政治・社会詠が発表された。

コーヒーの碗をかちりと皿に置く共謀罪の生まれゆく夜に　吉川宏志

雨やみを待つ、否、途方に暮れてゐる下人のこころわれらのこころ　本田一弘

梅の木に梅の実ふえる（ナニゴトノ不思議ナケレド）押し黙りつつ　佐藤弓生

映される安倍晋三もスマホ手に見ているわれも日本人　寂し　今井恵子

「現代短歌」の特集から引いた。吉川作品は「かちり」という冷たく硬い音や「生まれゆく」という語の選びが、緊迫した状況や作者の心情を伝えている。本田作品は芥川龍之介の「羅生門」を踏まえつつ、どうすることもできないやるせなさを表す。佐藤作品は北原白秋の詩の一節「薔薇ノ木ニ／薔薇ノ花サク。／ナニゴトノ不思議ナケレド。」の「薔薇ノ花」を「梅の実」に置き換えて、沈黙の中に不安感を滲ませている。今井作品はスマホ画面に映る首相の顔を見ながら、同じ日本人同士の間に生じた分断を寂しく感じている。それぞれに読み手に考えさせるところのある優れた歌だと思う。

一方で、政治・社会詠には作者の主義主張を述べただけの歌が多いことも事実である。そうした歌はしばしば歌としての味わいに欠ける。どんなに本人が正しいと思う主張が詠まれていても、歌としてどうかという点を抜きにして短歌は成り立たない。

もちろんそれとは別に、言論や表現の自由を守るという観点も大切だ。十月十三日に、俳句の掲載拒否をめぐる裁判の判決が出た。さいたま市立の公民館が、〈梅雨空に「九条守れ」の女性デモ〉という俳句を公民館だよりに掲載するのを拒否した問題で、さいたま地裁は表現の自由の

侵害には当たらないとして掲載要求は棄却したものの、不掲載の理由を十分に検討しなかったことや不公正な取り扱いをしたことを違法として、市に慰謝料五万円の支払いを命じたのである。

こうした問題は、短歌にとってももちろん他人事ではない。政治的な信条や立場にかかわらず、誰もが自由に歌を発表できる社会が続くことを願うし、歌人一人一人がそれを守るために努力していく必要がある。

四．文学フリマ

小説・詩・短歌・俳句などの文学作品の展示即売会「文学フリマ」が盛況である。二〇〇二年に東京で初めて開催されてから十五年、今では全国各地で開かれるようになった。今年だけでも京都（一月）、前橋（三月）、金沢（四月）、東京（五月）、岩手（六月）、札幌（七月）、大阪（九月）、福岡（十月）、東京（十一月）で開かれている。私も初めて京都と大阪の会場に行ってみたのだが、どちらも三百以上のブースが並び、若手の創作者の発表の場として、また創作者同士の交流の場として機能していることを肌で感じた。

短歌の同人誌や学生短歌会の機関誌も、文学フリマに合わせて新刊を出すことが多くなっているようだ。従来の結社や商業誌を中心とした歌壇のあり方とは別の所で、新たな才能や作品が次々と生み出されている。


みかづきがまるさのなかにみえていないことにされたぶぶんのこくて　おさやことり

ピクルスをきみはパンから抜きとって花のまばらな川原へ放つ　橋爪志保
じょうろじゃなくてあれでカレーを出す店と、言いつつきみの形どるあれ　牛尾今日子
シャープ・ペンシルで描かれるほおづきの朝は美しさの庭だった　濱田友郎
ひまわりに蜂が埋もれる　覗き穴のぞくむこうに動いている目　田島千捺
地下鉄のエレベーターはあんず色　鏡のふちをやさしく撫でる　はたえり

一、二首目は、おさやことりと橋爪志保の同人誌「はるなつ」（発行・編集は吉岡太朗）、三、四首目は若手歌人五名による同人誌「鴨川短歌」、五、六首目は同志社大学短歌会の機関誌「同志社短歌」四号から、それぞれ引いた。若い世代の新しい息吹がまざまざと伝わってくるのを感じる。

もっとも、文学フリマの会場にいるのは概ね四十代以下の若手であって、年配の歌人の姿はあまり見られない。そこが一つの問題だろう。結社や歌壇の閉鎖性ということが長く問題になってきたけれど、文学フリマや同人誌もまた別の世代的な閉鎖性を帯びていると言っていい。

結社人口の減少や高齢化が問題になる一方で、若手が多く集うこうした場が存在する。本当は両者が別々にあるだけでなく、互いに交わる場も増えていくことが望ましい。世代や場の分断を超えて交流し刺激し合うことは、双方にとって得るものが多いからだ。その意味で「短歌」による大学短歌バトルの開催や「現代短歌」巻頭の二人五十首への新人の抜擢など、短歌総合誌の新たな動きにも今後さらに注目していきたい。

（「歌壇」17・12）

狂歌から短歌へ

現在、和歌・短歌史と言えば、万葉集以来続いてきた「和歌」が明治の和歌革新運動を経て「短歌」になったという一本の線として描かれるのが一般的であろう。そこでは当然のことながら現在の短歌につながる起点となった和歌革新運動が高く評価されることになる。

例えば口語短歌について述べる場合、短歌史的には青山霞村の『池塘集』（一九〇六年）の名前が必ず挙がる。この歌集は明治の言文一致運動の影響を受けて誕生したもので、「わが国最初の口語歌集」（『現代短歌大事典』）ということになっている。

『池塘集』の自序には「私は久しく詞賦を研究して居るので詩歌の上にも可成言と文とを一致せしめたいといふ願が切なのであります」「私は平易通常な現代の言葉で新しい詩想を歌ひたい俗語の中から雅調を攫み出したいと思ふのであります」とあり、作者が短歌における言文一致を目指して意識的に口語の歌を詠んだことがわかる。

ものをいふその目が好かつたばつかりに田舎に老いて菊作りする

黄泉も雪か旅の宿りは寒からう火桶を負うておれが行けたら

木屋町の床下泳ぎ阿加代らに水浴びせた子博士になつた

全体にぎこちなさは感じられるものの、口語が使われていることに間違いはない。では、これ以前に口語を用いた歌はなかったのだろうか。確かに、和歌においては口語の歌はほとんど見られない。それもそのはずで、和歌では使って良い言葉がかなり細かく決められていて、基本的には和語、その中でも雅語とされる言葉以外は使うことができなかったのである。

和歌革新運動をリードした正岡子規は「六たび歌よみに与ふる書」の中で「生は和歌につきても旧思想を破壊して、新思想を注文するの考にて、随つて用語は雅語、俗語、漢語、洋語必要次第用うるつもりに候」と述べている。反対に言えば、それまでの和歌においては「雅語」以外の「俗語、漢語、洋語」、そして口語も使うことができなかったのだ。口語を使えない「和歌」に口語の歌がないのは当り前の話で、それは同義反復でしかない。

それでは口語を使った歌は明治より前にはなかったのかと言えば、実はそうではない。そうした歌は「和歌」ではなく「狂歌」と呼ばれていた。和歌のルールからはみ出たものは、すべて狂歌だったのだ。狂歌と言うと現在では滑稽や風刺といったイメージが強いが、これは江戸時代に一世を風靡した太田南畝らの天明狂歌の影響であって、本来の狂歌はもっと多様である。

あさ夕はどこやら風もひやひやとお月さま見て秋をしりました　　黒田月洞軒

おみやうぎなおこゐならずと初こえを先づほとときすおらにきかせよ

＊「みやうぎ」＝妙技

さくらあさのあふてかたるが間遠さに花のいろいろかひて送つた

＊「さくらあさの」は枕詞

黒田月洞軒は江戸中期の旗本で、その狂歌集『大団』（一六八八年〜一七〇三年）には、こうした口語を使った歌がたくさん出てくる。何も明治の近代短歌を待つまでもなく、こうした口語の歌は詠まれていたのである。

このように和歌だけでなく狂歌も視野に入れることで、従来の和歌・短歌史の見取図は大きく変わってくる。これまで和歌革新運動によって初めて生まれたように言われてきたことにも、狂歌に先例があるものが少なくない。

久方のアメリカ人のはじめにしベースボールは見れど飽かぬかも　正岡子規

子規の野球好きは有名な話であるが、これは一八九八年の「ベースボール」と題する連作の一首である。本来は「天（あめ・あま）」「空」などに掛かる枕詞である「久方の」を、「あめ」に音の似た「アメリカ」に掛けている機知によってもよく知られている。

加藤治郎は〈黄砂ふる朝に『魔王』を届け来るそらみつヤマト宅急便は〉（大辻隆弘『抱擁韻』）

など一九九〇年代に流行った枕詞の新しい使い方について述べる中で、この子規の歌に言及している。

こういう変化球的な枕詞の用法は、すでに明治時代に現れています。（…）子規は、変化球を投げました。天《あめ》とアメリカを掛けたのです。楽しいですね。こんな子規の遊び心というか茶目っ気が、一九九〇年代の枕詞の流行に繋がっていったのです。『短歌のドア』

このように、現代短歌に繋がる要素を持つ作品としてこの歌が取り上げられている。しかし、こうした枕詞の使い方も、別に子規が発明したわけではない。吉岡生夫『狂歌逍遥　第二巻』によれば、

久かたのあまのじやくではあらねどもさしてよさしてよ秋の夜の月
半井卜養《なからいぼくよう》『卜養狂歌集』（一六六九年）

久かたのあめの細工やちやるめらの笛のねたててよぶ子鳥かも
九如館鈍永《きゅうじょかんどんえい》『狂歌野夫鶯』（一七七〇年）

といった例が、既に狂歌にはいくつも見られるのだ。それぞれ、枕詞「久かたの」が「あまのじやく（天邪鬼）」や「あめ（飴）」に掛かっていて、本来の使い方からは少しずらされている。こうした手法は狂歌の世界では普通に行われていたものであったわけだ。

斎藤茂吉は随筆「子規と野球」の中で先の歌に触れて、

子規も明治新派和歌歌人の尖端を行つた人であるが、『久方の』といふ枕言葉は天《あめ》にかかるものだから同音のアメリカのアメにかけた。かういふ自在の技法をも子規は棄てなかつた。また一首の中に、洋語系統のアメリカビト、ベースボールといふ二つの言葉を入れ、そのため、結句には、『見れど飽かぬかも』といふやうな、全くの万葉言葉を使つて調子を取らうとしたものである。

『斎藤茂吉全集　第七巻』

と記している。ここで大事なのは、枕詞の自在な使い方を「棄てなかつた」と書いている点である。子規が「生み出した」とか「発明した」とは言っていない。元々あった手法を捨てなかったと言っているのだ。当然、茂吉はこうした手法が子規以前から存在したことを知っていたのだ。

一方で茂吉は、洋語系統の言葉と万葉言葉との組み合わせに子規の革新性を見ている。確かに先の狂歌に見られる「天邪鬼」や「飴」よりも「アメリカ人」の方がはるかにインパクトがある。つまり、枕詞の手法自体が珍しいのではなく、その組み合わせ方にこそ子規の手腕が発揮されているのだ。狂歌を視野に入れることで、子規の成し遂げた革新の本質がこのようによく見えてくるのである。

最後に、歌の題材についても考えてみよう。和歌においては題材もまた限定されており、雅なもの、優美なものを詠むべきとされていた。例えば、一一九三年に行われた六百番歌合を見てみよう。「寄海恋」の題で詠まれた顕昭の〈鯨取るさかしき海の底までも君だに住まば浪路《なみぢ》しのがん〉に対して、判者の藤原俊成は次のように述べる。

鯨取るらんこそ、万葉集にぞあるやらんと覚侍れど、さ様の狂歌体歌ども多く侍る中に侍るにや。しかれども、いと恐ろしく聞ゆ。(…)凡は、歌は優艶ならん事をこそ庶幾すべきを、ことさらに人を恐れしむる事、道の為身の為、其の要無くや。

つまり、万葉集の狂歌風な歌は例外であって、和歌は鯨のように優艶でないものは詠むべきでないというわけだ。こうした制約は、時代とともに少しずつ緩んできて、江戸時代の加納諸平の『柿園詠草』(一八五四年)などには鯨の歌が収められている。けれども一般的に和歌に鯨が登場する例は非常に少ない。その一方で、狂歌にはそうした題材の制限はないので、当然鯨の歌も多く詠まれている。

燈の油となれる鯨こそしにひかりとはいふべかりけれ
栗柯亭木端《りっかていぼくたん》『狂歌かかみやま』(一七五八年)

身をすてて人にほどこす大鯨されば七さとうかぶなりけり
清叟『狂歌ことはの道』(一七七八年)

大海を我がままにした鯨でもあはれに家のともし火となる

桃縁斎貞佐《とうえんさいていさ》『狂歌二翁集』（一八〇三年）

一首目と三首目は鯨の脂から灯火用の油を取っていたこと、二首目は「鯨一頭七浜賑わう」と言われる鯨漁の賑わいを踏まえている歌だ。いずれも近代短歌へと直接つながっていく内容と言っていいだろう。

狂歌と短歌の関わりについて、安田純生は、

漢語や話しことばの採用、破格の語法など、用語の面のみに着目すると、狂歌は現代の文語体短歌や話しことば調短歌に近いものを有している。少なくとも江戸時代の正統的な和歌より狂歌のほうが、いっそう現代短歌と近い関係にある。これを逆にいえば、現代短歌は、歌人が意図しているか否かにかかわらず、用語の面で江戸時代の狂歌を継承しているということである。

『現代短歌用語考』

と記している。和歌と短歌の違いについては、「自己表現」「自我の詩」といった内容面がよく言われるが、もう一つ、形の上では用語や題材を制限しないという点が挙げられる。そして、これは明治時代より前から狂歌において行われてきたことだったのだ。短歌史を考える際には、「和歌から短歌」という一本の流れだけでなく、「狂歌から短歌」というもう一つの流れを視野に入れておく必要がある。

（『六花 vol.2』17・12）

違和感から理解へ

　私は一九七〇年生まれで、今年四十八歳になる。歌壇では中堅という扱いになるだろう。ふだん参加している歌会や勉強会、結社の集まりなどの場においても、自分の親より年上の方もいれば自分の子どもに近いくらいの年齢の方もいる。そうした立場にあって、例えば「若い人の歌はわからない」とか「年配の方の歌はおもしろくない」といったそれぞれの世代の意見を耳にする機会が多い。

「世代を超えて理解し合えるか」というテーマは、短歌の世界に限らず、今、多くの分野で問題になっていることだと思う。急速な情報機器の発達やグローバル化の進展によって生活様式や思考方法が大きく変化し、世代ごとの常識や考え方の差が広がっている。そこに世代間の分断や断絶と呼ばれる状況が生まれているのだ。

　もっとも、一般社会に比べて短歌の世界では、まだ辛うじて互いの意思疎通ができる状況が残っているとも思う。私自身の生活を振り返ってみても、両親や息子と話をする時の方が歌会などに比べて世代間のギャップを感じることが多い。おそらく短歌には五・七・五・七・七の三十一音という定型が存在することが大きいのだろう。それを通じて何十歳も年の離れた人とも共通の土俵で話ができるのである。

　では、具体的な歌を見ていくことにしよう。

①窓の向うに梅の花二つ咲いてをり今朝こまやかにからだも動く　馬場あき子『混沌の鬱』
②理髪店の大き鏡の虚像より抜けきたるわれいづこへ行かむ　橋本喜典『行きて帰る』
③鰡一つ飛んで続かぬ川の面を老人と二人ながめてゐたり　伊藤一彦『遠音よし遠見よし』
④三日ほど手の甲にあらわれ消えゆきし痣《あざ》あり蝙蝠の飛ぶかたちして　久々湊盈子『世界黄昏』
⑤百円で菜っ葉を買って差し出せばキリンというより舌がもぎ取る　山川藍『いらっしゃい』
⑥白というよりもホワイト的な身のイカの握りが廻っています　岡野大嗣『サイレンと犀』
⑦ドーナツ化現象のそのドーナツのぱさぱさとしたところに暮らす　虫武一俊『羽虫群』
⑧ピクルスをきみはパンから抜きとって花のまばらな川原へ放つ　橋爪志保「はるなつ」

　今回は自分より上の世代と下の世代の歌人のそれぞれ四首を挙げた。
　①の歌は、梅の花が咲き始めた季節感を詠んだものである。寒さが少し緩み始めたことで「こまやかにからだも動く」というのである。こうした身体感覚は若い人ではなく年配の方ならではのものだろう。身体の調子が良いという体感によって季節を捉えているところが印象的

だ。私自身はまだこうした感覚を抱くことはないが、だからこの歌が「わからない」とか「つまらない」ということはない。むしろ新鮮に感じる。短歌を通じて世代の異なる人の感覚を知ることができる楽しみとでも言おうか。自分とは違うからこそ面白いのだ。

②の歌は散髪を終えて理髪店を後にするところである。髪を切る間ずっと鏡の虚像と向き合っていたために、本物の自分と鏡の中の自分が入れ替わったような感覚を覚えたのだろう。散髪前の自分とは別の人間になった気分で店を後にするのである。一般的に年を取ると感性が鈍くなると言われることが多いが、この歌を読むと年齢の問題ではないことがよくわかる。何歳になっても自分の感覚を大事にして、それを上手に表現できる人はいるのだ。

③の歌は鯔が川面に跳ねて、その後に何も起きないという場面である。この、「何も起きない」ことを短歌に詠むのは非常に難しい。ほとんどの歌は何か起きたことを詠んでいるからだ。それがこの歌では何も起きず、ただ静寂が続くばかり。そこがいい。「鯔一つ飛んで」は、その「何も起きない」を描くために必要だったのだと思う。芭蕉の〈古池や蛙飛びこむ水の音〉にも通じる内容で、人生の味わいを感じさせる歌である。

④の歌は手に出来た痣を詠んだ歌で、題材がとても珍しい。知らずにどこかにぶつけたのだろうか。「あらわれ」とあるので、作者自身も気づいたらあったという感じなのだ。「蝙蝠の飛ぶかたち」がいい。痣の形を喩えているのだが、蝙蝠を比喩に用いたことで、まるで痣が生きていてどこかへ飛んで行ってしまったようなイメージが生まれた。年配の方らしい素材を描いているのだが、そこにユーモアとゆとりを感じさせる歌だと思う。

⑤の歌は動物園でキリンに餌を与えているところである。下句「キリンというより舌がもぎ取る」という大胆な表現にまず驚かされる。キリンが舌を伸ばして差し出した菜っ葉を絡め取るように食べたのだ。最初、私は日本語として不十分で乱暴な表現のように思った。いくら何でもこれはまずいだろうと違和感を覚えたのだ。でも、何度も読むうちに、目の前にキリンの舌がせまってくる迫力がよく出ていることに気が付く。普通の描写ではこの臨場感は出せなかっただろう。そのように考えていくと、この一見乱暴に見える表現が実はこの歌の一番の魅力であることに気が付く。

⑥の歌は回転寿司のレーンを流れるイカの握りを詠んだ歌である。一読して「ホワイト的」という日本語が気になるに違いない。「ホワイト的」だけでも変な気がするのに、さらに「白というよりもホワイト」である。白もホワイトも一緒ではないかという率直な疑問が湧く。最初はこの言い回しが気になってうまく歌の鑑賞に入っていけないかもしれない。私もそうだった。でも、じっくり読んでいくと、安物の烏賊のまるでプラスチックのような白さを「ホワイト的」という言葉で表していることがわかってくる。白過ぎるくらいの白、漂白されたような白ということだ。そこに安っぽさが出ていて、いかにも回転寿司という感じが伝わってくる。この歌でも、最初は違和感を覚えた部分が大切で、作者ならではの工夫があるところなのだ。

⑦の歌はどうだろう。「ドーナツ化現象」とは都市の中心部の人口が減少して郊外の人口が増加すること。郊外に生まれ育った作者の感慨を詠んだ歌である。都市でも農村でもなく郊外のベッドタウンなどに生まれ育つ人は今ではかなりの数にのぼっているだろう。私も東京の郊

外の生まれだ。「ぱさぱさとした」はドーナツの食感であるとともに、郊外の暮らしの味気なさも表している。都市とも農村とも違って中心を持たず自立しない町として郊外は存在する。そこに生まれ育った作者の拠りどころのない感じが滲み出ている一首で、広い意味での社会詠と言っていい歌だと思う。

⑧の歌はピクルスが苦手な相手がハンバーガーからピクルスを抜き取って捨てたのだろう。河原で並んでランチを食べている場面である。相手の仕種や子どもっぽさを微笑ましく感じているのが伝わってくる。内容的には素朴な歌なのだが、読んでいてなぜかとても心地よい。どこが良いのか最初はわからなかったのだが、よくよく読んでいくと、音の響きや流れが良いのだとわかる。初句・二句のP音・K音の繰り返し、そして、下句は「は」「な」「ま」「ば」「ら」「な」「か」「わ」「ら」「は」「な」とア段の音が十四音のうち十一音も畳み掛けるように続くのである。一見何の変哲もないようでいて、実は相当に工夫のある歌なのだ。

以上、引用歌一首一首について見てきたが、大切なのは一読して「変だな」「自分とは違う」「よくわからない」などと思った時、そこで切り捨ててしまわないことだろう。特に世代の異なる作者の歌を読む場合は、時代背景や生活環境が違うのだから、違和感があって当り前なのだ。違和感があるからと言って、その歌を否定したり拒絶したりする必要はない。むしろ、その違和感こそが歌を理解する手掛かりになるのである。違和感を覚えた部分を丁寧に読み取っていくことで、そこが反対に歌の魅力となって立ち上がってくることも多い。自分の尺度だけで安易に切り捨ててしまわずに、どうしてそのような表現が生まれたのか、まずは立ち止まって考えてみることが大切だ。それは自分自身の表現の幅や可能性を広げることにもつながっていく。

世代の分断や断絶と呼ばれる状況は短歌にとって決して望ましいものではない。同世代という横のつながりとともに世代を超えた縦のつながりがあって初めて、私たちの短歌は豊かなものになる。それは単に伝統を受け継ぐという消極的な意味にとどまらない。和歌以来千数百年、近代短歌以降でも百年以上の歴史を持つ短歌には多くの共有財産がある。縦のつながりとはそうした財産を活かして自分の歌に積極的に取り込んでいくということだ。百年前の歌を読むことは、すなわち百年後に自分の歌が読まれる可能性を開くことでもある。それはまた、人間の一生という短い時間を超えて生き続ける短歌の命や力を信じることでもあるだろう。

幸いなことに、世代を超えた相互理解の試みは既にあちこちで始まっている。昨年十一月に刊行された雑誌「tanqua franca タンカフランカ」は、「若手歌人&ベテラン歌人のタッグ7組14名がそれぞれに企画を持ち寄ってつくる」という趣旨のもと、平成生まれの若手歌人と、一九五〇年から七九年生まれまでのベテラン・中堅歌人の間で対談やインタビューが行われている。「阿木津英×山城周」「紀野恵×佐藤真美」「穂村弘×寺井龍哉」「水原紫苑×睦月都」「光森裕樹×濱田友郎」「盛田志保子×佐々木朔」「渡辺松男×山下翔」という組み合わせだが、例えば阿木津は対談の最後に「私としては世代が違うところで、共通の話題が持てたっていうのはすごく嬉しかった」と手応えを口にしている。

また、「短歌」で昨年から始まった連載「新鋭14首＋同時W鑑賞プラス1」も、世代を跨ぐことを意図したものだ。これは、まだ歌集を出していない若手歌人の作品十四首を載せるとともに、ベテラン歌人二名と若手歌人一名による鑑賞・批評をあわせて掲載するものである。八月号では山下翔（一九九〇年生まれ）の作品を池田はるみ（一九四八年）と内藤明（一九五四年）、藪内亮輔（一九八九年）の三名が鑑賞している。世代ごとの批評や評価、受け取り方の違いなどが出る好企画である。

実際に歌会においても、同世代だけでなく老若男女さまざまな人が集まった方がおもしろい。例えば以前、こんなことがあった。私が出ていた歌会に「幸吉の遺書」という言葉の入った歌が提出されたことがある。若い歌人にその歌の批評が当たったのだが、彼は円谷幸吉のことを知らなかった。世代的に仕方のないことだろう。しかし、その彼の「幸せに吉という実にめでたい名前を持つ人が自殺してしまって……」という批評を聞いた時に、私はハッとしたのである。私はマラソンランナーとしての円谷幸吉を知っていたばかりに、かえって「幸吉」という名前そのものに注目することはなく、単なる人名として素通りしてしまっていた。一方、彼は円谷幸吉を知らなかったゆえに、かえって「幸吉」という名前の持つめでたさ、その名前に両親が込めたであろう祈りにまで思いを馳せることができたのである。

このように、歌会では年齢や経験が必ずしも有利に働くとは限らない。歌の前では年配の人も若い人も、全員が対等である。歌会を通じて知らないことを知ることもあれば、逆に知っているつもりでいたことの新たな側面に気付かされることもある。これも、異なる世代が一緒に議論することで生まれる楽しさだろう。

かつては結社という場が、こうした世代を超えた結び付きを生み出す役割を果たしていた。けれども近年、結社は高齢化が進み、若い人たちが次第に入らなくなってきている。一方で、若手を中心に学生短歌会の機関誌や同人誌が数多く発行され、活況を呈している。けれども、これはこれで世代的に見れば偏ったものである。

同世代の似た価値観を持つ人同士で集まっていても、新しい広がりは生まれない。また、世代の分断や断絶を嘆いてばかりいても始まらない。まずは、自分自身がこれまで行ったことのない場に出掛けたり、異なる世代の人と一緒に歌会をしてみたりすることから始めてみてはどうだろう。

（「プチ★モンド」18・9）

V

「朝日新聞」短歌時評（2019・4―2021・3）

万葉集と「令和」

新しい元号が「令和」に決まり、出典となった「万葉集」に関する本が書店でも人気を集めていると聞く。

「初春《しょしゅん》の令月《れいげつ》にして、気淑《よ》く風和《やはら》ぐ」（初春の佳《よ》き月で、気は清く澄みわたり風はやわらかにそよいでいる）（『新潮日本古典集成　萬葉集二』）の一節は、七三〇（天平二）年に大宰府の長官であった大伴旅人の邸宅で開かれた梅花の宴で詠まれた歌三十二首の序文にある。

我《わ》が園《その》に梅の花散るひさかたの天《あめ》より雪の流れ来《く》るかも　大伴旅人

春の野に鳴くやうぐひすなつけむと我《わ》が家《へ》の園《その》に梅が花咲く　志紀連大道《しきのむらじおおみち》

散る梅の花を雪に見立てたり、鶯を懐《なつ》かせようと梅が咲いていると捉えたり、奈良時代の役人たちの楽しそうな雰囲気がよく伝わってくる。

「万葉集」が日本の伝統的な国民歌集であるとの見方に対しては、品田悦一著『万葉集の発明』などの異論もある。明治の近代国民国家の成立期に、それまで一般には知られていなかった「万葉集」が、国民意識を植え付けるために見出されたという側面があるのだ。

そうした性格は、その後、一九三七（昭和十二）年に「万葉集」の大伴家持の長歌から詞を採った「海行かば」が軍歌となり、太平洋戦争中にラジオで盛んに流されたという負の歴史にもつながっている。
もちろん、こうした事例は「万葉集」自体に責任があるわけではない。「万葉集」をどのように読み、そこから何を受け取るかは、新しい時代を迎える私たちの心にかかっているのだ。

（2019・4）

母の死と向き合う

最近刊行された吉川宏志『石蓮花』（書肆侃侃房）と川野里子『歓待』（砂子屋書房）は、ともに母の死を詠んだ歌が印象に残った。

病室の高さに行きて薄青き双石山《ぼろいしやま》をともに見ており
少女になり母は走っているのだろうベッドに激しき息はつづけり
死ののちに少し残りし医療用麻薬《フェンタニル》　秋のひかりのなか返却す

吉川宏志

一首目は母の入院する高層の病室から故郷の山を眺めているところ。二首目は母が亡くなる前の姿。脳裏に少女の頃の記憶が甦っているのかもしれない。三首目は在宅での看取りを終えて痛み止めの薬を返す場面だが、もう痛みを和らげる必要もないという寂しさが滲む。

母死なすことを決めたるわがあたま気づけば母が撫でてゐるなり
髪が、乱れてないかと母が問ふ混濁の沼ゆあるとき覚めて

川野里子

病院のベッドはただよふ舟のやうかならずどれも一人乗りにて

『歓待』は母の死の一連から始まり、逆編年の構成になっている。一首目は延命処置を断る決断をしたあとの歌で、下句に胸をつかれる。二首目はベッドで髪の乱れを気にするところが痛ましく、三首目は誰もが一人で死ぬしかない現実が「一人乗り」から浮かび上がる。

自分を産み育てた母の最期とどのように向き合い、どのように受け止めるか。それは誰にとっても重い課題である。その時に私たちは、母の人生を振り返るとともに、やがて自分にも訪れる死をはっきりと意識するのだろう。

（19・5）

ベトナムの今と昔

四月に刊行された梅原ひろみの第一歌集『開けば入る』（ながらみ書房）は、ベトナムでの仕事や生活を詠んだ歌が印象的だ。ベトナム南部の大都市ホーチミン（旧サイゴン）の駐在員事務所で、作者は工具販売の仕事をしてきた。

小さき笠《ノン》動くが見えて新しきビルの工事は五階に至る

バイクの海を泳ぐがごとし午後五時の車のなかに眼《まなこ》つむれば

暮れ残るメコンの水面を舟はゆく荷とエンジンと夫婦を乗せて

南中部販売網を描くための四日目フン氏と山峡を行く

伝統的な円錐形の菅笠「ノン」と現代的なビル工事との取り合わせが目を引く。ホーチミンの街路を埋め尽くすバイクの列や悠々としたメコン川を進む舟は、新旧が入り交じりつつ発展を続けるベトナムの現在の姿である。その地で作者は約八年にわたって、ベトナム人の社員とともに働いてきたのだ。

ベトナムと言えば、過去にも次のような歌が詠まれてきた。

炎天のサイゴンの汗の米兵長身を折って長靴の紐結びいる　佐佐木幸綱『群黎』

刷新《ドイモイ》の街に入りきつホーチミン市人力車《シクロ》はわれを何処へ運ぶ　春日井建『白雨』

一首目は一九六〇年代のベトナム戦争当時の歌。二首目は九〇年代で「刷新《ドイモイ》」は経済の自由化や対外開放を意味するスローガンである。こうした歌をあわせて読むと、ベトナムのこの半世紀の歴史が浮かび上がってくる。（19・6）

沖縄から見えること

沖縄に関する歌を含んだ歌集が、このところ相次いで刊行されている。

シュガーローフの丘にはビルが建ち並ぶ傷あとおほふかさぶたのごとく　知花くらら『はじまりは、恋』

「沖縄県民斯ク戦ヘリ」「リ」は完了にあらず県民はいまも戦う　三枝昂之『遅速あり』

辺野古崎《ふぃぬくざち》「二見情話」に唄はれてキャンプ・シュワブのひろがるところ

大口玲子『ザベリオ』

全国紙の配達されぬわが家なり沖縄タイムスも昼ころ届く　松村由利子『光のアラベスク』

知花作品にある「シュガーローフ」は昭和二十年の沖縄戦で日米両軍の激戦地となった丘。現在は近くに那覇新都心センタービルが建つなど発展が著しい。三枝は沖縄戦の海軍司令官だった大田実中将が自決前に送った電文を引き、今も基地をめぐる戦いが終わっていないことを詠んでいる。大口作品の「二見情話」は辺野古周辺の美しい自然や人情を唄う沖縄民謡。今まさに新しい基地が建設されようとしている場所だ。沖縄の石垣島に住む松村は、新聞を「全国紙」「地方紙」と言う時の「全国」に沖縄が含まれていない点を述べ、私たちの意識のあり方に一石を投じている。

今月発行の「短歌往来」や「現代短歌」の八月号にも沖縄に関する特集が組まれた。歌人たちの関心が広がりを見せていると言っていい。それは、沖縄に視点を据えることで、日本の政治と社会の抱える問題や歪みが浮き彫りになるからでもある。

（19・7）

継続する意志

東北在住の歌人らによる同人誌「2933日目」が刊行された。副題は「東日本大震災から八年を詠む」。「99日目」「366日目」「733日目」「1099日目」「1466日目」「1833日目」「2199日目」「2566日目」に続いて、今回が九冊目。タイトルはいずれも震災からの日数である。

　八回の大豆の実りを見届けて仮設団地は更地にかえる　逢坂みずき
　三階に逆さの車、四階に水面《みなも》の痕が　ここまでを来た　梶原さい子
　着実に廃炉は進んでゐると言ひ良いビジネスに育てたいと言ふ　小林真代
　死者の手をこじ開け切った爪ほどの白さの凍月　もう忘れたい　佐藤涼子

一首目は、震災から八年が過ぎて避難者も減り、仮設住宅が解体された風景。二首目は震災遺構の気仙沼向洋《こうよう》高校旧校舎を見学しての歌で、押し寄せた津波をまざまざと思い浮かべている。三首目は原発の廃炉作業が金儲けの話になっていくことに対する違和感だ。四首目はDNA鑑定に必要な爪を遺体から切り取った記憶。忘れようとしても忘れることはできないのである。

一般に時事詠・社会詠は、対象となる出来事についての報道や関心が盛り上がっている間は多く作られるが、その後は急速に数を減らしていく。そうした中にあって、震災とその後の日々を毎年詠み続けている意義は大きい。歳月の経過とともに一層重要になっている。タイトルの末尾が「99」「66」「33」の繰り返しになっているところにも、継続に向けた強い意志を感じる。

（19・8）

生活と人生

昨年第六回現代短歌社賞を受賞した門脇篤史と次席の山階基の歌集が相次いで刊行された。

納豆の薄きフィルムをはがしをりほそき粘糸を朝にさらして　門脇篤史『微風域』

納豆のパックをひらくつかのまを糸は浮世絵の雨になりきる　山階基『風にあたる』

似た場面を詠んだ歌を引いた。納豆の容器を開けた時に伸びる糸に着目し、そこに美しさを見出している。山階の「浮世絵」は、例えば歌川広重の東海道五十三次の「庄野」を思い浮かべれば良い。持ち味の違う両者だが、料理や食事の歌が多いところは共通している。

牛乳に浸すレバーのくれなゐの広がるゆふべ　目を閉ぢてゐる　『微風域』

ケチャップを逆さにすれば透明な汁の後よりくれなゐは垂る

点々と残ってしまう梨の皮ひとつひとつをあらためて剝く　『風にあたる』

使おうとペッパーミルをつかむたび台にこぼれている黒胡椒

どの歌も日常の細部を実に丁寧に描写している。素材が少し細か過ぎないかとの疑問を持つ読者もいるかもしれない。しかし、生活のディテールや手触りを詠むことは、取りも直さず人生を詠むことでもある。食事を始めとした日々の生活の積み重ねこそが人生なのであって、生活を離れたところに人生はない。ケチャップの上澄みやこぼれた黒胡椒を詠むことが、人生そのものを詠むことにつながる。そこに、短歌という詩型の大きな特徴があるのだ。（19・9）

「歌は人」でいいのか？

「うた新聞」十月号に佐藤通雅が「生年について」という文章を書いている。佐藤はまず「作品は作品として自立しているのであって、作者の人生とは関係ない」という考えと「作品と作者は不即不離の関係にある」という考えの二つを挙げ、前者に賛同してきたと述べる。その一方で、歌集を読んで「歌人像が浮かび上がってこないのは、何かが不足していると考えるようになった」ことを言い、歌集の略歴には作者の生年があった方が良いと論じるのである。

九月刊行の小池光歌集『梨の花』（現代短歌社）にも次のような歌がある。

　人間としてだめだからだめなんだ　歌集を閉ぢてわがひとりごつ
　おもしろき事を語らぬひとの歌おもしろからず歌は人にて

短歌と作者が不即不離との考えは、島木赤彦が唱えた「鍛錬道」や土屋文明の「生活即短歌」など、近代以降ずっとあるものだ。けれども、戦後の前衛短歌を経て近年は表立って言われなくなっていたことでもある。小池も約二十年前には〈将棋に人生を持ち込むと甘くなる」羽生善治言へりわれら頷く〉と詠んでいた。将棋と同じく短歌もまた人生云々ではなく、言葉の扱い方や作品自体を論じ評価すべきという思いからだろう。

佐藤や小池らベテラン歌人の最近のこうした変化に私は戸惑いを覚える。それが短歌の本質に迫る話であるならば、もっと丁寧な説明を聞かせて欲しい。一方で、もし単に年齢を重ねることで伝統的な考え方に戻っただけなのであれば、少し寂しいことだと思う。（19・10）

鑑賞が導く歌人論

「コレクション日本歌人選」（笠間書院）八十冊の刊行が完結した。日本の代表的歌人の秀歌鑑賞のシリーズである。

幼きは幼きどちのものがたり葡萄のかげに月かたぶきぬ　佐佐木信綱
胡桃ほどの脳随をともしまひるまわが白猫に瞑想ありき　葛原妙子

シリーズの一冊『佐佐木信綱』の著者は、信綱の曾孫で「佐佐木信綱研究」の編集兼発行人も務める佐佐木頼綱。同じく『葛原妙子』の著者は『幻想の重量―葛原妙子の戦後短歌』を書いた川野里子。どちらもうってつけの執筆者だ。

一首目の「どち」は「どうし」を意味する古語。子と葡萄と月の取り合わせに佐佐木は明治の翻訳文学の影響を見る一方で、「月かたぶきぬ」に万葉以来の和歌の伝統があるとする。和歌から近代短歌への過渡期に重要な役割を果たした信綱の特徴がよくわかる指摘だ。

二首目について川野は初句の比喩に着目し、「胡桃ならではの濃密な存在感が猫の瞑想の密度を濃くし、確かに脳髄までも見える、と感じさせるのだ」と述べる。人間存在の不安を抉り出す葛原の手法を鮮やかに示した解説だろう。

こうした一首一首の丁寧な鑑賞を通じて歌人の全体像が浮かび上がるところがこのシリーズの良さである。

『葛原妙子』巻末の読書案内には「葛原妙子の著作はほぼ絶版・品切れ状態である」との注が付いている。どんなに良い歌であっても、読むことができなければ忘れられてしまう。数々のすぐれた歌を私たちが読み継いでいくことの大切さも痛感させられた。（19・11）

詠嘆の先に

『石牟礼道子全歌集　海と空のあいだに』（弦書房）が刊行された。一九八九年刊行の歌集『海と空のあいだに』三三二首に歌集未収録の三四〇首を加えた全歌集である。これによって「短歌は私の初恋」と記した石牟礼の文学的な出発点の全容が明らかになった。

人間に体温があるといふことが救はれがたく手をとりあへり
ひき潮にしたたる牡蠣を吸ふまにもわが内に累々と女死にゐき

十七歳頃より短歌を始め二十五歳で結社「南風」に入会した石牟礼の歌には、人間の存在を深く見つめるまなざしがある。人間の体温に温もりよりむしろ救われがたさを思い、過去から続いてきた女性の死を自らの内部に感じ取る。

いちまいのまなこあるゆゑうつしをりひとの死にゆくまでの惨苦を

あおむけの海のあばらを脱けて来し毒魚らゆっくりと渚によれり

これらは、水俣病を描いた小説『苦海浄土』にも通じる歌だろう。けれども、水俣病と向き合い救援活動に取り組むなかで、石牟礼は短歌から離れていった。「詠嘆へのわかれ」と題する文章で、彼女は短歌のもつ「えたいの知れない詠嘆性」に強い疑問を呈している。

こうした短歌との別れは石牟礼だけのものではない。例えば社会派ノンフィクション作家として活躍した松下竜一も、短歌から小説へと移行した一人である。短歌が個人的な詠嘆を超えて、社会的な問題と真正面から向き合うことは可能なのか。彼らの示した課題は今も私たちの前に残されている。　（19・12）

日韓関係を考える

「短歌研究」一月号掲載の内田樹と吉川宏志の対談「いま発する声《voice》、歌うべき歌」（前篇）は「韓国と短歌」という新しい切り口がテーマで注目した。近年の混迷する日韓関係の話に始まり、近代以降の短歌に韓国がどのように詠まれてきたかを取り上げている。

与謝野鉄幹、石川啄木、若山牧水、土屋文明、近藤芳美、佐藤佐太郎らの朝鮮（韓国）の歌を論じた上で、内田は「貴重な歴史的な資料でもある」と言い、吉川は「つねに過去に立ち戻って、現在を見る、ということをしないと、いま目の前にあるものだけで軽々しく判断してしまうことになる」と述べる。短歌と社会の関わりを考えさせられる内容だ。

この対談でも触れられているが、韓国出身で日本の大学院で学ぶカン・ハンナの歌集『まだまだです』（角川書店）が刊行された。

ソウルの母に電話ではしゃぐデパ地下のつぶあんおはぎの魅力について

マグカップ両手で持って飲むわれにイルボニンぽいと友がまた言う　（イルボニン：日本人）

日本語の発音のままハングルで記すノートは誰も読めない

日本で見つけた「つぶあんおはぎ」の美味しさを故郷の母に熱心に語り、仕種が日本人っぽくなったと韓国の友に言われれば微妙に心が揺れる。表音文字のハングルで書いた日本語は、日韓両国語に通じる作者にしか読めないものだ。

国と国の関係を考える際にも、こうした個人の率直な思いの表れた短歌は一つの良い手掛かりになる。その豊かな力を信じたいと思う。（20・2）

資料を残す大切さ

先月、短歌ムック「ねむらない樹」の別冊「現代短歌のニューウェーブとは何か？」（書肆侃侃房）が刊行された。一九九〇年代に注目を集めた「ニューウェーブ」と呼ばれる短歌の全体像や功罪が俯瞰できる内容だ。
巻頭には、ニューウェーブという呼称の元になったと言われる荻原裕幸の文章「現代短歌のニューウェーブ」(「朝日新聞」一九九一年七月二十三日掲載)が収められている。そこに引かれているのは次のような歌だ。

1001二人のふ1100る0010い恐怖をかた1011100り0　加藤治郎

「吼え狂うキングコングのてのひらで星の匂いを感じていたよ」　穂村　弘

この街のすべてがぼくのC#mの音にとざされてゐる　西田政史

続いて「短歌研究」一九九一年十一月号掲載の座談会「何が変わったか、どこが違うか」(小池光・荻原裕幸・加藤治郎・藤原龍一郎)が載る。どちらも今回初めて読んで印象深かった。

現在の文章や座談会だけでなく、こうした古い資料を収めている点がこのムックの良いところだろう。何かの出来事を検証する際には、一番初めの時点に立ち返って見直す必要がある。今回、ニューウェーブ関係の主要な資料が網羅された意味は大きい。

最初は明確な文学運動ではなかったニューウェーブが、本人たちの意図を超えた広がりを見せ、後続の世代に影響を与えていった様子がよくわかる。誰にでも開かれた形で資料を残すことの大切さをあらためて感じる一冊だ。

(20・3)

手探りの世界で

梅内美華子

新型コロナウイルスの感染拡大が止まらない。緊急事態宣言が出され、誰もが不安を抱きながらの生活を続けている。短歌大会や歌集批評会、歌会、カルチャー講座も次々と中止になり、結社誌の会議や校正にも支障が出始めている。

クルーズ船二月の孤絶の景となる捕らへられたる白鯨として
咳をする人が怒られる電車にて断罪をする寒さひろがる
消毒のジェルがすうッと乾きゆく不安や罪を忘れるごとく
中止する相談しつつ薄暗く靄のかかつた町を思へり

「短歌往来」四月号の梅内の作品は、いち早くこの問題を取り上げている。一首目は、感染者の出たダイヤモンドプリンセス号を捕獲された白鯨に喩えたのが印象的。二、三首目は「断罪」「不安」「罪」といった言葉を用いて、私たちの怯えや苛立ちを浮き彫りにしている。四首目のように様々な集まりは中止せざるを得ず、再開の見通しも立たない。

短歌は家で一人で作ったり読んだりできる個人的な営みであるが、一方で仲間とのつながりを必要とするものであり、社会の状況とも無縁ではいられない。歌会で互いの歌を批評し合うことの大切さや、自由に短歌に取り組める環境のありがたさを、今あらためて感じている。

今後も長くこの厳しい状況は続くだろう。その中で、どのように短歌を詠み、個人や結社の活動を絶やさずに維持していくのか。オンラインによる歌会の開催など様々な方法を考え、手探りしながら進んでいくしかない。（20・4）

性別や年齢ではなく

「短歌研究」五月号は「280歌人新作作品集」と題して、二百八十名の歌人の新作を特集している。

直ぐそこに青く湖あるごとし雨後の路面は深呼吸する　今井恵子
かねかぞくしょぞくしょくぎょうしょゆうなきカイツブリうく光の水に　大井　学
てふてふが一匹東シナ海を渡りきてのち、一大音響　高野公彦
すばらしき夕陽を何度伝へても影ばかり見て子は歩みをり　山木礼子

同誌は昨年まで三月号に女性歌人作品集、五月号に男性歌人作品集を恒例の特集としてきたが、今年は「女性、男性という括りは、いまの雑誌の編集方針に合わないと判断しました」との理由で、男女まとめての掲載となったものだ。

さらに、作品の掲載順もこれまでの年齢順ではなく氏名の五十音順になっている。こうした変化は時代に合った好ましいものだと思う。短歌は年功序列ではない。性別や年齢に関わりなく、純粋に作品本位で鑑賞できることが大事だ。

「短歌」五月号では山階基が「親父の小言」と題する連載コラムに対して、「タイトルに「親父」とあるので女性の書き手の姿を想像しがたく、二十七回の連載を見たところ実際まだお書きになった方はいないようです」と違和感を表明している。

副題に「現代短歌指南」と付いたコラムを男性だけが書いている事実に、私はまったく気づいていなかった。こうした身近なところから、まずは意識を変えていく必要がある。

（20・5）

未来を先取りする

藤原龍一郎の歌集『２０２Ｘ』（六花書林）は、近未来の日本を予言したような一冊だ。

東京愛国五輪「日本ガマタ勝ッタ！」この永遠の戒厳令下

紀元二千六百年幻の東京五輪！西暦弐千弐十年ああ！東京五輪

新国立競技場には屋根ありて雨に濡れざる学徒出陣

近年の政治や社会状況に対する強い危機感が滲む歌である。昭和十五（一九四〇）年に予定されていた東京五輪は、日中戦争の影響で開催されなかった。また、国立競技場の前身の明治神宮外苑競技場は、昭和十八年に出陣学徒壮行会が行われた場所である。今夏の東京オリンピックは延期となったが、はたして来年にはどんな未来が待ち受けているのだろう。

石川美南歌集『体内飛行』（短歌研究社）は、二年間八回にわたって雑誌に連載した同名の作品「体内飛行」が中心となっている。

淡々と人は告げたり「ピコピコとしてゐる、これが心音です」と
ぴんとこない暗喩のやうに浮かびゐるエコー画像のできかけの人

連載の途中で判明した妊娠を詠んだ歌である。自分の身体の中に命が宿ることへの戸惑いや喜びが、現代的な光景を通して伝わってくる。あとがきに「第七回で「体内飛行」というタイトルに思いがけず実人生が追いついた」とあるのが印象深い。連載のタイトルがまるで予言のように人生の変化を導いたのだ。

短歌では時にこうしたことが起こる。作者が短歌を生み出すだけでなく、短歌もまた作者の人生を変える。未来を動かす力を、言葉は持っている。

（20・6）

コロナ禍と言葉

新型コロナウイルス感染症の広がりとともに多くの新しい言葉が私たちの日常に入ってきた。クラスター、三密、ロックダウン、自粛要請、東京アラート、夜の街など、数え上げればきりがない。

その中には気になる言葉もある。例えば、感染症が招いた事態を総称する「コロナ禍」。た

った四音で表現できる便利さゆえに短歌でもよく使われる。でも、「コロナ禍」とは一体何かと考え始めると、簡単に説明できるものではない。

STAY HOMEの呼びかけに取り残されつ春雷に家を持たぬ人たち
松本典子「短歌往来」七月号

パンデミックのひびき弾めりはじめから人を踊らす言葉のごとく
小島ゆかり「コスモス」七月号

エッセンシャル・ワークと言ひ変へまた何か思ひやつたふりをしてゐる
梅内美華子「かりん」七月号

「STAY HOME」という政府の呼び掛けの対象からは当然のように除外されるホームレスたち、感染症の世界的な流行を示す「パンデミック」という語の奇妙に明るい響き、「エッセンシャル・ワーク」と外来語を使うだけで、医療やライフラインに関わる仕事をする人に感謝したような気分になる錯覚。

目新しい言葉によって、かえって問題の本質が見えなくなることもある。流通する言葉を無自覚、無批判に用いることで、そこに込められた何らかの意図に慣らされてしまう危うさがないだろうか。次々と生み出される言葉の奔流に立ち止まって、本当にその言葉で良いのかを常に問い直すようにしたい。
（20・7）

甦る戦争の姿

庭田杏珠・渡邉英徳著『ＡＩとカラー化した写真でよみがえる戦前・戦争』を読んだ。モノクロ写真をＡＩと手作業の色補正によってカラー化し、戦前の暮らしや戦争被害を生々しく甦らせている。「記憶の解凍」という活動の一環だが、短歌にもよく似た面があると思う。

全機無事帰還の報あり通風孔に耳を澄せば爆音聞ゆ
防水区画幾つか越えて主計兵握り飯《いひ》運び来《く》汗に濡れつつ
佐藤完一「アララギ」一九四二年二月号

火傷には油が良しといふとにもかくにもバター塗りやる顔に身体《からだ》に
閑子《しづこ》の名静子《しづこ》と記されある見れば臨終《いまは》のこゑを書き留められし
白木裕『炎』

佐藤は空母「蒼龍」の乗組員として一九四一年の真珠湾攻撃に参加した。船底近くの機関室に籠って、通風孔から聞こえる戦況に耳を傾けている。戦闘中は持ち場を離れられず、食事は主計兵が運んでくるのだ。「蒼龍」は翌年のミッドウェー海戦で沈没、佐藤も戦死した。

白木は広島の自宅で原爆に遭い、市内で働いていた妻と娘二人を失った。全身に大火傷を負った妻に、縋るような思いでバターを塗る。救護所で亡くなった娘の遺品には名前がメモされており、瀕死の状態で必死に「しづこ」と名乗った娘の姿が思い浮かぶ。

こうした短歌を読むと、七十年以上前の出来事が今もありありと甦ってくる。歌の中に封じられた場面が解凍されたように動き始め、作者の心情が私たちの胸に真っ直ぐ迫ってくるのだ。
（20・8）

二つの最先端

第六十三回短歌研究新人賞は、平出奔《ひらいでほん》「Victim」三十首に決まった。

手はいつも汚れていると教わって視界の端へやってくる鳥
水・日でやってるポイント5倍デー　そのどちらかで買うヨーグルト
曲線は未来へ伸びて、ねえ、アレクサ、何人の犠牲で済むか計算できる?

新型コロナウイルスの感染に対する漠然とした不安を抱えつつ都市に生きる若者の姿である。手を洗うことが習慣となった日々に、ポイント5倍の曜日を選んで買い物したり、AIアシスタント「アレクサ」に感染による死者数の予測を尋ねてみたりする。そんなあてどない暮らしの様子が、最先端の時代感覚や気分を映し出している。

一方、昨年第七回現代短歌社賞を受賞した森田アヤ子が出版した歌集『かたへら』（現代短歌社）には、こんな歌が並ぶ。

昼はわが夜は猪が掘り返す持場のさかひ垣を隔てて
立秋の周防岸根の畝に蒔くチリ産黒田五寸人参

十三戸の講は春より十一戸一戸は転出一戸は死亡
猪や鹿による農作物への被害は近年、大きな問題となっている。「黒田五寸人参」は長崎県発祥の伝統野菜だが、今では安い海外産の種子が広く出回る。高齢化・過疎化の進む集落の暮らしも、社会のグローバル化の影響と無関係ではいられない。二十一世紀の日本が取り組むべき様々な課題に、こうした農村はいち早く直面しているのだ。これもまた時代の最先端の現実である。（20・9）

東京よりも地元で

「現代短歌新聞」十月号に、現代短歌社の移転の案内が載っている。東京にあるオフィスを京都に移すという内容で、「一極集中の社会システムは東京にヒトやモノを集めます」「現代短歌新聞は、短歌のローカリズム（地域主義）に貢献してまいります」と記されている。

短歌史を見れば明らかな通り、近代以降、東京は短歌の中心地であった。与謝野晶子、北原白秋、石川啄木ら多くの近代歌人が故郷を離れて上京し、歌人として名を挙げた。そうした流れは二十世紀を通じて続いたと言って良い。

啄木をころしし東京いまもなほヘリオトロープの花よりくらき　伊藤一彦
東京を敵地とぞ思ひ来しことのあはあはとして中野梅雨寒　大辻隆弘

故郷で生きることを選んだ歌人にとっても、東京は常に意識せざるを得ない場所であった。どちらの歌にも東京に対する憧れや反発が滲む。けれども、近年こうした傾向は変化を見せ始めている。

潮騒のやうなるサ行の訛りかなわたしは寿司《すし》も獅子《しし》も大好き

朝ドラはヒロインがすぐ東京に行くから嫌ひ　コーヒーの湯気

逢坂みずき『虹を見つける達人』

宮城県生まれで県内に住む作者の第一歌集。故郷の訛りに対する愛着や上京する女性ばかりが登場するドラマへの違和感が、自然体で詠まれている。東京に出て活躍するといった価値観とはもはや無縁だ。地元の出版社から歌集が刊行されている点にも、そうした姿勢がうかがわれる。もう東京を特別視しない世代が確実に増えてきているのだ。

（20・10）

初期の歌、後期の歌

結社誌「短歌人」十一月号に「歌集は初期か、後期か」という面白い特集が組まれている。歌人の初期と後期の歌のどちらを高く評価するかについて、土屋文明、前川佐美雄、斎藤史などを例に挙げて論じている。特に長生きした歌人の場合は歌集の数も多く、評価の定まった初期の歌に比べて後期の歌をどのように位置付ければ良いかが問題になる。

「短歌」十月号の岡井隆追悼座談会でも、「後期の歌をどう評価するか」が議論になった。その一方で、同じ特集に文章を寄せた三十歳代の藪内亮輔のように、「なんといっても後期の歌だ」と高く評価する歌人もいる。

乗りこえて君らが理解し行くものを吾は苦しむ民衆の一語　　近藤芳美『埃吹く街』

民衆を信じ民衆の歌を信ず日本に敗戦の記憶続く日　　同『岐路以後』

朝日歌壇の選者を長年務めた近藤芳美は、九十三年の生涯に二十四冊の歌集を残した。近藤の後期の歌も一般に取り上げられることは多くない。

引用は一九四八年の第二歌集と二〇〇七年の遺歌集のもの。戦後間もない時期の大衆運動の高揚に対して初めは距離を取っていた近藤が、やがて短歌を通じて民衆の力を信じるに至る。そうした変遷を読み取ることができる。

つまり、歌人を論じる際には、初期や後期にわけて分析するだけでなく、全歌業を総体として見る視点も欠かせない。そうすることで初めて、ジグソーパズルが完成するように、一首一首の持つ本当の意味も明らかになるのだ。（20・11）

違和感を手掛かりに

歌集や短歌誌を読んでいると、時に違和感のある表現に出合うことがある。

にがうりを塩で揉みつつ雨降りのゆうべを思う存分ひとり　北山あさひ『崖にて』

けん玉のじょうずな子ども見ていたら大技っぽい技が決まった　阿波野巧也『ビギナーズラック』

雪見だいふくだとあまりにふたりで感なのでピノにして君の家に行く　月　石井大成「現代短歌」二〇二一年一月号

それぞれ、「思う存分ひとり」「大技っぽい技」「ふたりで感」が気になる。「思う存分」は一般には「遊ぶ」「食べる」など動詞に続く言葉だ。「大技っぽい技」も実際は正式な技の名称があるに違いない。「ふたりで感」とは一体何のことか。そんな疑問が頭に浮かぶ。

でも、そこで諦めずにもう少し考えてみる。薄暗い台所でふいに湧き上がる、自分は一人なんだという思い。その強さを伝えるのに「思う存分ひとり」は言い得ている。偶然見かけたけん玉の技の名は、知らないのが自然だ。でも、それが大技らしいことは、成功させた子どもの満足げな表情から伝わる。アイスが二個入った「雪見だいふく」を買って行くと恋人っぽい感じが強く出てしまう。その気恥ずかしさを表すのに「ふたりで感」は、なるほどぴったりではないか。

こんなふうに、最初に違和感を覚えた部分が、むしろ歌の魅力になっていることも多い。そう表現するしかない必然性が見えてくると、歌の理解へつながる手掛かりになるのだ。

（20・12）

今も続く除染

このところ福島の歌人の歌集に印象深いものが多い。齋藤芳生『花の渦』、小林真代『ターフ』、高木佳子『玄牝』、波汐國芳『虎落笛』などである。どの歌集にも原発事故の影響が濃い。

黙礼するにあらねどすこし目を伏せて道路除染の前を過ぎたり　齋藤芳生

除染なら三十年は仕事がある。食ひつぱぐれない。やらないか、除染。　小林真代

置かれゐる黒き嚢はわたくしのそして誰かの庭だつた土　高木佳子

除染とて削《そ》ぎとらるるを野紺菊のむらさき深きその静ごころ　波汐國芳

除染に関する歌が目にとまる。事故の後に広く使われるようになった言葉で、「生活する空間において受ける放射線の量を減らすために、放射性物質を取りのぞいたり、土で覆ったりすること」（環境省「除染情報サイト」）を意味する。このホームページによれば、双葉町、大熊町、浪江町、富岡町、飯舘村、葛尾村の「特定復興再生拠点」に指定された区域を中心に、現在も除染は続いている。「除去土壌の処分に関する検討チーム」の会合も毎年継続中だ。

放射能汚染は長年にわたって残る。直接関わらない人々が忘れてしまった後もずっと続く問題なのだ。このところ、東京オリンピックについて「人類がウイルスに打ち勝った証として」開催するといった話を耳にする。当初、震災からの復興を掲げていた時も違和感を覚えたが、さらに別の目標が追加されたのか。事故から十年が経とうとする今も、まだ除染は終わってい

ない。

（21・1）

亡き妻と料理

昨秋刊行の島田修三の歌集『秋隣小曲集』（砂子屋書房）は「四十年連れ添った家内を亡くした」（あとがき）後の日常が詠まれた一冊だ。中でも料理をする歌の多いのが目に付く。

アンチョビの跳ぬるを炒め春甘藍《キャベツ》の嫩きを炒め楽しきろかも

九条葱を束ねて小口に切る夕べ厨のいとなみ娯しからずや

太りじしの茄子に粗塩揉みこめるこの時の間をうづくこころや

楽しんで料理する姿が詠まれているが単純ではない。「うづくこころ」とあるように、亡くなった妻に対する思いが常に去来するのである。

きんぴらを作らむと夕べ唄ひつつ牛蒡の笹がきこなすなり見よ

誰に見よとおもふこころや匂ひたつ笹がき牛蒡を水にぞ放つ

一人暮らしになってやむを得ず料理しているだけではない。しっかりと自炊している姿を妻に見せたいのだ。少しでも亡き妻を安心させたいとの思いが滲む。そして、料理をすることで徐々にではあるけれど心や体も回復していく。

妻を亡くした他の男性歌人の歌にも、同じように料理の歌がある。

一年の過ぎるはやさやガス台にこよひひとりの秋刀魚を焼ける　小池　光
少しだけ酒を振る舞ひ蒸し焼きにしたる浅蜊をひとりいただく　永田和宏

料理を作りながら、妻のいた頃の様々なことを思い出すのだろう。あまり家事をしてこなかった世代の男たちの料理の歌には、哀しみとともにほのかな慰めや安らぎが感じられる。

（21・2）

日常生活と社会

短歌には社会詠と呼ばれるカテゴリーがあり、雑誌で特集が組まれたり議論になったりする。そこでは、政権批判や沖縄の基地問題、海外のテロ事件などを詠んだ作品が取り上げられることが多いが、そうした歌だけが社会詠ではない。

をさなごの放置死ののちはＣＭに蒙古斑なきさらさらおしり　黒瀬珂瀾『ひかりの針がうたふ』
「日本出身横綱」などと造語され国を負はさる稀勢の里はも　池田はるみ『亀さんゐない』
対岸のアマゾンの倉庫に窓見えず窓の見えねば働くひと見えず　藤島秀憲『オナカシロコ』
学校の廊下の壁に銀色のさすまた冷えて吊られてゐたり　大口玲子『自由』

黒瀬作品はニュースとコマーシャルの対比が印象的だ。子育て中の作者はＣＭの赤子のきれい過ぎる肌にも現実離れした違和感を覚えるのだろう。池田作品は「日本人横綱」でない点に注意が必要である。外国人だけでなく、日本国籍を取得した力士も排除した言い方なのだ。藤島作品が描くのは倉庫の外観だけではない。アマゾンという巨大システムに取り込まれていくことに対する危惧が滲む。大口作品は子の通う小学校の光景。防犯のためと知りつつも、教育現場での管理の強化に不安を感じるのだろう。

こうした歌は日常詠であるとともに社会詠でもある。私たちはみな社会と関わりを持ちながら生きている。つまり、誰もが日常生活と地続きの部分で社会問題を詠むことができるのだ。

（21・3）

あとがき

二〇一一年から二〇二一年までの約十年間に書いた時評および時評的な文章をまとめて一冊にした。

短歌雑誌や新聞の短歌欄には「時評」「短歌時評」という名の文章が載っていることが多い。近刊の歌集・歌書を取り上げたり、時事的な話題と短歌を絡めて論じたり、あるいは短歌を通じて社会問題を考察したりと、その切り口は様々だ。時代によって書き方の流行もある。

時評には瞬発力の勝負という面があって、その時々の旬でホットな話題を取り上げることが多い。新しい傾向の作品に対して真っ先に評価を与えるといった役割もある。一方で、時評の多くは翌月になれば忘れられ、消えていく運命にあるとも言えるだろう。

しかし、その時々に書いたことが本当に的を射たものであったかは、時間が経たなければわからない。何年か過ぎてから、あの時言っていたことは正しかったなと思うこともあれば、全く予想とは違った結果になることもある。そこで大切になるのは、後から検証できる形で文章を残しておくことではないだろうか。それが文章を書いた者の責任でもあると思うのだ。

近年、ネットのニュースやSNSの発達などもあり、文章の賞味期限がどんどん短くなってきている。それに伴って、言いっ放しや書きっ放し、言ったもん勝ちの風潮が強まっている気がしてならない。だからこそ、時には立ち止まり、これまで何が起きて何が論じられてきたのかを冷静に振り返る時間が必要だと思うのだ。そんな思いをこめて『踊り場からの眺め』というタイトルを付けた。

ゲラになった文章を読み直して、よく書けていると思う点もあれば、突っ込み不足で物足りなく感じる点もある。それでも全体を通して読むと、自分なりのこだわりが窺えるのが面白い。例えば、東日本大震災と原発事故、日本語文法や口語の問題、戦争の記憶、様々な形で広がる分断。これらについては、繰り返し言及している。時評というのはその時々の一回きりのものであるけれど、こうして一冊にまとめたことで、私自身の関心のありかが自ずと浮かび上がってきたように思う。

六花書林から本を出すのは今回で五冊目になる。宇田川寛之さんとは同年齢ということもあり、いろいろと無理なお願いを聞いていただいた。ありがとうございます。

世代を超えた多くの読者との出会いを、今から心待ちにしている。

二〇二一年七月十二日

松村正直

人名索引

［あ行］

［か行］

［さ行］

［た行］

[な行]

松村正直（まつむら　まさなお）

1970年　東京都町田市生まれ。
1997年　塔短歌会に入会、河野裕子に師事。
2020年　塔短歌会を退会。
現在、「短歌」に「啄木ごっこ」を連載中。京都市在住。

歌集『駅へ』『やさしい鮫』『午前３時を過ぎて』『風のおとうと』
　　『紫のひと』
歌書『短歌は記憶する』『高安国世の手紙』『樺太を訪れた歌人たち』
　　『戦争の歌』

ブログ「やさしい鮫日記」
https://matsutanka.seesaa.net/

踊り場からの眺め
短歌時評集2011―2021

2021年９月16日 初版発行

著　者――松 村 正 直

発行者――宇田川寛之

発行所――六花書林
〒170-0005
東京都豊島区南大塚３－24－10　マリノホームズ１A
電 話 03-5949-6307
FAX 03-6912-7595

発売――開発社
〒103-0023
東京都中央区日本橋本町１－４－９　フォーラム日本橋８階
電 話 03-5205-0211
FAX 03-5205-2516

印刷――相良整版印刷

製本――仲佐製本

定価はカバーに表示してあります
ISBN978-4-910181-15-8 C0095